CHRISTINE BONVIN
Matterzorn

MENSCHLICHE ABGRÜNDE Laura Pfeiffer bewundert an ihrem ersten Arbeitstag im Hotel Blatterhof das Matterhorn mit seiner markanten Form. Minuten später schaut sie in die starren Augen eines Toten im luxuriösen Badezimmer ihrer neuen Arbeitsstätte. Die Hoteliersfamilie Blatter tendiert zu Suizid und wünscht eine diskrete Abwicklung des Falls. Wachtmeister Lukic besteht auf den kriminaltechnischen Ermittlungen, findet jedoch keine Indizien für einen Mord. Laura hingegen zweifelt an der Selbstmordthese und beginnt auf eigene Faust Nachforschungen anzustellen. Ihre Vorsätze, sich nicht in anderer Leute Angelegenheiten einzumischen, gehen unter. Als sie im Büro des Hotelbesitzers nach belastenden Hinweisen sucht, wird sie in flagranti erwischt und auf der Stelle gekündigt. Trotzdem recherchiert sie weiter. Sie kommt dem Geheimnis des Toten auf die Spur – und gerät zwischen die Fronten.

© Yvon Poncelet

Christine Bonvin lebt seit vielen Jahren im Wallis, einem südlichen Kanton der Schweiz. Die Freude am Schreiben erwachte in reiferen Jahren. Davor arbeitete sie in einer Großbank und in einem Hotel. Sie ließ sich zur Betriebswirtschafterin ausbilden und beteiligte sich am Aufbau und an der Führung einer Firma im Bahnsicherungssektor. Die Geschichten schlummerten in einer Schublade, bis es Zeit war, sie herauszuholen. Nebst der kriminellen Ader hat sie einen grünen Daumen und erfreut sich an kulinarischen Genüssen. Wenn sie nicht in die Tasten haut, empfängt sie gerne Gäste in ihrem kleinen Bed & Breakfast mit Naturgarten. Sie ist im Vorstand von KRIMI SCHWEIZ – Verein für schweizerische Kriminalliteratur und Mitglied im SYNDIKAT.

CHRISTINE BONVIN

Matterzorn

KRIMINALROMAN

GMEINER

Personen und Handlung sind frei erfunden.
Ähnlichkeiten mit lebenden oder toten Personen
sind rein zufällig und nicht beabsichtigt.

Immer informiert

Spannung pur – mit unserem Newsletter informieren wir Sie
regelmäßig über Wissenswertes aus unserer Bücherwelt.

Gefällt mir!

Facebook: @Gmeiner.Verlag
Instagram: @gmeinerverlag
Twitter: @GmeinerVerlag

Besuchen Sie uns im Internet:
www.gmeiner-verlag.de

© 2023 – Gmeiner-Verlag GmbH
Im Ehnried 5, 88605 Meßkirch
Telefon 07575 / 2095 - 0
info@gmeiner-verlag.de
Alle Rechte vorbehalten
1. Auflage 2023

Lektorat: Claudia Senghaas, Kirchardt
Herstellung: Mirjam Hecht
Umschlaggestaltung: U.O.R.G. Lutz Eberle, Stuttgart
unter Verwendung eines Fotos von: © Yvon Poncelet
Druck: GGP Media GmbH, Pößneck
Printed in Germany
ISBN 978-3-8392-0392-7

für meinen Sohn Emanuel

MONTAGMORGEN / FEHLSTART

Laura Pfeiffer hatte sich ihren ersten Arbeitstag im Hotel in Zermatt geruhsamer vorgestellt. Vor dem Arbeitsantritt hatten sie Albträume geplagt – ein Toter und der Umgang mit einem suspekten Vorgesetzten waren darin jedoch definitiv nicht vorgekommen. Das Debakel bahnte sich bei der morgendlichen Begrüßung durch einen der drei Juniorchefs an.

»Freundlichkeit ist zu wenig, Herzlichkeit ist gefragt. Unsere Gäste sollen sich im *Blatterhof* wohlfühlen, sich erholen, sich verwöhnen lassen. Das Motto ist: wie zu Hause – aber mit Service! Bitte verinnerlichen Sie diesen Leitsatz.«

Griesgrämig fixierte Andreas Blatter die Hotelfachfrau. »Und übrigens, schließen Sie den obersten Knopf Ihrer Bluse!«, fügte er an, während er ihr in den Ausschnitt glotzte. Wie verhält es sich mit dem korrekten Umgang von Arbeitgebern gegenüber Untergebenen, fragte sich Laura. Sie folgte dem Personalchef an ihrem ersten Arbeitstag durch das Fünfsternehotel und sinnierte, ob er seine Leitlinien aus einem Weiterbildungskurs zitierte. Sie zweifelte an den sozialen Kompetenzen ihres Vorgesetzten.

»Haben Sie das verstanden?« Er blieb unvermittelt stehen und musterte sie von oben bis unten. Ihr Anblick schien ihm zweifellos zu gefallen. Seine Mundwinkel zogen sich leicht in die Höhe. Er fuhr sich mit der Zunge über die Lippen. Laura war es unangenehm. Emotionell bewegt antwortete sie dennoch unaufgeregt: »Selbstverständlich, Herr Blatter.«

»Ich führe Sie durch das Hotel und zeige Ihnen die wichtigsten Räumlichkeiten. Darauf wird Sie Josefa Blatter, meine Schwester, in die Organisation der Rezeption und das EDV-System einarbeiten. Wir erwarten, dass Sie ab morgen voll einsatzfähig sind. Nehmen Sie das bitte zur Kenntnis.«

»Ja, Herr Blatter.« Sie lächelte förmlich. Geistig verwünschte sie den Mann ins Pfefferland. Zweifel stiegen in ihr hoch. Hatte sie den richtigen Arbeitsort gewählt? Würde sie diese Allüren ohne Widerspruch ertragen?

»Folgen Sie mir. Wir begeben uns ins Untergeschoss und schauen den Wellnessbereich an. Ich stelle Sie dann gleich der Leiterin der Abteilung vor. Wir hatten Ihnen sämtliche Unterlagen zugeschickt, und ich verlasse mich darauf, dass Sie diese eingehend studiert haben.«

»Mit immensem Interesse«, bestätigte sie. Da warten Hausaufgaben heute Abend, überlegte sie. Auf dem Weg ins Souterrain nahm sie ihn von hinten unter die Lupe. Sportliche Statur, eleganter Anzug, gepflegter Haarschnitt, aber charakterlich eine widerwärtige Person. Im Gegensatz zu seinem Bruder Pirmin, den sie am Tag zuvor überraschenderweise in der Matterhorn Gotthard Bahn kennengelernt hatte. Sie vermochte nicht, weiter über die Begegnung mit dem einnehmenden Mann nachzudenken.

Der Anblick des großzügigen Schwimmbeckens mit der eindrucksvollen Fensterfront und dem Blick auf die verschneiten Viertausender begeisterte Laura und lenkte sie von der Episode des Vortages ab.

»Die Badelandschaft mit Pool, Saunen, Grotten und Ruhebereichen bildet das Herzstück des Wellnessbereichs.«

Die Selbstgefälligkeit in Andreas Blatters Stimme entging Laura nicht. Eine Vielzahl an luxuriösen Räumen für Gesichts- und Körperbehandlungen ergänzten die Wohlfühlzonen. Die Hotelfachfrau zeigte sich beeindruckt.

»Es ist enorm wichtig, dass die Mitarbeitenden der Rezeption und die Angestellten dieses Bereichs tadellos miteinander kommunizieren. Wir erwarten, dass Sie die Wünsche der Gäste sofort an die Abteilungsleiterin weiterleiten. Die Anliegen unserer Kunden haben absolute Priorität.«

»Ich bin das von meiner Ausbildung her so gewohnt.«

»Das wird sich weisen. Im Erdgeschoss befinden sich die Eingangshalle, die verschiedenen Restaurants und die Bar. Die Zimmer und die Suiten sind über die vier Etagen verteilt.«

Sie folgte ihm weiter durch lange Korridore in die Küche. In dieser herrschte Hochbetrieb. Aus der Ferne erkannte sie Pirmin. Er war die Zufallsbekanntschaft aus dem Zug, wie sie nur in Heftromanen vorkommt. Er spukte immer wieder in ihrem Kopf rum. Das Treffen mit dem gewinnenden Mann beschäftigte sie. Er hantierte am Herd, hob den Blick und winkte ihr heiter zu. Sie erwiderte die Geste mit einem breiten Lächeln.

»Diese Räumlichkeiten sind für Sie nicht von Bedeutung,

und halten Sie sich von den Mitarbeitenden der Küche fern. Techtelmechtel unter Betriebsangehörigen sind tabu«, herrschte Andreas sie an. Er drängte sie weiter.

»Hier sehen Sie unser Gourmet-Restaurant, das *Blatter-Stübli*. Feinschmecker kommen bei uns voll auf ihre Kosten. In der von *Gault Millau* mit 16 Punkten ausgezeichneten *Arvenholzstube* servieren wir Meisterstücke italienisch-mediterraner und französischer Kochkunst.«

Der charakteristische Duft des Arvenholzes stieg Laura in die Nase und löste ein angenehmes Gefühl aus. Zudem fand sie den Raum gemütlich und elegant eingerichtet. Die Tischdecken waren in einem Honiggelb gehalten, die Vorhänge eine Nuance dunkler. Das Stübli war warm beleuchtet.

»Ihr Bruder ist der Küchenchef?«

»Ja, er ist ein Künstler seiner Zunft. Er hat sich mit knapp 30 Jahren bereits *Gault Millau*-Punkte erkocht.«

»Bemerkenswert. Ich hoffe, dass in der Personalküche etwas von den kulinarischen Künsten auf die Teller kommt.«

»Na ja, da kochen wir nicht auf dem gleichen Niveau. Aber durchaus akzeptabel. Sie werden sich nicht zu beklagen haben.«

Es folgten der Frühstücksraum, ein weiteres Restaurant und die Bar. Sie wurde den Verantwortlichen jeweils kurz vorgestellt. Durch die Eingangshalle erreichten sie die geschwungene Treppe und dann die Stockwerke mit den Schlafzimmern. Er schien Sportler zu sein. Mühelos stieg er die Stufen hoch, ohne dass sein Atem in die Höhe schnellte. Sie hingegen merkte, dass ihre Fitness nicht auf dem besten Stand war. Mit geschwellter Brust zeigte ihr der

Juniorchef ein Zimmer um das andere. Sie waren gediegen möbliert, lichtdurchflutet und in warmen Farben gehalten.

»Und nun kommt das Prunkstück, die Hochzeitssuite. Sie ist zwar im Moment besetzt, aber wir kontrollieren pro forma, ob der Zimmerservice alles zu meiner Zufriedenheit erledigt hat.«

Er klopfte. Ohne eine Antwort abzuwarten, öffnete er die Tür und rief: »Hallo!« Es meldete sich niemand. So nah wie möglich drückte er sich an Laura vorbei. Dabei touchierte er ihre Oberschenkel. Ob aus Versehen oder absichtlich, war nicht klar. Sie blieb irritiert stehen. Er schwirrte davon, als ob nichts geschehen wäre.

»Bitte schauen Sie sich um. Auf meine Initiative wurden diese Räume umgebaut und modernisiert. Der Salon ist mit hochwertigen Designermöbeln ausgestattet. Die Farbpalette ist durch eine Spezialistin auf das helle Dekor des Arvenholzes abgestimmt worden. Aus diesen Räumlichkeiten gibt es den besten Ausblick auf das Matterhorn.«

Laura nickte beeindruckt. Die Braun-, Beige- und Weißtöne der Vorhänge und die Möbel harmonierten ausgezeichnet. Der Innenarchitektin war es gelungen, den Luxus und die Gemütlichkeit zu vereinen. Hier würde es ihr auch gefallen.

»Warum zum Donnerwetter ist noch nicht aufgeräumt? Was treiben die vom Housekeeping wieder den Morgen lang?« Laura störte es nicht, dass ein Schuh im Wohnzimmer lag, eine Whiskyflasche und ein Glas auf dem Salontisch standen und die Kissen nicht ordnungsgemäß auf das Sofa geschichtet waren.

»Erlauben Sie, dass ich Fotos aufnehme, um sie meiner Mutter zu zeigen?«

»Für den privaten Gebrauch gestatte ich es. Die Bilder dürfen aber nicht in die Hände von Unbefugten gelangen oder in den sozialen Medien landen. Klar?«

Sie nickte und zückte ihr Handy, das sie immer in ihrer Hosentasche trug. Die schönsten Aufnahmen glückten ihr auf dem Balkon der Suite. Der Blick auf das Matterhorn war umwerfend und mythisch. Es verschlug ihr beinahe den Atem. Aus ihrem Innersten löste sich ein kräftiges: »Wow!«

»Gefällt es Ihnen?«

»Ja, Herr Blatter. Wirklich geschmackvoll ausgestattet, und der Blick auf das Matterhorn nimmt einem den Atem.«

In der Suite schoss sie einige Aufnahmen. Damit die Fotos nicht aussahen wie im Prospekt, nahm sie ein paar Gegenstände mit auf das Bild, die der Gast im Zimmer hingelegt hatte. Ein Buch und eine Agenda, einen Kugelschreiber sowie einen Zeichenblock. Es sah bewohnter aus.

»Schauen Sie sich das Schlafzimmer an.«

Er stieß die Tür auf und ließ Laura zuerst eintreten. Etwas Gediegeneres hatte sie noch nie gesehen. Sie fragte sich, wer sich so eine Suite leistete.

»Ist ein Hochzeitspaar einquartiert?«

»Nein, ein Reisender aus Italien, der aus beruflichen Gründen regelmäßig nach Zermatt kommt.«

Beeindruckt bestaunte sie die Räumlichkeiten und die Innenarchitektur. Das Bett maß zwei Meter in der Breite und war mit einer Unmenge von Kissen belegt. Es sah unbenutzt aus. Der Schrank mit Glasschiebetüren verstärkte die eindrückliche Größe des Raums. Auch hier nahm Laura ein paar Bilder auf. Und wieder drückte sich Blatter so nah an sie, dass sie ihn im Drehen berührte. Es schauderte sie. Sie verließ das Schlafzimmer Richtung Bad, welches mit einer Schiebetür vom Salon abgetrennt war. Sie schob sie zur Seite und blieb, wie vom Blitz getroffen, stehen. Nun wusste sie, wer hier eingemietet war. Leider vermochte der Mann es nicht mehr zu genießen. Er lag angezogen in der leeren Badewanne. Der Kopf war nach hinten geneigt. Die Augen starrten ausdruckslos an die Decke. Ein Arm hing über den Rand. Der ganze Körper wirkte verspannt. Die Füße waren nackt.

»Der Granitstein ist eine Hommage an die Bergwelt. Was ist? Bestaunen Sie diese einmalige Nasszelle?«

Andreas, der hinter sie getreten war, schubste sie ein Stück in den Raum. Sie stolperte und blieb wie versteinert stehen. Ihr Körper zitterte, und ein Stechen im Kopf setzte ein. Die ganze Situation erschien ihr realitätsfremd. Es sah aus wie ein perfekt inszeniertes Bild. Auf einem Tischchen neben der Wanne standen eine Flasche *Arran Single Malt* und ein Glas. Am Boden lagen eine Medikamentenpackung mit leeren Blister und Packungsbeilagen. Fragen Sie Ihren Arzt oder Apotheker, schoss es Laura durch den Kopf. Ihr Hang zum schwarzen Humor verflüchtigte sich schnell. Blatter stieß einen durchdringenden Fluch aus. Seine Wut und das Erstaunen flachten für Lauras Empfinden flugs ab. Er begab sich näher zur Wanne, trampelte über die Packung und beugte sich zum Opfer. Aus dem halb geöffneten Mund entströmte kein Hauch. Andreas drückte Zeige- und Mittelfinger an den Hals. Nichts. Er verlor für einen kurzen Moment die Fassung und drehte sich zu Laura. Sie stand wie eine Statue da. Die Blicke des leblosen Mannes und ihres Chefs waren unerträglich. In ihrem Magen rumorte es.

»Rufen Sie die 777 an. Das ist die interne Nummer meines Vaters. Er soll schleunigst in die Hochzeitssuite kommen.«

Laura kam die Aufforderung gelegen. So konnte sie sich mit gutem Grund vom angsteinflößenden Ort abwenden. Sie bildete sich ein, dass sie hart im Nehmen wäre. Offensichtlich hatte sie sich tüchtig verschätzt. Diese Szene setzte ihr massiv zu. Im Magen-Darmtrakt brodelte es. Übelkeit stieg hoch. Sie ließ sich auf das Sofa fallen. Zitternd griff sie zum Telefonhörer und erfüllte mechanisch die Anordnung ihres Vorgesetzten. Der Seniorchef am anderen Ende schnauzte sie an. Er war es nicht gewohnt, dass ihm jemand sagte, was er zu tun hatte.

»Es ist wichtig«, wagte sie anzufügen. Laura war unfähig, ihm die Sachlage zu schildern. Die Stimme versagte. Ihr rannen Tränen über die Wangen. Andreas kam dazu und riss ihr den Hörer aus der Hand. An seiner Tonlage bemerkte sie Ärger und Respekt.

»Dieser neureiche Italiener liegt tot in der Badewanne. Alles deutet auf Suizid hin. Der war mir schon immer ein wenig suspekt. Wie mir zu Ohren kam, hielt er sich tagelang in der Suite auf und hat das Matterhorn angeglotzt. Mit dem Geld ging er großzügig um. Was uns ja nicht weiter störte.«

Polternd stand Gaudenz Blatter kurz darauf am Ort des Geschehens. Er trampelte wütend in das Badezimmer. Seine Stimmung verdüsterte sich beim Anblick der Leiche.

»Hüerasiech*. Muss das sein? So ein verfluchter Tag. Heute findet die Versammlung des Ortsvereins statt, an der ich die Interessen der Burgergemeinde vertrete. Und

---
* Gottverdammt

nun ein Selbstmord in meinem Hotel. Einen dümmeren Moment hätte sich dieser Idiot für seinen Tod nicht ausdenken können. Zudem bringen mich perfide Schlagzeilen zur Weißglut. Andreas, schau, dass diese Angelegenheit diskret vom Tisch gefegt wird. Zitiere Doktor Zergaffinu und den Tschugger* hierher. Sie sollen unbedingt den Lieferanteneingang benutzen und sich vorher telefonisch anmelden. Sie, Fräulein ... wie ist schon wieder Ihr Name?«

»Pfeiffer.«

»Sie, Fräulein Pfeiffer, kümmern sich darum, dass weder Polizei noch Arzt oder sonst wer von den Gästen gesehen werden. Verstanden?«

»Frau Pfeiffer«, warf Laura leise, aber deutlich ein.

Mitgefühl kannte der Mann anscheinend nicht, grübelte sie. Ebenso wenig wusste er, wie man heutzutage eine weibliche Person korrekt anspricht. Vater und Sohn verließen wild gestikulierend und diskutierend den Raum. Der Inhalt des Wortwechsels drang nicht in Lauras Bewusstsein. Sie blieb allein zurück. Ein innerer Druck lotste sie ins Bad. Sie betrachtete den Toten. Spontan schoss sie ein paar Handybilder. Sie vermochte nicht zu sagen, weshalb und wofür. Vielleicht zum Gedenken an den Anblick ihrer ersten Leiche und den Arbeitsbeginn im Hotel *Blatterhof*. So hatte sie es sich auf keinen Fall vorgestellt. Der Tod des Mannes brachte sie ins Grübeln. Warum tat ein Mensch so etwas? Welchen Grund hatte er, sich umzubringen? War es tatsächlich Selbstmord? Sie schaute sich im Zimmer um. Einen Abschiedsbrief fand sie nicht. Vielleicht entdeckte sie einen Hinweis auf die Todesursache oder Spuren eines Täters. Sie spähte von einer Ecke in die nächste. Derweil

---
* Polizist

sie das Wohnzimmer akribisch unter die Lupe nahm, erinnerte sie sich an ihre Vorsätze. Sie hielt inne. Sie hatte sich vorgenommen, sich nie mehr in die Angelegenheiten anderer Menschen einzumischen. Aber das Leben forderte sie gerade wieder einmal heraus, und beinah wäre sie darauf reingefallen. Sie verließ die Räumlichkeiten und gelobte sich selbst, standhaft zu bleiben und nicht weitere Nachforschungen anzustellen. Für das war die Polizei zuständig, nicht sie. Trotzdem verfolgte sie der eingeschlagene Pfad in Gedanken.

MONTAGMITTAG / TATORT

Pedro Lukic und der Arzt trafen zeitgleich am Hintereingang des Hotels *Blatterhof* ein. Laura erwartete sie neben der Tür. Sie trat von einem Fuß auf den anderen und wischte sich die schwitzenden Hände an ihrem Rock ab. Fragend schaute sie zum groß gewachsenen Schwarzhaarigen auf, dann zu dem älteren Herrn mit der Nickelbrille.

»Sind Sie Frau Pfeiffer?«, sprach der Kleinere sie an. »Ich bin Julian Zergaffinu, der Dorfarzt. Das ist Wachtmeister Lukic«. Er zeigte auf den jüngeren Mann. »Andreas Blatter hat uns angerufen.«

»Was ist geschehen?«, erkundigte sich der Polizist.

»Andreas Blatter und ich haben die Hochzeitssuite inspiziert. In der Badewanne haben wir den toten Gast gefunden. Der Chef vermutet Suizid.«

»Wenn Gaudenz das sagt ...«, brummte der Arzt.

»Das klären wir polizeitechnisch ab«, intervenierte der Wachtmeister postwendend.

Laura nickte und führte die beiden zu dem Toten.

Die Leute im Dorf hielten sich offenbar an die Anordnungen des Hotelbesitzers. Der Einfluss von Gaudenz

Blatter in Zermatt schien groß, ansonsten würde so ein Manöver mit dem Hintereingang doch nicht klappen. Der Polizist gefiel ihr. Schon wieder ein gefälliger Vertreter des männlichen Geschlechts, der ihr Herz höherschlagen ließ. Prompt erinnerte sie sich an ihre Vorsätze, was Männer betraf. Sie setzte das Angestelltengesicht auf, die Gedanken verbannte sie.

In der Suite strahlte die Sonne in den Raum und füllte ihn mit Licht und Wärme. Der kunstvoll arrangierte Blumenstrauß mit Pfingstrosen, Staudenwicken und Blaudolden leuchtete. Zusammen mit der Obstschale ergab sich ein Bild wie auf einem Stillleben. Eigentlich bot die Suite einen idyllischen Anblick. Nur der Tote im Badezimmer passte nicht in die beschauliche Szene.

Mit gebeugtem Rücken stand Doktor Zergaffinu am Rand der Wanne und inspizierte die Leiche. Er hatte Gummihandschuhe übergezogen und die Schuhe mit einem Schutz bespannt. Pedro Lukic sah sich mittlerweile in der Suite um.

»Haben Sie etwas angefasst?« Er schaute Laura prüfend an. Unschlüssig erwiderte sie: »Die Badezimmertür und das Telefon.«

»Und Herr Blatter?«

»Er ist zum Toten und …«

»… und hat die Medikamentenschachtel zertrampelt. Es könnten Spuren verloren gegangen sein«, fuhr ihr Lukic dazwischen.

»Aber er musste sich doch vergewissern, ob der Mann noch lebt. Oder?«

»Schon gut. Lassen wir das.« Zu Doktor Zergaffinu gewandt, fragte er: »Und?«

Ohne sich umzudrehen, murrte dieser: »Fragen Sie mich jetzt nicht nach der Todesart, der Ursache und dem Todeszeitpunkt«.

Der Polizist mit dem atypischen Walliser Namen zuckte mit den Schultern.

»Ich rufe die Spurensicherung und den Staatsanwalt. Wir ziehen das ganze Programm durch. Sind wir soweit fertig?«

»Gleich.«

Laura verzog sich auf den Balkon der Suite. Obwohl kein Leichengeruch in der Luft lag, verspürte sie den Drang nach frischem Wind. Sie richtete ihren Blick auf das imposante Matterhorn, das in den tiefblauen Himmel ragte. Der Polizist winkte sie in den Salon: »Haben Sie im Raum etwas verändert?«

»Nein. Nichts. Warum sollte ich?«

Sie schaute sich nochmals um. Die Tür des Safes in der Anrichte war offen. Sie erinnerte sich nicht, das vorher bemerkt zu haben. Andreas Blatter preschte herein und stellte sich breitbeinig vor Lukic.

»Unsere Familie wünscht, dass alles diskret über die Bühne geht. Den Beamten ist es nicht erlaubt, den Haupteingang zu benutzen. Ist das klar?«

»Wir haben einen Todesfall abzuklären. Und das handhaben wir hier genauso wie anderorts, und zwar nach den üblichen Vorschriften. Bitte verlassen Sie die Räumlichkeiten. Niemand darf das Zimmer betreten. In Kürze treffen der kriminaltechnische Dienst und der Staatsanwalt ein.«

Durchdringend sah er von Andreas zu Laura.

»Besorgen Sie mir alle Angaben des Gastes. Wir verständigen die Angehörigen des Toten, und dann hätte ich gerne einen Raum, in dem wir ungestört sind.«

»Frau Pfeiffer, Sie holen die Personaldaten an der Rezeption. Ich begebe mich mit dem Wachtmeister in mein Büro. Sie kommen nach.«

Der Blick von Lukic streifte sie erneut. Verdächtigte er sie oder interessierte sie ihn als Zeugin?

»Ihre Aussage nehme ich gleich auf.«

Laura war froh, aus dem Raum zu entschwinden. Josefa Blatter kam an der Rezeption auf sie zugeeilt.

»Mein Vater hat mich informiert. Sie sind ab sofort zuständig für die diskrete Abwicklung mit der Polizei, dem Arzt, den verschiedenen Diensten und dem Bestatter. Achten Sie darauf, dass keiner der Gäste etwas davon mitbekommt. Ich verlasse mich auf Sie! Ihr Ausbildungsprogramm verschieben wir auf morgen. Alles klar?«

Josefa Blatters Anteilnahme fiel kühl aus. Die einzige Sorge galt dem Ansehen des Hotels. Widerwillig hatte sie den Platz an der Rezeption eingenommen. Sie brummte:

»Marianne, unsere Aushilfskraft aus dem Dorf, konnte so spontan nicht einspringen.«

»Ich benötige die Daten des Gastes aus der Hochzeitssuite für die Polizei. Der Wachtmeister will die Angehörigen des Verstorbenen informieren.«

Josefa hantierte am Computer und knurrte: »Jetzt muss ich auch noch Anordnungen der Angestellten entgegennehmen.«

Sie schoss Laura einen giftigen Blick zu und setzte in der nächsten Sekunde ein freundliches Lächeln auf, weil sich ein Gast zu ihnen gesellte.

»Bitte reservieren Sie mir und meiner Frau einen Helikopterflug rund ums Matterhorn. Sie feiert morgen ihren 60. Geburtstag, und ich möchte sie damit überraschen.«

Auf dem Weg zu Andreas' Büro sah sich Laura die Personalien des Toten an. Er kam aus Parma und hieß Mauro Gallo. Unter Bemerkungen stand: »Nimmt jeden Abend ein Bad und trinkt einen Whisky. Bitte genügend Badezusatz und *Arran Single Malt* bereitstellen.«

Aha, überlegte sie. Ein Badewannen- und Whiskyliebhaber. Und was sonst noch? Ihre Fantasie ging mit ihr durch, aber der fragende Blick des Wachtmeisters brachte sie in die reale Welt zurück. Sie drückte ihm die Unterlagen in die Hand und schaute ihn herausfordernd an.

»Dann nehme ich jetzt Ihre Aussage auf, Frau Pfeiffer. Herr Blatter, lassen Sie uns einen Moment allein?«

»Ich bleibe hier. Es ist wichtig, dass ich höre, was die Mitarbeitende zu Protokoll gibt.«

»Es ist wichtig für meine Ermittlung. Sie haben ja alles selbst mitverfolgt. Bitte verlassen Sie den Raum.«

Zornig stampfte Andreas zur Tür. Er ließ sie mit einem Krachen ins Schloss fallen. Pedro Lukic lächelte verschmitzt und wandte sich Laura zu.

»Berichten Sie mir jedes kleine Detail, von dem Augenblick an, in dem Sie die Suite betraten.«

Sie beschloss, die peinliche Situation mit Blatter unerwähnt zu lassen. Alles andere beschrieb sie aus ihrer Sicht und Erinnerung. Er schrieb sich die Informationen in sein Notizheft und forderte sie auf, bei nächster Gelegenheit ihre Aussage im Polizeiposten zu unterschreiben. Sie fragte sich, wieso ausgerechnet ihr so was passieren musste. Beim Gedanken an die Leiche erfasste sie ein Schüttelfrost.

»Brauchen Sie Hilfe?«

»Es ist alles so irreal. Ich hatte bis heute nie einen Toten gesehen, und jetzt dieser schreckliche Vorfall. Von was gehen Sie aus: Suizid oder Mord?«

»Im Moment ist es schwer zu beurteilen. Ich sammle und gewichte Fakten, die für die eine oder andere These sprechen.«

»Verstehe«, murmelte sie.

»Sie sehen mitgenommen aus. Möchten Sie sich ausruhen oder benötigen Sie ärztliche Betreuung? Soll ich der Familie Blatter Bescheid geben, dass Sie eine Pause brauchen?«

»Nein danke. Es geht schon. Ich schaffe es.« Sie seufzte und fügte hinzu: »Ich kann doch nicht schon am ersten Arbeitstag um eine Auszeit bitten.«

»Wie Sie wünschen. Es ist Ihre Entscheidung.«

»Ja. Wenn es Ihnen recht ist, komme ich morgen oder übermorgen zum Polizeiposten, um meine Aussage zu unterschreiben. Im Moment habe ich dafür zu sorgen, dass der kriminaltechnische Dienst und der Staatsanwalt so diskret wie möglich an den Tatort gelangen.«

Brummend stimmte er zu: »Wir fixieren gleich einen definitiven Termin.«

»Dann komme ich übermorgen. Von 14 bis 17 Uhr ist Zimmerstunde. Passt 16 Uhr?«

»Ich erwarte Sie am Mittwoch um 16 Uhr. Und falls Ihnen noch etwas einfällt, rufen Sie mich an. Hier ist meine Karte.«

Andreas Blatter betrat, ohne anzuklopfen, den Raum. »Und? Hat sie das Gleiche ausgesagt wie ich?«

Lukic reagierte mit einem Achselzucken und einer Aufforderung:

»Ich benötige die Aufnahmen der Videokameras im Flur der Hochzeitssuite von gestern und heute. Eine Liste der

Mitarbeitenden, die im Zimmerservice tätig waren. Und dann bitte ich die entsprechenden Personen, sich hier im Büro zu melden. Einen nach dem anderen. Unter vier Augen, wohlverstanden.«

Andreas Kopf verfärbte sich von Schweinchenrosa in die nächstfolgende dunklere Farbabstufung. Deutlich genervt fuhr er Laura an: »Frau Pfeiffer, Sie besorgen die Liste, informieren das Personal und veranlassen, dass Herr Lukic die Videos erhält. Ich habe noch etwas zu erledigen. Sie finden mich im Büro meiner Schwester, falls Sie weitere Informationen benötigen.«

Laura schaffte den Spießrutenlauf. Sie empfing den kriminaltechnischen Dienst und den Staatsanwalt und organisierte die diskrete Überführung der Leiche in die Pathologie. Sie bot die Mitarbeitenden auf, welche bei Lukic eine Aussage abgeben mussten. Sie rief die Technikabteilung an und bat, die Videos an Lukic zu liefern. Mitten im Stress tauchte Pirmin auf. Er schaute sie mitleidig an und bemerkte mitfühlend: »Ihr erster Arbeitstag verläuft dramatisch. Man hat mich über den Vorfall informiert. Falls Sie Unterstützung benötigen, hier ist meine Nummer.«

Er drückte ihr eine Visitenkarte in die Hand. Die Zweite, die sie an diesem Tag bekam.

»Danke.« Mehr brachte sie nicht über ihre Lippen. Sie inspizierte die Geschäftskarte und musterte Pirmin. Wieder kribbelte es in der Bauchgegend. Das ist die Aufregung des Tages, redete sie sich ein.

MONTAGNACHMITTAG / MATTERZORN

Auf dem Weg zur einberufenen Informationsversammlung schritt Gaudenz Blatter geistesabwesend die Bahnhofstraße entlang. In Gedanken schlüpfte er in die Haut der Touristen, die aus der ganzen Welt anreisten und jeden Tag die einmalige Bergwelt in der Alpenmetropole bestaunten. Sie fuhren mit der Gornergrat-Bahn bis auf 3.100 Meter hoch, unternahmen eine Bergwanderung oder erfreuten sich an einer der vielen Attraktionen. Für die Feriengäste bedeutete Zermatt Urlaub pur. Nicht so für die Ortsansässigen. Die hatten den Service zu erbringen, damit die Gäste zufrieden waren. Es standen kostenintensive Projekte an, vor allem bei der Infrastruktur der Bergbahnen, aber auch beim Informatiksystem. In der Gemeinde hing der Dorfsegen jedoch wegen eines weiteren Ansinnens schief. Ein alter Streit war neu entbrannt. Es handelte sich um die Zufahrtsstraße von Täsch an den Dorfrand. Gaudenz Blatter besetzte den Posten des Präsidenten der Burgergemeinde Zermatt, einer öffentlich-rechtlichen Körperschaft. Sie vereinigte die alteingesessenen Familien und zählt rund 1.500 Personen. Die übrigen Dorfbewohner bildeten zusammen mit den Burgern die Einwohnergemeinde, die seit der Trennung der beiden Gemeinden im Jahr 1969 mit getrennter Verwaltung bestand. In dieser Position war er federführend für das Wiederentfachen des Zwists. Er forderte lautstark, dass Touristen wieder mit dem Auto bis an den Dorfrand fahren durften und ihre Autos nicht schon im fünf Kilometer entfernten Täsch parken mussten. Anderer Meinung war eine Mehrheit der Einwohnergemeinde. Ausschlaggebend für die Haltung gegenüber dem Projekt war oft die Familienzugehörigkeit. Der Hotelier verteidigte seinen Standpunkt vehement.

»Auch wir Burger sind für ein autofreies Dorf. Die Zufahrt mit dem Personenwagen für Gäste bis an den Dorfrand soll aber möglich sein. Die Straße von Täsch nach Zermatt muss wintersicher ausgebaut und für die Öffentlichkeit befahrbar werden. Wir bauen am Dorfeingang 2.000 zusätzliche Parkplätze, somit bleibt das Dorf vom Verkehr verschont.«

»Das Parkhaus baut der Blatter-Clan und wird damit noch reicher!«, rief ein Teilnehmer in die Runde.

»Mu müess d Liit la redu und Chie la chalbju.* Das Geschwätz von vereinzelten Querdenkern ist eine alte Leier. Es ist ein perfider Angriff auf Kosten der gesamten Bevölkerung von Zermatt. Denken wir jetzt an unsere Zukunft. Lassen Sie mich meine Präsentation vorstellen. Am Schluss haben Sie die Möglichkeit, Fragen zu stellen. Die Vorgeschichte ist Ihnen allen bekannt, trotzdem wiederhole ich sie. Die Zufahrtsstraße besteht schon lange, und sie wurde in den vergangenen Jahren ausgebaut. An manchen Abschnitten ist sie schmal und einspurig, und es fehlen teilweise Galerien. 1985 wurde ein Reisebus von

---

* Man muss die Leute reden lassen und die Kühe kalben

einer Lawine erfasst. Damals kamen elf Menschen ums Leben. Es gibt Wintertage, da bleiben Straße und Bahnstrecke geschlossen. Kommt dazu, dass bei schlechten Sichtverhältnissen auch die Helikopterflüge ausfallen. Das Dorf ist dann komplett von der Umwelt abgeschnitten. Das ist absolut vermeidbare Negativwerbung für Zermatt. Vielen unserer Gäste passte das gar nicht in den Kram. Sie empfinden die Anreise als kompliziert und mühsam. Das schadet dem Ruf.«

»Sie mit Ihren schamlosen Verdrehungen. Ihren guten Ruf haben Sie übrigens schon verloren!«, schrie Dieter Indermatten. Er hatte ein Gegenkomitee gegründet und widersetzte sich den Plänen fundamental.

»Wir wissen, dass Sie kein Freund dieses Projekts sind. Geben Sie zu, dass es für die Feriengäste lästig ist, wenn sie mit dem Auto anreisen und ab Täsch auf die Bahn umsteigen müssen. Wir streben an, eine Destination der vollauf zufriedenen Gäste zu sein. Noch sind wir wegen dieses Mankos weit davon entfernt. Das muss sich zur Sicherung der wirtschaftlichen Perspektiven von uns allen dringend ändern.«

»Die Touristen haben sich längst daran gewöhnt. Unabhängige Umfragen haben das wiederholt bestätigt. Sie, Herr Blatter, bestehen auf dem Ausbau dieser Straße. Den wahren Grund pfeifen die Spatzen von den Dächern. Weil Ihnen das Land am Dorfrand gehört, das Sie übrigens meiner Familie auf fiese Art abgenommen haben. Sie bauen das Parkhaus und kassieren dann die Miete der Parkplätze. Das ist reine Habgier. Nichts anderes. Leute wie Sie …«

»Ich bitte das Sicherheitspersonal, den Mann aus dem Raum zu führen.«

Zwei Uniformierte packten den Aufwiegler an den Armen und führten ihn aus dem Saal. Dieser wehrte sich mit Händen und Füßen.

»Ich habe das Recht, hier meine Meinung zu äußern und euch die Augen zu öffnen. Ihr wisst Bescheid, wer von diesem Projekt profitiert. Nicht die Allgemeinheit, nein, die Landbesitzer und Bauherren der Parkplätze!«

Im Korridor war das Gezeter des Unruhestifters zu hören.

»Ihr müsst euch wehren, Leute!«, schallte es durch die geschlossene Tür.

Die Zuhörer tuschelten hinter vorgehaltener Hand. Gaudenz Blatter fuhr unbeirrt fort.

»Uns wirft man Profitgier vor. Aber ich sage Ihnen, die Gegenpartei nutzt die Sache zu ihren Gunsten. Die Gemeinde profitiert von einem Abkommen mit dem Kanton, dem Bund und der Matterhorn Gotthard Bahn. 2005 wurde ein Vertrag unterschrieben, der meiner Meinung nach illegal ist, dass die Straße bis 2030 nicht ausgebaut werden darf. Ich befürchte eine Wiederholung der Geschichte. Der Bundesrat will in den kommenden Jahren 11,9 Milliarden Franken in die Eisenbahn-Infrastruktur investieren. 320 Million sollen in einen neuen lawinensicheren Bahntunnel zwischen Täsch und unserem Dorf gesteckt werden. Und wissen Sie was, damit das Geld fließt, muss der Status der Straße erhalten bleiben, so wie er jetzt ist. Ich frage Sie, meine Damen und Herren, wollen wir das zulassen? Meine Antwort lautet klar und deutlich: nein. Mit diesem Statement eröffne ich die Fragerunde.«

»Soviel ich weiß, sind die Verhandlungen diesbezüglich nicht abgeschlossen. Der Gemeindepräsident hat mir versichert, dass es über diesen Passus zu diskutieren gilt. Er sagte mir auf Anfrage, dass er auch für die Entkoppelung der Ausbaupläne von Straße und Bahn sei«, warf eine Zuhörerin ein.

»Das kann schon sein, aber wir müssen achtsam bleiben und uns zur Wehr setzen«, verkündete Blatter.

Die Dame bohrte nach: »Ich war früher in der Gemeindebehörde tätig und verstehe die Vorgehensweise der Verantwortlichen. Es ist nicht möglich, die Bevölkerung ständig über alle Verhandlungen im Detail zu informieren. Zudem ist uns Dorfbewohnern bekannt, dass Sie, Herr Blatter, ihre eigenen Kanäle nutzen, um an substanzielle Informationen zu kommen.«

Gaudenz setzte sich nonchalant über diesen Frontalangriff hinweg. Er wiederholte seine Thesen. Die Diskussionen zogen sich hin, und der Hotelier gestand sich am Ende der Veranstaltung ein, dass er nicht weitergekommen war, obwohl namhafte Ortsvertreter im Publikum anwesend waren. Sie hatten sich jedoch nicht zu Wort gemeldet. Es sah so aus, als wollten sie sich alle Optionen offenhalten. Einer davon war Elmar Blatter, sein eigener Bruder und Direktor bei der *Matterhorn Bank*. Der andere, Klaus Winkelried, sein Anwalt. Er zürnte den beiden. Noch mehr, als er bei der Verabschiedung mitbekam, dass sie für den nächsten Tag Großes vorhatten. Noch heute am späten Nachmittag wollten sie mit der Gondel zum Schwarzsee fahren und von dort aus zur *Hörnlihütte* wandern. Morgen stand die Besteigung des Matterhorns auf dem Programm. Das wurmte den Patron. Sie pfiffen auf die familiären Pflichten. Stattdessen frönten sie dem Bergsteigen. Er musste die Illoyalen dringend in die Verantwortung nehmen. Es ging nicht an, dass sein eigener Bruder ihn bei einer solchen Veranstaltung nicht lautstark unterstützte. Und Winkelried würde er bei Gelegenheit ebenfalls auf seine Seite bringen. Er hatte noch eine Parzelle Land, die dieser schon lange zu kaufen wünschte. Mit etwas Verhandlungstaktik würde er die Stimme dieses Rechtsverdrehers gewinnen. Davon war er überzeugt.

MONTAGNACHT / TRAUM UND WIRKLICHKEIT

In der Nacht verfolgten Laura Albträume. Der Tote erschien ihr im Traum. Er schien ihr etwas sagen zu wollen. Sie verstand es nicht. Er sprach zu undeutlich und italienisch. Eine Redewendung, die er wiederholte, blieb ihr jedoch: »Amore mio!« Schweißgebadet wachte sie auf. Der Wind klapperte mit den Fensterläden, und Regentropfen klatschten gegen die Scheibe. Trotz erhöhter Körpertemperatur fröstelte sie. Der verschwitzte Schlafanzug klebte an ihrem Körper. Der Rücken und die Glieder schmerzten. Nach einer lauwarmen Dusche löste sich die Verspannung ein wenig. Im Trainingsanzug verließ sie das Zimmer, um in der Personalküche ein Süßgetränk zu holen. Das sollte ihre gestressten Nerven beruhigen. Im Treppenhaus des Personaltrakts hörte sie zwei Männerstimmen.

»Ich glaube nicht, dass Gallo eines natürlichen Todes gestorben ist.«

»Was meinst du? Da hatte jemand die Finger im Spiel. Ich vermute …«

Dummerweise flog in diesem Moment die Flurtür hinter ihr ins Schloss. Der Knall war den Unbekannten nicht entgangen.

»Da ist jemand. Lass uns verschwinden.«
Sie vernahm Laufschritte. Dann herrschte Totenstille. Der Durst war Laura vergangen. Lautlos stahl sie sich in ihr Zimmer zurück. Sie wollte unerkannt bleiben. Aber wer waren die Männer, und was ahnten sie? Dem Dialekt nach zu schließen, handelte es sich um Einheimische. Sie prägte sich die typisch melodischen Stimmen ein. Vielleicht gelang es ihr, den einen oder anderen aufzuspüren und in ein unverfängliches Gespräch zu verwickeln. Ihre Gefühle wirbelten durcheinander. Den Trainingsanzug schmiss sie achtlos in eine Ecke, zog ihr Pyjama an und legte sich ins Bett. Sie zog die Decke bis zur Nase hoch und versank in Gedanken. Nebst der Geschichte mit dem Todesfall fing der zwiespältige Abschied von zu Hause an, sauer aufzustoßen. Vater und Mutter schienen sich über ihren Auszug zu freuen. Sie hatten in den vergangenen Wochen oft gestritten. Ingo, ihr Bruder, studierte Informatik. Die Eltern führten eine Gärtnerei und wünschten sich, dass eines ihrer Kinder eines Tages in ihre Fußstapfen treten würde. Tochter und Sohn hatten sich jedoch für einen anderen Weg entschieden. Vor allem der Vater hatte seine liebe Mühe, diese Entwicklung zu akzeptieren. Das brachte er bei jedem gemeinsamen Essen zur Sprache. Laura verstand es bestens, ihn zu ignorieren. So endeten die Mahlzeiten immer mit Dissonanzen. Er hatte sich schon am Vorabend mit einem knappen »Tschüss« verabschiedet. Die letzte Nacht zu Hause schlief sie hundsmiserabel. Sie war erleichtert, dass ihre Mutter sie am Morgen ohne große Verabschiedungszeremonie zum Bahnhof fuhr und kurz an sich drückte. Die Bewegungen des Zuges beruhigten sie zunehmend. Die Vorfreude auf die neue

Herausforderung wuchs. Der Anblick der vorbeiziehenden Landschaft mit den Bergdörfern an steilen Berghängen, deren Kirchtürme, Wälder, Wiesen, baumbestandene Berge, der wilde Bergbach erfreuten Lauras Herz ein wenig. Trotzdem war sie nach einer Weile eingeschlafen. Bis ein Schmerz sie in das reale Leben holte. Verwirrt öffnete sie die Augen. Jemand war ihr mit voller Gewalt auf den Fuß getreten.

»Aua. Passen Sie doch auf?«, stieß sie im Halbschlaf hervor.

»Nix fär ungüät*.«

Wäre der Mann nicht so adrett dahergekommen, hätte Laura nachgehakt. Aber sie schaute nur auf die Erscheinung, die sie eben aus dem Schlaf gerissen hatte. Sie fragte sich, ob sie träume oder ob tatsächlich der Prinz ihrer Fantasien vor ihr stand. Der Schmerz an den Zehen hielt an. Langsam realisierte sie, dass sie in der Matterhorn Gotthard Bahn Richtung Zermatt saß.

»Ich wollte den Koffer auf die Ablage heben und habe nur nach oben geschaut«, entschuldigte sich der Mann nochmals.

»Schon klar, ich bin ja unsichtbar.«

Laura hätte sich für diesen Seitenhieb ohrfeigen können.

»Wieso ist mir eine Schönheit wie Sie nicht gleich aufgefallen?«, konterte er und setzte sich ihr gegenüber. Er betrachtete sie mit unverhohlenem Blick. Sie stierte aus dem Fenster und verdrehte die Augen. Ihre Schlagfertigkeit war ihr abhandengekommen. Dieser Mensch hatte eine rätselhafte Ausstrahlung, die etwas in ihr auslöste, sie aber auch blockierte und wie einen Teenager zum Erröten

---

* Entschuldigung

brachte. Er bemerkte ihre Verlegenheit und setzte noch eins drauf.

»Sie sind übrigens durchaus sichtbar, nur schon wegen der glühenden Wangen.«

»Lassen Sie mich in Ruhe.«

Sie schloss die Augen. Damit war für sie der Dialog beendet. Sie wollte nichts mehr sehen und hören, nur weiterschlafen. Doch ihre Gedanken beschäftigten sich mit dem Mann, der ihr gegenübersaß. Wieder wurde sie angestoßen. Dieses Mal war es der Kontrolleur, der das Ticket verlangte.

»Ihr Gesicht kommt mir bekannt vor«, sprach sie ihr Sitznachbar erneut an.

»Deshalb sind Sie mir auf den Fuß gestiegen?«

»Vielleicht tönt es wie eine billige Masche. Aber ich meine, Ihre Personalakte gesehen zu haben. Haben Sie eine Stelle im Hotel *Blatterhof* angenommen?«

Laura schwieg. Ungläubig starrte sie ihn an.

»Ich bin Pirmin Blatter.«

»Mein zukünftiger Chef?«

»Schön wäre es. Mein Vater ist Besitzer und Generaldirektor des Hotels. Wir drei Geschwister sind Abteilungsleiter mit eigenem Verantwortungskreis. Josefa leitet die Administration, Andreas das Personal, und ich bin Küchenchef.«

»Dann wissen Sie ja Bescheid.«

»Sie sind die neue Hotelfachfrau, die an der Rezeption arbeiten wird. Stimmt das?«

»Ja. Mein Name ist Laura Pfeiffer.«

Sie fanden nach dem missglückten Anfang den Draht zueinander und fingen an, sich angeregt zu unterhalten. Der imposanten Landschaft, die an ihnen vorbeizog, schenkten sie keine Aufmerksamkeit. In Täsch stiegen diejenigen Fahrgäste zu, die ihr Auto dort parkten und mit dem Zug weiter nach Zermatt fuhren. Laura nahm ihre Handtasche vom Sitz, um den Platz für Mitreisende freizugeben. Pirmin ergriff die Gelegenheit und setzte sich ungefragt neben sie. Ihre Arme berührten sich. Beide ließen es geschehen. Sie genoss die letzten Minuten bis zum Zielort ebenso wie das angenehme Kribbeln in ihrem Bauch.

Auf dem belebten Bahnhofplatz von Zermatt standen Elektroautos und Pferdekutschen bereit, die Gäste zu ihren Unterkünften brachten. Pirmin und Laura blieben ratlos stehen. Sie warteten auf einen Vorschlag des Gegenübers. Beide hätten gerne gemeinsam einen Kaffee getrunken. Keiner wagte jedoch den ersten Schritt. Die Situation löste sich von selbst. Ein dunkel gekleideter Mann stürmte auf Pirmin zu und packte ihn am Kragen:

»Endlich begegne ich dir persönlich, du Marionette. Deine Familie versucht erneut, die Straße wintersicher ausbauen zu lassen und im Dorf einen Klotz mit 2.000 Parkplätzen zu errichten. Das ist eine offene Kriegserklärung an den Gemeindepräsidenten und die Mehrheit der Bevölkerung.«

»Halt, stopp, sichern. Komm herunter, Dieter. Das wird nicht hier auf dem Platz entschieden und schon gar nicht mit dem Faustrecht.«

Er schüttelte die Hände des Mannes von seiner Weste. Pirmin fuhr demonstrativ mit seinen Fingern über das Revers, um eventuelle Schmutzspuren abzuwischen.

»Schon möglich, dass es nicht hier beschlossen wird.

Aber eines sag ich dir. Damit kommt euer Clan nicht durch. Wir stellen diesmal eine Lobby auf, die sich gegen euch zur Wehr setzt. Darauf können du und deine Sippschaft zählen.«

»Mach das, aber fass mich nicht noch einmal an. Hast du das kapiert?«

Der Angesprochene schoss einen giftigen Blick in Richtung seines Kontrahenten und schnaubte: »Wir sehen uns wieder.«

Dann drehte er sich auf dem Absatz um und verschwand in einer Gruppe von Asiaten. Laura stand verdutzt daneben. Sie hielt sich betreten zurück und stellte keine heiklen Fragen. Sie erkannte sofort, dass der Fremde in ein Wespennest gestochen hatte. Pirmin verabschiedete sich brüsk mit einem schalen »Bis dann!«

Laura blieb mit halb offenem Mund stehen.

Der erste Eindruck des zukünftigen Arbeitsortes ließ die verunglückte Begegnung in den Hintergrund treten. Von dem belebten Bahnhofsplatz aus erblickte sie das Matterhorn, den imposanten Berg, der einer bekannten Schweizer Schokolade gleicht. Laura erschauderte beim Anblick. Unfähig, einen Schritt vorwärtszugehen, bestaunte sie das Naturwunder, das wie eine Pyramide in den Himmel ragte. Ein Passant, der sie gerammt hatte, weckte sie aus der Erstarrung. Sie zückte ihr Handy und schoss ein paar Fotos, um diese auf die sozialen Medien zu stellen. Ihre Kolleginnen und Kollegen aus der Hotelfachschule mussten doch sehen, dass sie es in das weltbekannte Feriendorf Zermatt geschafft hatte.

Obwohl unweit von ihr ein Elektrotaxi stand, bevorzugte sie, zu Fuß Richtung Hotel zu schlendern. Sie beobachtete das friedliche Getümmel der Leute, die sich ohne Hektik durch die Straße bewegten. Die Fensterbänke der Holzhäuser waren mit Blumen behangen, die Schaufenster vollgepackt mit raffiniert präsentierten Artikeln. Die Terrassen der Restaurants waren bis auf den letzten Stuhl besetzt. Es herrschte heitere Ferienstimmung wie aus dem Hochglanzkatalog. In einer Gartenwirtschaft mit Sicht auf das markante Wahrzeichen trank sie ein Glas *Fendant*[*]. Sie feierte den Neubeginn mit sich allein. Zufrieden schaute sie sich um. Die Sonne strahlte, eine leichte Brise wehte durch ihre Haare. Der Wein hatte ein faszinierendes Bouquet, und am Gaumen blieb er köstlich hängen. Ein Ort zum Verweilen.

Im Hotel *Blatterhof* begrüßte sie ein Pförtner und begleitete sie in ihr Personalzimmer im Dachgeschoss. Sie packte ihre Siebensachen aus. Immer wieder drehten sich ihre Gedanken um den Zwischenfall im Zug. Im Nachhinein empfand sie ihn als Glücksfall. Gerne würde sie sich nochmals von so einem sympathischen Mann auf die Füße treten lassen. Ja, Pirmin gefiel ihr. Schmetterlinge tanzten in ihrem Bauch, wenn sie sein Bild vor sich sah. Die Episode auf dem Bahnhofplatz beschäftigte sie jedoch. Sie googelte: »Straße nach Zermatt« und fand einen Zeitungsartikel zum Thema:

Zermatt ist weltweit für seine Autofreiheit bekannt. Einwohnern, Lieferwagen und Arbeitnehmern ist es seit 1978 erlaubt, die Straße mit einer Bewilligung zu benützen. Dafür stehen 2.500 unterirdische Parkplätze im Dorf zur Verfügung. Eine Interessensgemeinschaft will, dass die

---
[*] Walliser Bezeichnung für Weißwein aus Gutedel

Zufahrtsstraße von Täsch nach Zermatt wintersicher ausgebaut wird und auch für Touristen zugänglich ist.

In diesen Dorfstreit schien die Familie Blatter eng verwickelt. Sie würde sich bei Gelegenheit umhören. Sie beabsichtigte, mehr über ihren neuen Arbeitgeber zu erfahren. Dabei hatte sie sich doch fest vorgenommen, Arbeit und Privatleben auseinanderzuhalten und sich nicht in anderer Leute Angelegenheiten einzumischen. Sie setzte sich in den Kopf, die Sympathie für Pirmin versanden zu lassen. Aber die Schmetterlinge gehorchten nicht. An ihrem letzten Arbeitsort war ihr gekündigt worden, weil sie sich für Ungereimtheiten interessierte, die sie nicht direkt betrafen. Sie hatte sich gelobt, den gleichen Fehler nicht zu wiederholen. Sie nahm sich vor, ihre subjektiven Gefühle zu ignorieren. Ihr Ziel war es, sich an der Arbeitsstelle zu profilieren und in der Freizeit ihrer persönlichen Vorliebe, dem Fotografieren, nachzugehen. Sie hatte das Auge, packende Objekte sofort zu erfassen und meisterhaft festzuhalten. Der erste Arbeitstag stellte einen Teil dieser Vorsätze bereits auf den Kopf.

DIENSTAG / REZEPTION

Am zweiten Arbeitstag nahm Josefa Blatter sie unter die Fittiche. Sie kehrte, wie ihr Bruder Andreas, die Vorgesetzte raus. Nach Organigramm war sie die Juniorchefin für Gästebetreuung und -empfang. In Befehlsform bekam Laura die Einweisung in ihren neuen Job. Sie kannte das Reservierungssystem bereits und arbeitete deshalb relativ bald selbstständig. Kaum war sie einen Augenblick allein, schaute sie sich die Buchungsunterlagen des Gastes aus der Hochzeitssuite näher an. Sie schoss vorsorglich von den Einträgen ein Foto mit ihrem Handy. Sie plante, diese später in Ruhe zu googeln.

»Mit was sind Sie beschäftigt?«

Pirmin war an den Empfang getreten und schaute sie irritiert an. Sie lächelte ihn an.

»Guten Tag, Herr Blatter. Ja, ich habe eben das neue Buchungssystem kennengelernt und ein paar Foto geschossen, damit ich am Abend in Gedanken nochmals alles durchgehen kann.« Sie errötete. Sie begriff nicht, ob es wegen der Notlüge oder seiner Erscheinung war.

»Aha. Wie haben Sie den gestrigen Tag gemeistert?«

»Na ja. Es war ein ungewöhnlicher Start am neuen

Arbeitsort. Das Ereignis hat mich mitgenommen. Es war der erste Tote, den ich zu Gesicht bekommen habe.«

»Ja, das ist ein leidvoller Vorfall. Ich hoffe, dass erfreulichere Erlebnisse auf Sie zukommen. Nachträglich: herzlich willkommen in unserem Team. Ich wünsche, dass es von nun an weniger hektisch läuft und der tragische Zwischenfall in den Hintergrund rückt.«

Er lächelte ihr zu, drehte sich um und verzog sich Richtung Aufzug. Der erste Mensch in diesem Laden, der mich freundlich begrüßt, stellte sie ernüchternd fest.

Im Lauf des Tages tauchte der Staatsanwalt ein weiteres Mal auf. Sie begleitete ihn in die Hochzeitssuite und stand ihm Rede und Antwort. Er durchforstete das Gepäck und die Unterlagen des Verstorbenen und plapperte vor sich hin: »Aha« oder ein »Soso«. Er hatte nicht bemerkt, dass sich Laura die ganze Zeit im Raum aufgehalten und ihn aufmerksam beobachtet hatte. In den Papieren, die er dem Aktenkoffer entnommen hatte, blätterte er hektisch, bis er brüsk innehielt. Blitzschnell griff er zum Telefon. Vom Dialog bekam sie nur den Teil des Staatsanwalts mit.

»Hallo, Gaudenz. Kanntest du die Pläne und Absichten von Gallo?«

…«

Das erstaunt mich nicht.«

…

»Bist du daran beteiligt?«

…

»Ja, ich komme runter.«

Er drehte sich um und schaute Laura überrascht an.

»Waren Sie die ganze Zeit hier?«

»Ja.«

»Sie wissen, dass Sie der Schweigepflicht unterliegen? Kein Wort dessen, was Sie eben gehört oder gesehen haben, dringt nach außen. Sie geben nichts zu Protokoll. Ich werde das selbst erledigen. Verstanden?«

Sein strenger Blick unterstrich die Wichtigkeit seiner Aussage zusätzlich. Laura nickte.

»Prima, dann bringen Sie mich jetzt in das Büro von Gaudenz Blatter. Die Suite ist nicht freigegeben. Ich gebe Bescheid, wenn es soweit ist.«

»Ich trage das so im Buchungssystem ein. Bitte folgen Sie mir.«

Laura hoffte inständig, dass sie bei der Arbeit von den Turbulenzen um den Todesfall abgelenkt würde. Von wegen. Sie geriet in Teufels Küche. Gegen Mittag traten eine schwarz gekleidete Frau und ein chic angezogener Herr an die Rezeption. Das Gesicht des Fremden rief in ihr Erinnerungen wach.

»Gallo. Wir möchten zwei Einzelzimmer buchen.«

»Gallo?«, fragte Laura erstaunt.

»Ja. Ich bin der Bruder von Mauro, und das ist seine Frau. Wir haben hier einiges zu erledigen. Haben Sie zwei Zimmer?«, insistierte der Italiener in gebrochenem Deutsch.

»Herzliches Beileid«, stammelte Laura.

»Haben Sie etwas frei oder nicht?«

»Entschuldigen Sie bitte. Wie lange gedenken Sie zu bleiben?«

»Sicher zwei Nächte. Im Moment ist das noch ungewiss.«

Laura überlegte, wie sie sich gegenüber den Neuankömmlingen verhalten sollte. Sie verzog sich hinter den

Bildschirm und beeilte sich, die unangenehmen Leute abzufertigen.

»Das sind die Schlüssel für Ihre Zimmer. Das Gepäck bringen wir Ihnen. Der Aufzug bringt Sie in die erste Etage. Falls Sie Fragen haben, ich bin gerne für Sie da.«

»Wer hat meinen Mann gefunden?«

Laura verschlug es kurzzeitig die Sprache. Sie hatte eher an Fragen zum Aufenthalt im Hotel gedacht.

»Andreas Blatter und ich«, antwortete sie zögerlich.

Maria Gallo fokussierte sie mit funkelnden Augen.

»Was hatten Sie in seinem Zimmer zu suchen?« Ihr Gesichtsausdruck verfinsterte sich. Laura schluckte leer, dann konterte sie souverän:

»Ich vereinbare einen Termin für Sie mit unserem Hoteldirektor, Herrn Gaudenz Blatter. Er wird sich gerne umgehend mit Ihnen unterhalten und die Sachlage erläutern.«

»Was hatten Sie in seinem Zimmer zu suchen?«, insistierte die Frau des Verstorbenen und fixierte Laura erneut. Diese schaute sich Hilfe suchend um. Von Josefa war keine Spur zu sehen.

»Wenn Sie mir weiter eine klare Antwort verweigern, veranstalte ich auf der Stelle einen Höllenlärm. Ich werde laut herausposaunen, dass in diesem Hotel nicht alles mit rechten Dingen zugeht. Capito*?«

Das Wort ›capito‹ posaunte sie in die Hotelhalle. Die anwesenden Leute sahen sich verwundert um. Laura rettete die Situation, indem sie die Fakten auf den Tisch legte:

»Es war mein erster Arbeitstag, und Herr Blatter zeigte mir die Räumlichkeiten, die wir gleichzeitig auf Sauberkeit kontrollierten«, erklärte sie der aufgebrachten Frau.

---

* Verstanden?

»Calmati*!«, griff Giuseppe Gallo ein. Der Schwager fasste Maria um die Schultern und führte sie sanft weg. Sich noch einmal umwendend flüsterte er: »Entschuldigen Sie, es ist nicht einfach für sie.«

Für mich auch nicht, konterte Laura im Stillen. Ganz und gar nicht einfach.

---

* Beruhige dich!

DIENSTAGMORGEN / MATTERHORN

»Ich habe es geschafft! Mein größter Wunsch ist endlich in Erfüllung gegangen. Ich stehe wahrhaftig auf dem Gipfel des Matterhorns.«

Innerlich gehörig bewegt streckte Klaus Winkelried die Arme in die Luft. Er fühlte sich wie ein Boxer nach einem gewonnenen Kampf. Er atmete so tief durch, dass ein lautes Stöhnen aus seinem Innersten an die frische Bergluft drang. Der kühle Realist wurde von seinen Gefühlen überwältigt. Er ließ ungehindert eine Träne auf seine wattierte Jacke kullern und schluckte.

»Ja, wir haben es gemeistert. Du hast dich geschickt angestellt. Das Trainieren hat sich gelohnt.« Elmar Blatter zückte die Kamera. »Lass uns den Augenblick festhalten, damit du deiner Familie beweisen kannst, dass du das Horu[*] bezwungen hast. Und dann trinken wir einen Schluck Gipfelwein.«

Nebeneinander, den Arm um die Schulter des anderen gelegt, standen die Schulfreunde zusammen und grinsten in das Handy. Die Bergwelt glich einem aufgewühlten Meer. Die Gipfel um sie herum waren allesamt schneebe-

---
[*] Matterhorn

deckt, ein Auf und Ab aus Stein, weiß wie die Gischt über den Wellen. 29 Viertausender konnten sie ausmachen. Im Hintergrund strahlend blauer Himmel. Dieser Anblick wird mir bis in Ewigkeit in Erinnerung bleiben, sinnierte Klaus. Aber ein digitales Foto oder eines auf Papier zum Rumzeigen ist von Vorteil.

»Da wir gerade von Fotos sprechen, erinnere ich dich an dein Versprechen. Deinen Wunschtraum habe ich nun erfüllt. Jetzt bist du dran, mir meine längst überfällige Forderung einzulösen«, unterbrach Elmar die Schwärmerei des Klassenkameraden. Klaus verstand augenblicklich, was sein Schulfreund von ihm forderte. Erstaunt schaute er in die spiegelnden Sonnenbrillengläser seines Gegenübers. Dieser stand breitbeinig da und stützte seine Fäustlinge in die Hüfte.

»Nach dem Motto ›eine Hand wäscht die andere‹, verlange ich von dir, dass du mir noch diese Woche die Fotos und die Negative aushändigst, mit denen du mich ständig drangsalierst.«

Klaus schaute seinen Freund abschätzig an.

»Die gebe ich dir bei Zeit und Gelegenheit. Zuerst sprechen wir über mein nächstes Projekt. Sobald ich von der Bank die unterschriebene Finanzierungszusage in der Hand halte, bekommst du den Umschlag, und dann vergessen wir deinen legendären Auftritt auf der Fete von Susanne.«

»Das war so nicht vereinbart. Deine Forderungen hören nie auf. Du bist unersättlich. Es war anders abgesprochen, und du hast mir deine Hand darauf gegeben. In diesem Tal gilt ein Handschlag noch.«

Klaus verzog sein Gesicht zu einem undefinierbaren Lächeln.

»Jetzt ist doch nicht der Augenblick, um solche Angelegenheiten zu klären. Lass uns die Natur und den Moment genießen.«

»Du hast verkündet, dass du alles dafür gibst, um auf das Matterhorn zu kommen. Ich war bereit, dir diesen Wunsch zu erfüllen, wenn du mir entgegenkommst. Wir haben zusammen auf diese Besteigung trainiert und es geschafft. Halte dich jetzt an dein Versprechen!«

Klaus realisierte den Ernst der Lage.

»Verdirb mir nicht den Tag«, versuchte er abzuwiegeln.

»Übergibst du mir morgen die Fotos? Ja oder nein?«

»Hör jetzt auf mit dieser Fragerei. Was ist mit dir los?«

»Ich muss wissen, ob du ein falsches Spiel treibst.«

Elmar trat bedrohlich nah an den Kollegen ran. Platz zum Ausweichen gab es keinen.

»Es ist mir nicht zum Spaßen. Wie schnell passieren Unfälle in den Bergen. Das möchtest du doch nicht, oder?«

»Elmar, ich kenne dich gar nicht mehr. Was ist in dich gefahren?«

»Ich habe genug. Seit der Schulzeit benutzt du meine Gutmütigkeit und die meiner Familie. Deine Reputation und die Geschäfte, die du drehst, gedeihen und wachsen. Und du wirst immer skrupelloser. Ich kann es nicht mehr ertragen. Zudem riskiere ich meinen Posten bei der Bank.«

»Dir scheint die Höhe nicht gutzutun. Deinem Hirn mangelt es an Sauerstoff. Lass uns das in aller Ruhe besprechen, wenn wir wieder zu Hause sind.«

Das war Öl ins Feuer. Elmar kochte innerlich. Seine Fäuste ballten sich.

Er schrie: »Zuerst erschwindelst du dir finanzielle Vergünstigungen. Dann organisierst du zwielichtig Anlässe und fotografierst mich in heiklen Situationen. Zum Schluss erpresst du mich. Und nun willst du dein Wort nicht halten und weitere Forderungen stellen. So nicht mit mir!«

»Jetzt hör endlich auf. Wir besprechen das in Ruhe bei einem Glas Wein. Lass gut sein für heute.«

Er klopfte seinem Schulfreund wohlwollend auf die Schulter. Dieser schob seine Hand weg und knurrte: »Wir steigen ab!«

Es kam nur einer aus der Seilschaft zurück zur *Hörnlihütte*. Auf dem Rückweg stürzte Klaus Winkelried in den Abgrund. Elmar gab an, dass sich sein Freund im letzten Teilstück aus unerklärlichen Gründen vom Seil gelöst habe. Er sei abgerutscht und gestürzt. Nachdem alle Formalitäten mit der Polizei und den Rettungskräften erledigt waren, rief er seinen Bruder an.

In knappen Worten schilderte er ihm den tödlichen Unfall.

»Wo bist du jetzt? Komm so schnell wie möglich vorbei. Wir müssen uns absprechen.«

»Ja, es wird langsam ungemütlich.«

DIENSTAGABEND / RÜCKBLICK

Laura lag in Gedanken versunken auf ihrem Bett. Die Vorfälle verfolgten sie. Gaudenz und Andreas Blatter sprachen von einem Selbstmord. Das Glas und die Medikamentenpackung im Badezimmer ließen einen solchen Schluss zu. Aber welchen Grund hatte der Italiener? Sie versuchte, es nachzuvollziehen. Es war ihr unverständlich. Das Gespräch, das sie im Flur mitgehört hatte, nährte ihre Vermutungen, dass es eine Gewalttat gewesen sein könnte. Zudem hatte der bedauernswerte Mensch keinen Abschiedsbrief hinterlassen. Er sei aus geschäftlichen Gründen nach Zermatt gekommen. Weshalb genau, war ihr nicht bekannt. Sie holte ihren PC und googelte »Famiglia Gallo«. Sie wurde schnell fündig. Die Gallos führten in Parma einen Produktionsbetrieb für Parmaschinken. Sie waren stinkreich und stadtbekannt und verfügten über diverse Immobilien. Wollte er seinen Schinken im Wallis vertreiben? Sie nahm ihr Handy hervor und betrachtete die Bilder, die sie in der Hochzeitssuite und vom Toten geschossen hatte. Ihre Aufnahmen waren bestimmt nicht von Bedeutung für die Polizei. Wachtmeister Lukic hatte selbst viele Fotos aufgenommen und besaß alle nötigen

Informationen. Sie zuckte mit den Schultern. Sie würde morgen ihre Aussage unterschreiben, und dann war die Sache für sie erledigt. Bittere Erfahrungen hatten sie gelehrt, dass sie die Angelegenheiten anderer Menschen nichts angingen. Sie erinnerte sich mit Widerwillen an die Geschehnisse an der letzten Arbeitsstelle.

Gleich nach der Ausbildung hatte sie temporär eine Stelle in einem kleinen Stadthotel angenommen. Der Chef war in der Küche tätig, seine Frau führte die Administration, und deren Sohn kümmerte sich um den technischen Teil. Laura, die frisch aus der Hotelfachschule kam, war überall einsetzbar. Sie arbeitete je nach Bedarf an der Rezeption, auf der Etage oder beim Service. Durch diesen Umstand lernte sie alle Sparten und Menschen im Betrieb kennen. Bei einem Einsatz im Zimmerservice bemerkte sie, dass eines der Hausmädchen seine Handtasche mit Seifen, Shampoo und WC-Papierrollen vollpackte. Das erste Mal zermarterte sie sich das Hirn, wie sie reagieren solle. Sie entschied, dass es nicht ihr Problem sei. Beim nächsten Vorkommnis sprach sie die Kollegin an. Diese leugnete, dass sie etwas eingepackt habe. Dann sei es wohl ein Irrtum, folgerte Laura. Ein paar Tage später ertappte sie die Frau auf frischer Tat. Diese fing an zu weinen und bedrängte Laura inständig, sie nicht zu verraten. Im Geheimen stahl sie jedoch hemmungslos weiter. Die Lage spitzte sich zu. Der Chefin fiel auf, dass unverhältnismäßig viele Toilettenartikel benötigt wurden. Deshalb kontrollierte sie den Verbrauch mit den Hotelübernachtungen. So stellte sie fest, dass etwas nicht stimmte. Sie begann, die Sache zu überwachen. Bald wurde die Zimmerdame überführt. Diese bezichtigte Laura des Diebstahls, um ihre eigene Haut zu retten. Doch Nachforschungen ergaben eindeutig, dass die Produkte weiterverkauft worden waren, und zwar an ein B&B, das einer Freundin der Frau gehörte. Trotzdem wurde Laura abgemahnt, weil sie von dem Diebstahl gewusst und sich nicht bei den Hotelbesitzern gemeldet hatte. Wäre es bei diesem Vorfall geblieben, wäre Laura mit einem Verweis davongekommen. Aber kurz darauf wurde sie wieder Zeugin eines Zwischenfalls, der ihr zum Verhängnis wurde. Sie beobachtete den Sohn der Hoteliersfamilie, wie er Geld aus der Registerkasse entnahm und in die Hosentasche steckte. Nun war sie echt in einer Zwickmühle. Sollte sie das melden? So oder so drohte ihr Ungemach. Sie entschied sich wiederum, nichts zu unternehmen. Sie vermutete, dass er sich mit dem Einverständnis der Eltern aus der Kasse bedient hatte. Am Abend traf sie Hans, den Hotelierssohn, zufälligerweise im Jugendtreff der Kleinstadt. Er gab der ganzen Truppe eine Runde aus, später noch eine zweite. Laura sprach ihn ironisch an:

»Danke für das Bier. Du bist spendierfreudig!«

»Ja, du kennst mich ja und siehst, wie ich hart dafür arbeite.«

»Das habe ich gesehen. Du brauchtest nur in die Kasse zu greifen.«

Wütend stierte er sie an.

»Ich sage dir eines, Kleine. Erzählst du irgendjemandem etwas davon, bist du deines Lebens nicht mehr sicher. Hast du das verstanden?«

Sie erschrak ob der Härte und der Brutalität der Drohung, nickte mit dem Kopf und verließ das Lokal fluchtartig. Ab diesem Tag herrschte dicke Luft an ihrem Arbeitsort. Er vermieste ihr die Arbeit, wo es ihm möglich war. Hatte sie aufgeräumt, ließ er mit Absicht irgendwelche Gegenstände herumliegen. Bevorzugt lief er mit schmutzigen Schuhen über Teppiche, die sie eben gereinigt hatte. Mit Vorliebe vergab er Zimmer, die sie noch nicht bereitgemacht hatte.

An einem Sonntag hatten die Hoteliersleute freigenommen und waren zu Freunden gefahren. Sie überließen die Verantwortung für den Betrieb ihrem Sohn und Laura. Die meisten Gäste waren am Nachmittag unterwegs, und im Hotel gab es nach dem Mittagsservice nicht viel zu tun. Laura reinigte den Speisesaal. Hans zog den Stecker des Staubsaugers und wedelte damit. »Wie wäre es mit einem Versöhnungstrunk? Ich habe mir überlegt, dass wir in Zukunft besser zusammenarbeiten sollten. Was denkst du?«

Laura war erstaunt und erfreut zugleich. Die Arbeit wäre einfacher zu bewältigen, wenn er sie nicht ständig schikanierte. Und er hatte in der Zwischenzeit bestimmt bemerkt, dass sie keine Plaudertasche war. Mit Bedenken stimmte sie zu.

»Komm in die Küche. Es ist niemand mehr da.«

Leicht irritiert folgte sie ihm. Auf der Anrichte thronte eine Flasche Champagner in einem Kühler, zwei Gläser standen bereit, und verführerische Häppchen lockten.

»Du hast mich erwartet?«

»Ich sehe doch deine Blicke.«

»Wie denn?«

»So, als würde dir etwas auf dem Herzen liegen.«

»Ja. Ich strebe nach harmonischer Zusammenarbeit. Sonst nichts.«

Er öffnete die Flasche, schenkte ein und prostete ihr zu.
»Auf unser Teamwork.«
»Das freut mich, dass wir einen Neuanfang wagen, Hans.«
Das weitere Gespräch drehte sich um Hotelgäste und wie er sich seine Zukunft im elterlichen Betrieb vorstellte. Unbemerkt schenkte er ihr Glas fortwährend nach. Schon bald wurde ihr Ton heiter und ausgelassen. Die Flasche war bis auf den letzten Tropfen geleert.
»Ich glaube, die Arbeit wartet auf uns«, meinte sie angeheitert.
»Ich hätte eine bessere Idee.« Hans kam auf sie zu, umarmte sie und küsste sie auf die Wange. Laura stieß in weg.
»Hör auf, ich will das nicht.«
»Zuerst machst du mich an und dann klemmst du?« Er packte sie hemmungslos an der Hüfte und drückte sie an die Wand.
Laura schlug ihm mit dem Knie zwischen die Beine. Er krümmte sich vor Schmerz. Sie rannte aus der Küche, packte ihre Sachen und flüchtete nach Hause. Am Abend bekam sie einen Anruf des Chefs: »Hans hat uns berichtet, was vorgefallen ist.«
»Prima, und was gedenken Sie zu tun?«, fragte Laura.
»Sie sind fristlos entlassen. Wir beschäftigen keine Mitarbeitenden, die sich in unserer Abwesenheit volllaufen lassen und dann meinen, den Juniorchef um den Finger zu wickeln.«
»Aber so war das nicht!«
»Laura, ich war immer mit Ihrer Arbeit zufrieden. Trotz alledem dulde ich das nicht.«

»Hören Sie sich meine Version der Geschichte an.«
»Die tut nichts zur Sache. Ich stelle mich nicht gegen meinen Sohn. Sie verstehen doch?«

Laura hängte ein. Sie verstand die Welt nicht mehr.

Im Nachhinein haderte sie mit dem Gedanken, dass auch ihre Eltern ihrer Version nicht trauten. Sie tendierten dazu, die Geschichte der Hoteliersfamilie für wahr zu halten. Es kam ihr gelegen, dass sie schon bald darauf die Anstellung in Zermatt bekam. Etwas musste sie ihrem ehemaligen Chef anrechnen: Er hatte ihr wenigstens ein vortreffliches Arbeitszeugnis ausgestellt. Vermutlich, weil ihn das schlechte Gewissen geplagt hatte.

MITTWOCHMORGEN / PATRON

Gaudenz Blatter empfing Elmar in seinem Büro. Er hat ihn zu sich befohlen. In seiner Position als Bankdirektor ließ sich dieser in aller Regel nicht vorschreiben, wann er wo zu sein hatte. Sein Bruder bildete die Ausnahme. Seit ihr Vater bei einem Bergunfall ums Leben gekommen war, hatte er die Rolle des Patrons übernommen. Diese Autorität nutzte er geschickt. Er gab in der Familie den Ton an.

»Was ist da passiert bei dieser Bergtour?«

Elmar beschränkte sich auf die Angaben, die er der Polizei gegeben hatte.

»Klaus hat sich eigenmächtig vom Seil losgemacht. Er ist ausgerutscht und in die Tiefe gestürzt.«

»Wieso bindet der sich los?«

»Wir hatten auf dem Gipfel eine kleine Auseinandersetzung. Auf dem Abstieg beschäftigte ihn das weiter. Kurz bevor wir unten waren, verlangte er, dass wir eine Pause einlegen und nochmals diskutieren. Er regte sich auf und schrie, dass er sich von mir nicht mehr führen lasse. Er band sich los und wollte die letzte Strecke allein zurücklegen. Dabei ist er abgestürzt.«

»Und das hast du der Polizei so erzählt?«

»Nicht so ausführlich.«

»Ging es bei eurem Streit um unsere Geschäfte?«

»Nicht nur.«

»Der Vorfall kommt nicht ganz ungelegen. Klaus stellte langsam zu viele Ansprüche. Meiner Meinung nach bestand sogar akute Gefahr für unsere Firmen. Nun, sei es, wie es ist. Wir unterstützen die Witwe und schauen, dass keine Papiere in die falschen Hände geraten. Wir könnten ihr im Namen einer der Gesellschaften ein Kaufangebot für die Anwaltskanzlei und das Immobilienbüro unterbreiten und einen Anwalt unserer Wahl anstellen. Was meinst du?«

»So habe ich mir das auch vorgestellt.«

»Dann sind wir uns in dieser Sache einig. Aber was das Projekt des Parkhauses anbelangt, da verlange ich von dir in Zukunft strikte Solidarität in der Öffentlichkeit. Es ist unverzeihlich, dass du bei der Veranstaltung von Montag wie ein Ölgötze dasitzt und dich ausschweigst. Verstanden? Es betrifft eine Familienangelegenheit. Da sind wir verpflichtet zusammenhalten.«

»Meine Position verlangt von mir Zurückhaltung. Es gehört sich nicht, dass ich mich an einer Versammlung öffentlich hinter die Familie stelle. Du hast ja mitbekommen, dass man uns Vetternwirtschaft vorwirft.«

»Deine Zurückhaltung steckst du dir am besten an den Hut oder sonst wohin. Ich verlange absolute Geschlossenheit innerhalb des Clans. Das gilt für alle. Schließlich profitierst du von diesem Geschäft. Du bist Miteigentümer der Baulandparzelle, auf der das Parkhaus zu stehen kommt. Zudem übernimmt deine Bank die Finanzierung des Projekts.«

»Und genau das wirft man uns vor. Am besten wäre es, wenn ich mich da raushalte. Für mich wird es zu brenzlig. Die formelle Abwicklung der finanziellen Aspekte sollten wir wieder einem Anwalt abgeben.«

»Warum?«

»Weil Anwaltskanzleien nicht den rigorosen Bestimmungen von Transaktionen unterworfen sind. Zusätzlich bringen wir für das Projekt einen weiteren Strohmann in Stellung.«

»Halt! Seit wann bist du der Chefstratege in unserer Familie?«

»Jetzt lass mich gefälligst mal ausreden. Ich habe schon eine Idee, wen wir einsetzen könnten.«

»Und das wäre?«

»Warum fragen wir nicht den größten Gegner des Projekts? Dieter Indermatten. Dann hätten wir ihn an Bord. Für ein wenig Geld ließe der sich sicher umstimmen.«

»Bist du jetzt ganz übergeschnappt? Du weißt schon, dass das Grundstück einmal seiner Familie gehört hat.«

»Ja, und wir haben es gekauft.«

»Wir haben die Spielschulden seines Vaters abgelöst und dafür den Zuschlag erhalten. Dass es unter dem Marktwert war, kann uns nicht vorgeworfen werden. Es gab keine anderen Interessenten.«

»Aber Dieter verzeiht uns diesen Kuhhandel niemals. Wir sollten ihn einbeziehen.«

»So einen Querulanten will ich nicht dabei. Lass dir mal was Besseres einfallen.«

»Ich finde meine Idee genial und absolut praktikabel.«

»Vergiss es. Es muss jemand sein, der über Geld verfügt und in Geschäftsbelangen eine beschränkte Durchsicht hat. Wie wäre es mit Alexa Inalbon? Sie ist in der Anfangsphase einer Demenz, besitzt Land und ein Chalet in bester Lage. Sie wäre eine geeignete Person.«

Elmar überlegte nur einen kurzen Moment.

»Ja, tatsächlich. Um jeglichen Problemen vorzubeugen, sollten wir sie mit viel Charme und Fingerspitzengefühl in das Familienprojekt einbinden. Du überraschst mich immer wieder, großer Bruder. Soll ich sie in den nächsten Tagen einmal besuchen?«

»Ein erstklassiger Bankdirektor betreut seine Kunden und ihr Vermögen.«

Gaudenz lachte und holte zwei Gläser aus seiner Pultschublade.

»Darauf trinken wir einen Schluck *Abricotine*[*]. Santé[**], Elmar!«

Der Schnaps rann wärmend durch die Kehlen. Von einer Sekunde auf die andere veränderte sich sein Ausdruck. Grund war nicht der Alkohol, sondern ein spontaner Gedanke. Er fixierte seinen jüngeren Bruder und fragte: »Was hattest du eigentlich mit dem Italiener am Laufen?«

»Darüber kann ich dir keine Auskunft geben, das unterliegt dem Bankgeheimnis.«

»Seit wann hältst du dich daran? Das sind ja ganz neue Charakterzüge, die ich von dir nicht kenne.«

»Es ist zum Schutz der Familie. Je weniger Leute Bescheid wissen, umso besser. Es laufen noch Ermittlungen zu seinem Tod.«

»Hast du etwas damit zu tun?«

»Dasselbe frage ich dich.«

---

[*] Aprikosenschnaps
[**] Zum Wohl

In diesem Moment klopfte es an der Tür. Josefa trat ein. Sie hatte die Mappe mit der Post unter dem Arm.

Elmar nutzte die Gelegenheit. Er stand auf und verabschiedete sich hastig mit den Worten:

»Bis morgen. Dann sprechen wir weiter. Ich habe einen dringenden Termin.«

MITTWOCHNACHMITTAG / VERHÖR

Laura hatte nachmittags jeweils drei Stunden frei, dafür arbeitete sie am Abend bis 22 Uhr an der Rezeption. Sie nutzte die freie Zeit, um mit dem Fotoapparat durch das autofreie Dorf zu schlendern. Sie bestaunte die alten Gebäude, Zeitzeugen der traditionellen Baukultur der Walser, die vor Jahrhunderten in Zermatt gelebt hatten. In der Bahnhofstraße, der Flaniermeile mit Bars, Restaurants, Shops, Souvenirläden sowie Bäckereien und Konditoreien, bewunderte sie die Ladenfenster und vergaß ihren Kummer beinah. Feriengäste schlenderten durch die Gasse, blieben ab und an vor den Auslagen stehen. Sie genossen das Ambiente. Im Schaufenster des Immobilienbüros betrachtete Laura glanzvoll gestaltete Verkaufsangebote von Häusern und Wohnungen. Die Preise waren astronomisch und entsprachen nicht dem Portemonnaie von gewöhnlich Sterblichen. Vom Friedhof blickte sie blickte sie in Richtung Matterhorn, das allmächtig und majestätisch in den Himmel ragte. Wolkenfahnen zogen am Gipfel vorbei. Allein für diesen Anblick lohnte es sich, in diesen Ort zu fahren. Jedes Mal, wenn sie den überwältigenden Berg betrachtete, erschauderte sie in Ehrfurcht vor der Natur und deren Schönheiten. Sie erinnerte sich an die Auseinandersetzung auf dem Bahnhofsplatz am Tag ihrer Ankunft zwischen Pirmin und dem unbekannten Mann und den Zeitungsartikel. Gab es tatsächlich Leute, die wieder Autos in das Dorf oder mindestens bis an den Dorfeingang hineinlassen wollten? Es war für sie unvorstellbar. Sie fand die aktuelle Lösung gangbar. Zum Glück war es nicht ihr Problem. Sie hatte andere. Es war so viel vorgefallen in den letzten Tagen. Jetzt beabsichtigte sie, sich zuerst an ihrem neuen Arbeitsort einzugewöhnen. Die Zusammenarbeit mit Josefa Blatter war nicht ohne Tücken. Sie würde sich der Herausforderung stellen und die Saison hier zu einem positiven Ende bringen. Und dann war noch die Neugier. Laura unterdrückte sie mit Gewalt. Trotzdem meldete sie sich ständig und forderte Gewissheit über den Tod von Mauro Gallo.

Um 16 Uhr hatte sie den Termin auf dem Polizeiposten. Pedro Lukic wartete bereits auf sie und ließ sie auf einem unbequemen Holzstuhl Platz nehmen.

»Ich lese Ihnen das Protokoll vor. Falls etwas nicht zutreffen sollte oder Ihnen weitere Punkte einfallen, die Sie nicht erwähnt haben, unterbrechen Sie mich sofort.«

Die Personalien hatte er korrekt notiert. Dann verlas er das Frage- und Antwortgespräch. Dazu hatte sie keine Einwände. Er ließ aber nicht locker und pochte auf mehr Informationen:

»Sie hatten mit Herrn Andreas Blatter die Suite aufgesucht, weil er Ihnen an Ihrem ersten Arbeitstag alle Zimmer zeigen wollte? Weshalb ausgerechnet die Hochzeitssuite? Und hatten Sie das Hotel nicht bereits bei Ihrem Vorstellungsgespräch besichtigt?«

»Das Einstellungsgespräch hatte ich mit dem Senior, Herrn Gaudenz Blatter. Wir haben uns in Zürich getroffen, in einem Konferenzraum eines Restaurants im Hauptbahnhof. Bis zu meinem ersten Arbeitstag war ich noch nie in Zermatt.«

»Wer von Ihnen hat die Leiche zuerst gesehen? Sie oder Ihr Chef?«

»Herr Blatter ließ mich vorgehen. Die Schiebetür zum Badezimmer war einen Spalt offen. Er hat sie aufgeschoben, und ich bin reingegangen. Ich habe die leblose Person zuerst entdeckt.«

»Kannten Sie den Toten oder sind Sie ihm vorher schon einmal begegnet?«

»Nein. Es war ja mein erster Arbeitstag, und ich hatte keine Gelegenheit, mit Gästen in Kontakt zu gelangen.«

»Ist Ihnen etwas aufgefallen im Raum?«

»Die Leiche natürlich. Ich hatte vorher noch nie einen Toten gesehen. Es war ein echter Schock für mich.«

»Verstehe. Sie haben also nichts Auffälliges bemerkt?«

»Nein. Ich war bestürzt über das Bild, das sich mir bot. Dass es Suizid war, kann ich mir nicht vorstellen, da kein Abschiedsbrief zu finden war. Ein Selbstmörder würde doch eine Nachricht hinterlassen. Oder?«

»Wie kommen Sie zu dieser Einschätzung?«

Sie stockte. »Vor dem Leichenfund hatte ich mich, lernbegierig wie ich bin, eingehend in der Suite umgesehen.«

»Haben Sie etwas angefasst oder weggenommen?«

»Selbstverständlich nicht. Das ist für Hotelangestellte ein Tabu.«

»Ihre Aussage beruht also auf einem Bauchgefühl, oder haben Sie in seinen Unterlagen gewühlt?«

»Nein«, rief sie entrüstet. »Hat denn die Polizei Hinweise gefunden?«

Diese Frage quittierte der Wachtmeister mit einem müden Blick in das Dossier. Er verlas das restliche Protokoll, genauso wie das Gespräch stattgefunden hatte. Dann schwenkte er wieder in die Richtung, die auf ihn irritierend wirkte.

»Frau Pfeiffer, ich muss Sie leider nochmals fragen, ob Sie etwas im Zimmer oder im Badezimmer berührt oder sogar weggenommen haben?«

»Auf was wollen Sie hinaus?«

»Ich stelle hier die Fragen.«

»Haben Sie Herrn Blatter dieselben Fragen gestellt?«

»Zum letzten Mal. Ich frage, Sie antworten.«

Die Einvernahme zog sich in die Länge. Laura ahnte Böses. War sie nicht als Zeugin, sondern als Verdächtige vorgeladen worden? Wut stieg in ihr hoch.

»Ich sage Ihnen jetzt etwas, Herr …« Sie legte eine Pause ein, die er nutzte.

»Da bin ich aber gespannt.«

»Ohne meinen Anwalt gebe ich keine weiteren Auskünfte.«

Das war der Satz, den sie immer in den Krimiserien hörte, wenn ein Verdächtiger in Verlegenheit geriet.

»So, so«, er schien unbeeindruckt. »Und wer ist Ihr Anwalt?«

Laura stockte. Sie hatte noch nie Rechtsbeistand benötigt und deshalb keine Ahnung, wen sie hätte fragen können. Pedro Lukic bemerkte ihre Reaktion und hakte nach: »Den Namen bitte.«

»Äh. Mein Anwalt ist ein Freund der Familie. Ich werde mit ihm Kontakt aufnehmen«, log sie dreist.

»Keine Sorge, das erübrigt sich im Moment. Sie haben die Fragen hinreichend beantwortet. Für den Augenblick reichen die Auskünfte. Ansonsten hören Sie wieder von mir.«

Sie atmete hörbar aus, packte ihre Tasche und verließ fluchtartig den Polizeiposten. Dieser Mann hat eine eigene Art, Leute zu befragen. Und ich muss sagen, keine die mir gefällt, dachte Laura. Der Wachtmeister schaute ihr lächelnd vom Fenster aus nach, wie sie Richtung Hotel davonging.

MITTWOCHNACHMITTAG / BEILEIDSBESUCH

Aus Pietätsgründen besuchte Elmar die Witwe von Klaus Winkelried. Viktoria öffnete ihm schwarz gekleidet und dezent geschminkt, die Wohnungstür. Ein angedeutetes Lächeln umspielte ihre blassrosa Lippen. Die Augen musterten ihn erwartungsvoll und gleichzeitig wehmütig. Er umarmte sie kurz zur Begrüßung. Ihr entfuhr ein gedämpftes Stöhnen. Zuvorkommend ließ sie ihn eintreten und führte ihn ins Wohnzimmer. Sie zückte ein Taschentuch und wischte sich eine imaginäre Träne weg.

»Herzliches Beileid, meine Liebe. Ich wollte mich persönlich bei dir melden, weil Klaus und ich zusammen unterwegs waren, als das Unglück geschah.«

»Es ist unbegreiflich. Wie werde ich nur damit fertig?«

Sie seufzte. Es befiel ihn das Gefühl, dass sie die traurige Witwe nur spielte. Sie schien das entgegengebrachte Mitleid nach dem Tod ihres Mannes zu genießen. Er kannte sie gut genug, um zu wissen, dass sie innerlich frohlockte.

Klaus und sie hatten sich beim Studium der Rechtswissenschaften kennengelernt. Das Praktikum absolvierte er in Fribourg, der französischsprachigen Schweiz, sie in Zürich. Am Tag der Anwaltsprüfung hatten sie sich wieder getroffen und am Abend zusammen gefeiert. Dabei waren Funken gesprungen. Sie war, ohne zu zögern, nach Zermatt gezogen. Ihre berufliche Laufbahn hatte sie auf seinen Wunsch an den Nagel gehängt. Sie hatte sich ihrem Hobby, der Malerei, gewidmet und eine kleine Galerie eröffnet. Dank der Verbindungen zu Einheimischen und Feriengästen verkauften sich ihre Bilder wie frische Brötchen. Die Dorfbewohner beobachteten die Beziehung zur Üsserschwizerin* mit Argwohn. Sie hätten sich eine hiesige Ehefrau für den jungen Winkelried gewünscht. Dieser übernahm die Kanzlei seines Vaters und gründete zusätzlich eine Immobilienfirma, die im selben Gebäude untergebracht wurde. Gerüchte besagten, dass Klaus seine Gattin anfänglich auf Händen getragen und sie nach Strich und Faden verwöhnt hatte. Er pflegte jedoch schon bald auf zwei Hochzeiten zu tanzen. Diese Charaktereigenschaft hatte er von seinem Vater übernommen. Im kleinräumigen Bergdorf blieben solche Vorkommnisse nicht unter dem Deckel. Sie tolerierte seine Eskapaden und handelte sich dafür allerhand materielle Vorzüge ein. Gegen außen traten sie auf wie ein harmonisches Ehepaar. Sie scheuten weder Aufwand noch Kosten, um dieses Klischee zu pflegen. Kinder hatten sie keine bekommen.

»Liebe Viktoria. Mein herzliches Beileid. Es fällt mir schwer, dir zu sagen, wie untröstlich ich bin, dass dieser schreckliche Unfall passiert ist. Eine Erklärung dafür muss ich dir bedauerlicherweise schuldig bleiben. Es tut mir wirklich unendlich leid.«

---
* Schweizerin, jedoch nicht aus dem Kanton Wallis

Er umarmte sie wie ein gekonnter Charmeur. Sie nahm seine Anteilnahme gelassen entgegen und bot ihm Platz an. Anstandshalber fragte sie kurz, was denn oben am Horu genau geschehen sei. Sie bekam die Version zu hören, die er der Polizei abgegeben hatte. Aber dem Unfallhergang schenkte sie kein großes Interesse. Sie hing ihren Gedanken an die Zukunft nach.

»Du verstehst sicher, dass ich von dir als Freund und Bankdirektor gerne erfahren möchte, ob Klaus für mich vorgesorgt hat. Leider haben wir nie darüber gesprochen. Es war unvorstellbar, dass er so früh sterben würde. Ich hoffe, dass du mir weiterhilfst.«

»Tatsächlich hat er mir im Vertrauen einmal gesagt, dass er eigenhändig ein Testament zu deinen Gunsten aufgesetzt hat. Falls du es wünschst, durchforste ich gerne sein Büro und schaue, ob ich etwas finde.«

»Hier zu Hause habe ich schon nachgeschaut, die Unterlagen studiert und mir Notizen angelegt. Aber leider nichts gefunden.«

»Hat er die Dokumente seiner Firmen hier?«

»Die befinden sich im Betrieb. Dort war ich noch nicht.«

Elmar war fürs Erste beruhigt. Nun galt es, geschickt vorzugehen.

»Wie gesagt, unsere Bank würde dich bei den finanziellen Angelegenheiten unterstützen und eine Durchsicht der Akten vornehmen.«

Er selbst würde diese Arbeit mit dem größten Vergnügen übernehmen. Damit bekäme er Einsicht in das Geschäftsgebaren der Firmen und vermochte Unterlagen verschwinden lassen, die nicht für andere bestimmt waren.

»Ist das die Aufgabe der Hausbank?«

»Aber, liebe Viktoria, ich bin in erster Linie ein Freund von Klaus, dann Bankdirektor und zuletzt besitze ich Anteile an Firmen, mit denen dein Gatte mit mir zusammengearbeitet hat. In dieser Rolle bin ich nicht sonderlich aktiv, weiß jedoch Bescheid.«

»Lieber Elmar«, säuselte sie. »Ich kenne dich doch schon seit vielen Jahren. Und es ist mir nicht entgangen, welche Position du hier im Dorf eingenommen hast. Ich werde mir überlegen, ob ich deine Hilfe in Anspruch nehme oder ob ich mich selbst in die Materie einarbeite. Nach der Beisetzung erhältst du von mir eine Antwort.«

»Gern. Nur weise ich dich darauf hin, dass du keine Erfahrung mitbringst und dass sich andere Anwälte und Notare auf den Markt drängen. Das Gleiche gilt für die Immobilienbranche.«

»Das habe ich sehr wohl mitbekommen. Ich habe aber ebenso gesehen, dass sich manche dumm und dämlich verdienen.«

»Du bist doch erfolgreich mit deiner Galerie. Konzentrier dich vielmehr darauf, meine Liebe.«

»Das eine schließt das andere nicht aus.«

»Auf jeden Fall, was auch immer du entscheidest, ich bin für dich da. Rufe mich an, wenn du Probleme hast.«

Seine Strategie war nicht aufgegangen. Er hatte spekuliert, dass Viktoria sein großzügiges Hilfsangebot dankbar annehmen würde. Damit hätte er ein paar Schwierigkeiten entschärfen können. Nun sah er sich gezwungen, seine Vorgehensweise zu überdenken. Er fragte sich, ob er die Beerdigung abwarten oder schon vorher einmal in der Firma vorbeischauen und sich Zutritt verschaffen sollte. Er stand unter Druck. Er musste die Fotos finden, mit denen ihn Klaus erpresst hatte. Sie durften nicht in fremde Hände fallen. Elmar war überzeugt, dass sein Freund die Beweisstücke an einem ausgeklügelten Ort versteckt hatte. Nur, wo?

MITTWOCHNACHT / DONNERSTAG / AUF UND AB

Erschöpft streckte sich Laura. Sie hatte einen anstrengenden Tag hinter sich. Die Vernehmung auf dem Polizeiposten nährte in ihr Befürchtungen. Sie fand dafür keine konkreten Anhaltspunkte. Beinahe hätte sie das sanfte Klopfen überhört. Vorsichtig öffnete sie die Tür einen Spaltbreit. Überrascht sah sie Pirmin mit einer Flasche Champagner, zwei Gläsern und leicht verschämtem Blick im Türrahmen stehen.

»Darf ich reinkommen? Ich finde, wir sollten den Auftakt unserer Zusammenarbeit feiern.«

Zwiegespalten öffnete sie die Tür. Was hatte sie sich vorgenommen? Sein breites Lächeln und der Glanz in seinen Augen ließen sie alles vergessen. Bis zum zweiten Glas erfuhr Laura, wie der *Blatterhof* derart erfolgreich funktionierte. Dann überboten sie sich gegenseitig mit einfallsreichen Spekulationen über den Tod des Italieners. Die vielen Fragezeichen hatten in beiden ein ansteckendes Ermittlerfieber geweckt. Sie fanden jedoch keine Erklärung und landeten auf dem Boden der Realität. Der Fülle von Vermutungen stand ein elendes Häufchen von dürftigen Fakten gegenüber.

Laura wisperte: »So hatte ich mir meinen ersten Arbeitstag nicht vorgestellt.«

»Da habe ich im Namen der Familie Blatter etwas gutzumachen.«

Er nahm sie sanft in die Arme und bedeckte ihr Gesicht mit zärtlichen Küssen. Sie wurden immer hemmungsloser. Bald lagen die Kleider auf dem Zimmerboden und die beiden im Bett. Als Laura am Morgen aufwachte, war Pirmin ohne Verabschiedung entwischt. Die leere Flasche und die zwei Gläser standen auf dem Tisch. Sie hatte demnach nicht geträumt. Sie seufzte tief. Ihr Körper war tiefenentspannt, aber ihre Gedanken fuhren Karussell. Pirmin gefiel ihr, er war voller Leidenschaft und Zärtlichkeit. Jedoch hatte sie einmal mehr alle ihre Vorsätze über den Haufen geworfen. Sie erinnerte sie sich an die Ausführungen, die sie zu den beiden Todesfällen ausgetauscht hatten. Er hatte ihr berichtet, dass Gallo schon mehrmals als Gast im *Blatterhof* genächtigt und mit Gaudenz und Elmar diniert hatte. Auf die Frage, aus welchem Grund er jeweils nach Zermatt reise, gab er keine Antwort. Aber die beiden Turteltäubchen hatten sich nicht lange bei dieser Fragestellung aufgehalten. Sie waren auf der Entdeckungsreise zueinander vom Thema abgekommen.

Laura stand an der Rezeption, strahlte die Gäste und Josefa an. Sie schwebte auf Wolke sieben. Leiser Zweifel keimte in ihr immer wieder hoch. War es passend, sich mit dem Sohn des Chefs einzulassen? Ihre Gedanken kreisten um Pirmin. Der Todesfall rückte in den Hintergrund bis zum Moment, als Frau Gallo auftauchte:

»Die Polizei hat mir auf Nachfrage bestätigt, dass Sie

meinen Mann gefunden haben. Ich will mit Ihnen sprechen.«

»Gerne und im Beisein von Andreas Blatter, dem Sohn des Hotelinhabers, der ebenfalls dabei war. Und vor allem nicht hier, sondern an einem ungestörten Ort.«

»No. Solo lei. Nur Sie. Ich bilde mir meine eigene Meinung. Der Familie Blatter glaube ich nur halbwegs. Kommen Sie heute Abend um 20 Uhr in mein Zimmer. Basta.«

Laura kam sich regelrecht überfahren vor. Sie hatte keine Chance, der Signora zu widersprechen. Maria Gallo war gewohnt, dass man ihre Befehle kommentarlos befolgte. Sie drehte sich um und stolzierte hoch erhobenen Hauptes davon.

Laura überlegte, wie sie ihren Kopf aus der Schlinge ziehen konnte. Gründe, diesen Besuch platzen zu lassen, gab es aus ihrer Sicht genügend. Gerne hätte sie das Problem mit Pirmin besprochen. Bevor sie diesbezüglich etwas unternehmen konnte, stand dieser am Empfang: »Frau Pfeiffer, begleiten Sie mich in mein Büro?«

Es tönte wie eine Frage, kam aber wie eine Aufforderung daher. Er war auch gewohnt, anderen zu sagen, was sie zu tun hatten. Sie verstand die Welt nicht mehr. Ihr fiel auf, dass der Glanz in seinen Augen und das Lächeln im Gesicht fehlten. Dass er so perfekt ein Pokerface aufsetzen oder seine Gefühle unterdrücken konnte, hätte sie ihm nicht zugetraut. Verwirrt schaute sie ihn an. »Bitte folgen Sie mir.«

Laura war herausgefordert. Sie wollte wissen, was es mit dieser Art von Befehlston auf sich hatte. Aufgewühlt trottete sie ihm hinterher. Sein Büro war im Untergeschoss des Hotels. Auf dem ganzen Weg sprachen beide kein Wort. Kaum war die Tür zu seinem Arbeitsraum zugefallen, öffnete er seine Arme für eine Umarmung. Sie schob in sanft zur Seite.

»Wieso dieser ruppige Befehlston, nach dem gestrigen Abend?«

»Versteh doch …«

»Was? Spielen wir in Zukunft Theater?«

»Wir kennen uns kaum. Es ist wichtig, dass ich sachte vorgehe, um meine Stellung zu behaupten. Wir vermeiden es vorläufig, gemeinsam in der Öffentlichkeit aufzutreten. Unsere …«

»Affäre? Wolltest du Affäre sagen?«

»Äh! Nein, Liebes …«

»Und wieso hast du mich in dein Büro beordert?«

»Weil ich dir sagen will, dass …«

»Was?«

»dass …«, weiter kam er nicht.

Gaudenz Blatter betrat, ohne zu klopfen, den Raum.

»Was hat Fräulein Pfeiffer hier zu suchen? Fängst du wieder eine neue Affäre an?«

Laura starrte den Seniorchef an. Dieser deutete ihr mit einer Kopfbewegung an, den Raum zu verlassen. Sie richtete den Blick auf Pirmin. Der kam ihr einen Schritt entgegen, rang nach Luft, brachte aber kein Wort über die Lippen.

»Die Herren Blatter wünschen, allein zu sein. Ich will nicht länger stören.« Laura verließ das Büro im Laufschritt. Bevor sie in Tränen ausbrach, erreichte sie gerade noch ihr Zimmer. Sie schloss sich ein und ließ ihrer Enttäuschung freien Lauf.

»Wie doof bin ich nur. Immer wieder locken mich so fiese Charaktere in die Falle, und ich plumpse rein. Jetzt ist

Schluss, ein für alle Mal«, schniefte sie ins Kissen. »Nach dieser Saison melde ich mich im Frauenkloster an.« Sie ließ sich auf das Bett sinken und weinte, bis keine Tränen mehr flossen. Verzweifelt kämpfte sie gegen ihre Gefühle. Erst als sie sich langsam beruhigt hatte, vermochte sie, Josefa anzurufen und ihr eine Notlüge aufzutischen.

»Leider kann ich heute Nachmittag nicht zur Arbeit kommen. Mich quälen akuter Durchfall und Erbrechen.«

Zu gerne hätte sie angefügt, dass ihr das Essen aus der Küche schlecht bekommen sei.

»Das fängt ja gut an mit Ihnen. Brauchen Sie etwas? Wenn es morgen nicht besser ist, gehen Sie zum Arzt und lassen sich behandeln. Eine Krankschreibung verlangen wir ab dem dritten Tag des Arbeitsausfalls.« Anteilnahme tönte anders. Laura staunte, dass ihre Chefin immerhin noch gefragt hatte, ob sie Hilfe benötigte.

»Danke, ich habe einen Wasserkocher und Tee. Ansonsten lege ich mich hin und hoffe, dass ich morgen wieder auf dem Damm bin.«

»Ich rechne damit.«

Sie bekam keinen Besserungswunsch, gar nichts. Habe ich von dieser Frau etwas anderes erwartet, fragte sich Laura. Zudem ist sie die Schwester von Pirmin. Wie halte ich das in nächster Zeit nur aus? Wieder schüttelte sie ein Heulkrampf.

FREITAG / DURCHHALTEN

Ihr Kopf und die Glieder schmerzten beim Aufwachen. Sie streckte sich ausgiebig und versuchte, sich zu erinnern, was sie sich in der Nacht ausgedacht hatte. Auf dem Weg zur Dusche entdeckte sie einen Zettel, der unter der Zimmertür durchgeschoben worden war. Irritiert nahm sie die Botschaft auf. Es erstaunte sie wenig, dass sie von Pirmin stammte. Er bat sie, sich möglichst schnell bei ihm zu melden. Darauf kann er lange warten, dieser ... es fiel ihr kein passendes Schimpfwort ein, das hart genug gewesen wäre, um diesem Kerl gerecht zu werden. Die Geschichte wiederholte sich. Wie an ihrem letzten Arbeitsplatz, wo sie sich für eine Sache engagiert hatte und Probleme mit dem Sohn des Chefs bekommen hatte. Am liebsten hätte sie sofort ihren Koffer gepackt und wäre abgereist. Aber sie konnte und wollte ihr berufliches Fortkommen nicht gefährden. Sie würde diese Saison durchhalten, koste es, was es wolle.

»Ich schaffe das!«, meißelte sie sich ins Gehirn, obwohl sich zutiefst im Herzen Zweifel breitmachten.

Kaum war sie an ihren Arbeitsplatz zurückgekehrt, klopfte eine aufgebrachte Maria Gallo auf die Holzabdeckung der Rezeption.

»Ich habe Sie gestern Abend vermisst!«

»Ich war unpässlich. Zudem ist es mir nicht erlaubt, Gäste in ihren Zimmern zu besuchen.«

»Sie weichen mir aus. Wenn Sie es so wünschen, posaune ich jetzt laut in die Halle, dass Sie in den Todesfall meines Mannes verwickelt sind. Eventuell hilft das.«

Ihre Stimme schwoll bedrohlich an. Sie streckte beide Arme in Lauras Richtung. Diese trat einen Schritt zurück. Josefa Blatter erschien wie gerufen auf der Bildfläche. Ihr gelang es, die aufgebrachte Italienerin in einen Nebenraum zu geleiten. Was die beiden besprachen, bekam Laura nicht mit. Ein Gast erkundigte sich bei ihr nach den Fahrzeiten der Gornergrat-Bahn. Er wollte das im Glanzprospekt präsentierte Viertausenderpanorama mit eigenen Augen sehen. Erstaunt nahm sie zur Kenntnis, dass die zwei Frauen nach geraumer Zeit in harmonischer Übereinstimmung aus dem Raum traten und sich freundlich voneinander verabschiedeten. Laura wurde von beiden mit einem bitterbösen Blick abgestraft. Über den Inhalt des Gesprächs wurde sie von der Chefin nicht informiert.

»Ich habe das auf unsere Art erledigt. Gehen Sie Frau Gallo aus dem Weg, solang sie im *Blatterhof* weilt«, war ihre Anweisung an Laura.

»Was habe ich verbrochen? Ich bin mir keines Unrechts bewusst.«

»Das erkläre ich Ihnen später. Die Arbeit und mein Vater warten auf mich.«

»Prima«, flüstere Laura sarkastisch. »Im richtigen Moment den geeigneten Sündenbock gefunden. Und ich bin es wieder einmal mehr.«

Die nächste Herausforderung folgte auf der Stelle. Pirmin stand unvermittelt an der Rezeption.

»Hast du meinen Zettel entdeckt? Wir müssen reden. Wann hast du Zeit?«

»Ich bin nicht verfügbar und mit dir spreche ich nicht. Ich will nur arbeiten, sonst nichts.«

»Bitte, Laura.« Er schaute sie mit einem herzzerreißenden Blick an, der ihr in alle Knochen fuhr.

»Ich melde mich irgendwann, vielleicht«, gab sie ausweichend zur Antwort. Immerhin führte das dazu, dass er wieder abzottelte.

»Arbeiten wäre schön, wenn alles Drumherum nicht wäre«, murmelte Laura. Das Telefon klingelte.

»Guten Tag, Frau Pfeiffer, hier Lukic. Ich habe ein paar offene Punkte zu klären. Haben Sie heute Nachmittag kurz Zeit? Ich komme ins Hotel.«

»Wenn es nötig ist, gleich nach dem Mittagessen.«

In einem kleinen Sitzungszimmer bei der Pförtnerloge saßen sie sich gegenüber, er mit gezücktem Notizbuch, sie mit verschränkten Armen.

»Ich habe Ihnen alles gesagt.«

»Ich weiß, dass Sie erst eine Woche in Zermatt arbeiten und wohnen. Trotzdem vermute ich, dass Sie mir entscheidende Anhaltspunkte liefern könnten, die für diesen Fall von Belang sind. Zum Beispiel möchte ich wissen, ob Sie davon ausgehen, dass Herr Blatter gezielt die Hochzeitssuite für die Besichtigung ausgewählt hat?«

Laura überlegte einen Moment. »Wollen Sie, dass ich etwas über meinen Arbeitgeber aussage, das ihm das Genick brechen könnte?«

»Ich wiederhole gerne, dass ich derjenige bin, der die Fragen stellt. Antworten Sie kurz, klar und wahr.«

»Nein.«

»Was nein? Sie wollen nicht antworten oder er hat das Zimmer nicht bewusst gewählt?«

»Nein, ich will nicht Stellung beziehen. Sie können Andreas Blatter diese Frage selbst stellen.«

»Frau Pfeiffer, das ist bereits erledigt. Ich möchte Ihre unverfälschte Antwort hören.«

»Ist meine Aussage so wichtig?«

»Sie fragen schon wieder?«

Der Wachtmeister atmete einmal tief durch, um die aufkommende Nervosität in den Griff zu bekommen.

»Ihre Bescheidenheit in Ehren. Ich muss herausfinden, welchen Eindruck Sie hatten. Sie hinterfragen ja sonst auch immer alles. Noch einmal. Hat Herr Blatter die Suite Ihrer Meinung nach bewusst ausgewählt?«

»Wieso wollen Sie das wissen?«

»Die bisher vorliegenden Fakten sprechen eher für Selbstmord, aber Mord ist nicht ausgeschlossen. Ich sammle Informationen. Alle Aussagen, auch jene, welche die Befragten nicht für wichtig halten, führen am Schluss zur Lösung des Falls. Also, was ist Ihnen beim Betreten der Suite spontan aufgefallen?«

Laura überlegte einen Moment. Sie hatte Fotos geschossen, um der Familie ein paar Eindrücke von der traumhaften Hochzeitssuite zu senden. Aber die waren für die Polizei sicher nicht von Belang. Sie beschloss, nichts davon zu sagen. Auf perfide Weise genoss es Laura, den lästigen Polizisten im Regen stehen zu lassen. Er wiederum überlegte, ob keine Antwort auch eine Antwort war. Ruhig und unbeirrt fuhr er fort:

»Haben Sie den Raum abgeschlossen, als Sie zur Rezeption gingen? War mit Ihnen und nach Ihnen noch jemand in der Suite?«

»Gaudenz Blatter und Andreas Blatter verließen die Suite vor mir. Ich besaß zu dem Zeitpunkt keinen Schlüssel. Die Tür hat ein Schnappschloss. Ob nach dem Leichenfund jemand hineinging, kann ich nicht sagen. Ich war ja nicht anwesend.« Schnippisch fügte sie hinzu: »Das ist Ihre Aufgabe, das rauszufinden.«

Auf seiner Stirn zeigte sich eine Falte. »Und dann bekamen Sie einen Generalschlüssel?«

»Ja. Frau Blatter hat mir einen ausgehändigt, damit ich meinen Auftrag wahrnehmen konnte. Ich musste Sie und den Arzt, später die Spurensicherung und den Staatsanwalt ins Zimmer führen.«

Er nickte mit dem Kopf. Es folgte keine weitere Reaktion. Die Befragung hatte in Laura die Neugierde angefacht. Zu gern hätte sie gewusst, wie die Sachlage war und ob sie in irgendeiner Form verdächtigt wurde. Aber die Bilanz des Gesprächs war ernüchternd. Sie hatte nichts von Lukic erfahren. Gerne hätte sie mehr Informationen über den mysteriösen Todesfall bekommen.

»Sie haben meine Handynummer. Falls Ihnen noch etwas einfällt, rufen Sie mich bitte an.«

Laura stellte auf stur. Sie hasste es, wenn jemand versuchte, sie unter Druck zu setzen. Und genauso empfand sie die Fragerei von Lukic. Bestimmt würde er den Fall ohne ihre Hilfe lösen können. Hauptsache, sie war nicht verdächtigt. Aber ihr Interesse, der Wahrheit auf den Grund zu kommen, war entfacht.

FREITAGNACHMITTAG / ABSTURZ

In der Zimmerstunde legte sich Laura hin. Sie überlegte, warum der Wachtmeister sie schon wieder befragt hatte und auf was er hinauswollte. Suchte er etwas Spezifisches? Sie setzte sich im Bett auf und nahm ihr Smartphone zur Hand. Sie schaute sich die Fotos genauer an. Sie realisierte, dass die Tresortür angelehnt gewesen war zum Zeitpunkt der Aufnahmen. Als sie mit Lukic zurückkam, war sie ganz offen. Demzufolge hatte sich jemand nach ihrem Weggehen am Safe zu schaffen gemacht. Womöglich ein Angehöriger der Hoteliersfamilie? Vielleicht waren die Fotos trotzdem wichtig für die Lösung des Falls. Was wohl darin aufbewahrt worden war, und wer hatte Interesse daran? Ihre Gedanken setzten zu Höhenflügen an. Sie tippte auf Andreas Blatter, der möglicherweise vorgehabt hatte, kompromittierende Papiere verschwinden zu lassen. Im Nachhinein fand sie es suspekt, dass er ihr unbedingt die Hochzeitssuite präsentiert hatte, obwohl ein Gast darin logierte. Aber sie nahm an, dass seine Geltungssucht ihn dazu verleitet hatte. Er hatte das Bedürfnis zu zeigen, was er erreicht hatte. Inzwischen hatte sie ja von Pirmin auch ein anderes aufschlussreiches Detail erfahren. Gallo reiste regelmäßig nach Zermatt. Vordergründig, um Urlaub auf edlem Niveau zu verbringen. Hintergründig, um lukrative Geschäfte mit Einheimischen abzuwickeln. Um was genau es ging, ahnte sie. Pirmin hatte es angedeutet. Urplötzlich erinnerte sie sich an einen Gesprächsfetzen. Hatte nicht Hans Schwarz, Staatsanwalt und Busenfreund des Hoteliers, gefragt, ob Gaudenz Blatter daran beteiligt sei? Musste sie diese brisanten Sachverhalte an die Polizei weitergeben, oder galt hier die aufgezwungene Schweigepflicht des besagten Herrn? Wieder fuhren ihre Gedanken Karussell. Und dann fiel ihr ein, dass sie sehr wohl etwas angefasst hatte, nämlich den Telefonhörer. Zudem hatte sie einen Kugelschreiber und ein Notizbuch auf dem Tisch verschoben, um auf den Fotos den Eindruck zu erwecken, dass die Suite bewohnt war. Überdies hatte sie sich auf das Designersofa fallenlassen. Langsam dämmerte ihr, dass Handlungsbedarf bestand. Nur, wie sollte sie Pedro Lukic die Informationen liefern, ohne dabei das Gesicht zu verlieren? Sie lag auf dem Bett. An Entspannung war nicht zu denken. Sie wälzte sich von einer Seite auf die andere. Sie fragte sich, ob die ganze Familie Blatter in die Sache verwickelt war. Sie vermutete, dass der Seniorchef einiges unter dem Deckel der Verschwiegenheit hielt. Wie war die Beziehung des Staatsanwalts zum Clan einzuordnen? Bestimmt sah sie nur die Spitze des Eisbergs. Die Fragestellungen heizten ihre Neugierde und ihren Kampfgeist an. Sie fasste einen Entschluss. Sie würde das Heft selbst in die Hand nehmen und eine Ermittlungsstrategie entwickeln. Die Voraussetzungen an ihrer Arbeitsstelle waren ideal.

Die Gelegenheit bot sich schon am frühen Abend. Josefa beauftragte sie, die eingegangene Post auf das Pult des Vaters zu legen. In den ersten Tagen im *Blatterhof*, hatte Laura beobachtet, dass Gaudenz jeden Tag gegen 16 Uhr seinen Arbeitsplatz in aufgeräumter Stimmung verließ. Sie nahm an, dass er sich im Dorf einen Umtrunk genehmigte, wie es die Gewohnheit vieler Walliser war. Eine günstige Gelegenheit, um in seinem Büro nach Hinweisen zu suchen. Laura begab sich in die Höhle des Löwen. Auf dem Pult selber herrschte absolute Ordnung. Kein Brief, keine Notizen, nichts. Eine Tür des Aktenschranks war leicht geöffnet. Die Ordner waren feinsäuberlich in Stenografie angeschrieben. Sie zückte ihr Handy und schoss ein paar Bilder. Dann griff sie nach dem erstbesten und vertiefte sich in den Inhalt. Die Hoteliersfamilie handelte gemäß den Unterlagen mit Immobilien. Hauptkunden waren ausländische Investoren, die im Hotel abstiegen. Gab es nicht ein Gesetz, das den Immobilienbesitz in der Schweiz von Ausländern einschränkte? Laura kratzte sich am Kopf und überlegte. Sie war derart konzentriert, dass sie die Schritte beinahe zu spät vernahm. Sie hatte genügend Zeit, um den Ordner zurückzustellen, stand aber mit dem ausgestreckten Arm vor dem geöffneten Aktenschrank, als der Chef ins Büro trat.

»Was treiben Sie da?«, schrie Gaudenz Blatter mit zornrotem Kopf.

Laura zuckte zusammen. Sie brachte kein Wort über die Lippen.

»Raus hier. Ich dulde nicht, dass sich Mitarbeitende in meinem Arbeitsraum aufhalten und in Unterlagen rumwühlen. Sie sind fristlos entlassen. Ich rufe Josefa. Sie wird

Sie in Ihr Zimmer begleiten. Dort packen Sie Ihre persönlichen Sachen, geben die Schlüssel ab und verlassen unseren Betrieb auf der Stelle.«

Ihr »aber« verlor sich in seinem Gebrüll.

»Und wagen Sie es nicht, sich hier je wieder einmal blicken zu lassen!«

Auf dem Weg ins Personalzimmer sprach Josefa kein Wort mit ihr. An der Tür blieb die Chefin breitbeinig und mit verschränkten Armen stehen. Sie überwachte Laura, wie sie ihre Siebensachen in den Koffer zwängte. Dieser war himmelelend zumute. Sie bekam stechende Kopfschmerzen. Was sollte sie jetzt bloß tun? Der Weg bis zum Lieferantenausgang schien ihr endlos. Sie hatte das Gefühl, dass extra viele Mitarbeitende ihren Weg kreuzten und sie vorwurfsvoll anglotzten. An der Hintertür posaunte Josefa in die Gasse: »Und erwarten Sie nicht, dass ich Ihnen ein anständiges Arbeitszeugnis ausstelle.«

Da stand sie schutzlos und enttäuscht auf der Straße und hatte keine Ahnung, wohin des Weges. Sie schlenderte ins Dorfzentrum, setzte sich in eine Bar auf die Sonnenterrasse und trank einen *Genepi*[*] gegen Magenschmerzen. Bei diesem einen Getränk blieb es nicht. Sie versuchte, ihre Enttäuschung und den Schmerz zu ersäufen. Tatsächlich vergaß sie alles um sich herum und entschwand in eine eigene Welt.

---

[*] Kräuterschnaps

SAMSTAG / ERNÜCHTERUNG

Am nächsten Morgen erwachte sie mit Kopf- und Gliederschmerzen auf einer Parkbank im Friedhof der prominenten Bergsteiger. Gepäck und Handtasche waren verschwunden. Sie hatte keine Ahnung, was vorgefallen war. Hundeelend und müde erhob sie sich, streckte die Glieder und zog ihre Kleider zurecht. Mit beiden Händen fuhr sie durch ihre Haare und schüttelte den Kopf, als könne sie so ihre Gedanken ordnen. Nach und nach erinnerte sie sich an den Rausschmiss aus dem *Blatterhof* und den Barbesuch. Ab dann klaffte ein Loch im Gedächtnis. Es existierten keine Erinnerungen an die letzten Stunden. Ihr blieb die nüchterne Feststellung, dass sie vom Regen in der Traufe gelandet war. Im Dorfbrunnen wusch sie ihr Gesicht mit kaltem Wasser. Ihr Zustand verbesserte sich dadurch nicht. Ohne Geld und ohne Papiere blieb ihr keine andere Wahl, als sich bei der Polizei zu melden. Sie hatte ja sowieso hingehen wollen. Aber nicht in dieser Verfassung, als heruntergekommene Bittstellerin. Widerwillig machte sie sich auf den Weg.

Pedro Lukic saß hinter einem Berg Akten, den Kopf mit beiden Händen abgestützt. Er pflegte laut vor sich hinzusprechen, wenn sein Gehirn rauchte:
»Da sind mir zu viel Ungereimtheiten und Informationslücken.«
Frustriert sah er zum Fenster auf die Dorfgasse hinaus, um sich vom Leerlauf abzulenken. Er sah Laura schwankend auf den Haupteingang zu steuern.
»Was ist mit der geschehen? Die sieht heute aus wie eine Landstreicherin.«
Er ging ihr entgegen und betrachtete sie von oben bis unten. Laura war elend zumute. Sie schien das Gleichgewicht zu verlieren. Er kam auf sie zu, fasste sie unter dem Arm und führte sie in sein Büro.
»Setzten Sie sich und berichten Sie. Was ist passiert? Trinken Sie Kaffee?«
»Ja, sehr gerne.«
Nach den ersten Schlucken wurde sie allmählich mitteilsamer. Lukic merkte, dass er jetzt nur aufmerksam zuhören musste. Sie erzählte ihm ihre Geschichte bis zum Barbesuch und den diversen Schnäpsen. Die Zeit danach war in einem dunklen Loch verschwunden und nicht abrufbar. Sie sprach über das ominöse Telefongespräch zwischen Blatter und dem Staatsanwalt Schwarz. Nach ihrer Kündigung, war ihre Loyalitätspflicht gegenüber der Hoteliersfamilie irrelevant geworden. Die Fotos auf ihrem Handy sprach sie bewusst nicht an. Ebenso wenig die Tresortür, die später offen war. Mit ihrem Einverständnis hatte er die Aussage auf Band aufgenommen. Daraus würde er ein Protokoll erstellen. Das zweite in dieser Woche. Nach ihrem Bericht schaute er sie mit fragender Miene an.

»Warum haben Sie das nicht schon bei der ersten Befragung erwähnt?«

Sie überlegte lange, bevor sie antwortete. Sie suchte nach einer glaubwürdigen Erwiderung.

»Ich wollte der Hoteliersfamilie nicht schaden.«

»Und nun, da Ihnen gekündigt wurde, sehen Sie das anders?«

Sie merkte sofort, dass sie die falsche Antwort gegeben hatte. Aber welches wäre die richtige gewesen? Dass Lukic sie mit seiner Fragerei genervt hatte? Oder dass sie selbst die Lösung des Rätsels finden wollte?

»Nein. Das hat keinen Zusammenhang mit der Kündigung. Ich habe gestern nochmals über alles nachgedacht, und dann ist es mir eingefallen.«

Sie merkte selbst, dass es nicht überzeugend klang. Und sie sah seinem Gesicht an, dass er ihre Aussage nicht einleuchtend fand.

»Und was unternehmen Sie jetzt?«

Zerknirscht schaute sie ihn direkt an. »Ich habe kein Geld, keine Papiere und kein Handy.«

»Ja, das habe ich verstanden.« Er hatte eine Idee, aber es bereitete ihm Vergnügen, sie ein wenig auf die Folter zu spannen.

»Was unternimmt die Polizei in solchen Fällen?«

»Die Polizei?«

»Ja.«

»Die Polizei unternimmt nichts. Sie müssen etwas unternehmen. Rufen Sie Ihre Familie oder Freunde an und schauen Sie, dass Sie irgendwo unterkommen, bis Sie Ihre Papiere wiederhaben.«

»Ich kann meine Familie unmöglich um Hilfe bitten.«

»Wieso nicht?«

»Um ehrlich zu sein, das ist eine meiner Hypotheken. Ich habe es an der letzten Arbeitsstelle vermasselt. Bruder und Vater haben eine Wette abgeschlossen, dass ich es in Zermatt keinen Monat schaffe, ohne mir wieder Probleme aufzuhalsen. Nun ist es nicht einmal eine Woche.«

Tränen rannen über ihre Backe.

Pedro Lukic wäre am liebsten aufgesprungen und hätte sie getröstet. Seine Vernunft und die Intuition hielten ihn davon ab.

»Und im Hotel *Blatterhof*? Haben Sie keine Freundschaften geschlossen?«

Laura wandte sich ab. Der Wachtmeister sollte ihre Verfassung nicht in ihrem Gesicht ablesen können. Das Schniefen und die Bewegungen des Körpers sprachen für sich. Er verstand, dass er gefordert war. Einen Ausweg hatte er in Gedanken zurechtgelegt. Dieser würde gleich verschiedene Probleme auf einmal lösen. Das von Laura Pfeiffer, das von Alexa Inalbon und sein eigenes.

WOCHENENDE / UNTERKUNFT

Alexa schaute Laura mit großen Augen an.

»Du willst tatsächlich bei mir wohnen und dich stundenweise um mich und meinen Haushalt kümmern?«

»Ja, gerne«, entgegnete Laura. Aber nicht ganz freiwillig, schob sie in Gedanken nach. Hauptsache es gelingt mir, meiner Familie zu verheimlichen, dass es im Hotel *Blatterhof* nicht geklappt hat.

»Du kannst im Gästezimmer unter dem Dach wohnen. Es hat ein eigenes Badezimmer. Die anderen Zimmer sind leer. Ich hatte früher ein *Bed & Breakfast*. Aber nun bin ich zu alt und manchmal ein wenig vergesslich. Ich schaffe es nicht mehr. Alt werden ist mühsam.«

Hätte sie Laura eine Bleibe im Stall angeboten, hätte diese dankbar eingewilligt. Die Unterkunft gefiel ihr auf Anhieb. Das Zimmer war abgeschrägt, die Dachbalken gaben dem Raum ein gemütliches Ambiente. Das zweiflügelige Fenster öffnete sich Richtung Garten und bot einen Ausblick über die Dächer hinweg auf das Matterhorn. Sie blieb fasziniert stehen und vergaß die Zeit. Ein Windstoß holte sie aus der Träumerei und sie schaute sich in ihrem neuen Heim um. Das Zimmer war mit einem weißen Bett, einem Spiegelschrank, einem Pult und einem bequemen Sessel ausgestattet. Das war komfortabler und gemütlicher als das karge Personalzimmer im *Blatterhof*. Sie fragte sich jedoch, wie sie mit der mit Pflege einer Frau zurechtkäme, die an einer beginnenden Demenz litt.

Alexa nahm ihr aber bald alle Zweifel.

»Ich bin gewohnt, allein zu sein, und bewältige meinen Alltag ziemlich selbstständig. Das Einkaufen und Putzen wird mir jedoch je länger je mehr zur Last. In der Küche komme ich bestens zurecht.«

Der Beweis wartete auf dem gedeckten Tisch. Ein Teller mit Trockenfleisch, Speck und verschiedenem Käse stand bereit. Nüsse und getrocknete Aprikosen ergänzten die Platte. Geschnittenes Roggenbrot, mit Butter bestrichen, lag in einem zweiten Teller. Laura bemerkte auf einmal, dass sie Hunger hatte. Seit dem Vortag hatte sie nichts gegessen. Sie genoss die Spezialitäten auf dem Walliserteller. Mit einem Glas Apfelsaft stießen die beiden Frauen auf die künftige Wohngemeinschaft an.

Alexa erzählte ihr Anekdoten, die sie mit ihren Gästen erlebt hatte. Laura vergaß ihre Sorgen für eine Weile und entspannte sich zusehends. Wie aus heiterem Himmel wechselte die alte Dame das Thema. Sie fixierte das Gegenüber mit ihrem Blick und fing an, langsam und konzentriert zu sprechen.

»Ich weiß, dass ich dement werde. Manchmal bin ich mir dessen bewusst. In anderen Momenten vergesse ich es und kann mich an alles erinnern. Aber es macht mir Angst. Ich bin froh, dass du da bist. Wirst du mir in dieser schwierigen Lebensphase beistehen?«

»Für das bin ich hergekommen.«

»Pedro hat mir berichtet, dass man dich im *Blatterhof* rausgeschmissen hat. Zudem seien dir vergangene Nacht das Gepäck und die Handtasche mit allen Papieren abhandengekommen.«

»Das hat er dir erzählt?«

»Ja. Er ist offen zu mir. Nur kann ich nicht sagen, wie lange ich mich daran erinnern werde. Er ist übrigens felsenfest davon überzeugt, dass du dich warmherzig um mich kümmern wirst. Das spüre ich auch. Du bist ein gutmütiger Mensch. Ich würde mich freuen, wenn du bei mir bleibst, solang es geht. Jetzt bin ich müde und gehe ins Bett.«

Die alte Frau stand auf und verschwand in ihr Schlafzimmer. Laura räumte die Küche auf. Im Kühlschrank fand sie eine Brille. Sie legte sie auf den Tisch und dachte bei sich, dass sie sich mehr über Demenz informieren sollte, damit sie sich darüber im Klaren war, was auf sie zukommen könnte.

Sie betrat nachdenklich ihr neues Zimmer, trat ans kleine Fenster und betrachtete aufmerksam die Umgebung. Natürlich fotografierte sie auch gleich die Aussicht. Kein Sichtkontakt zum *Blatterhof*, dennoch wurde sie von ihm eingeholt. Ob Pirmin sie vermisste und suchen würde? Sie verbot sich die Gedanken an ihn. Dass er nicht zu ihr gestanden hatte, grämte sie. Im Gegenzug grübelte sie über Pedro Lukic nach. Er hatte ihr ein altes Handy geborgt und gegen Quittung genügend Geld gegeben, um die wichtigsten Gegenstände einzukaufen. Sie war ins Dorf gegangen, hatte sich T-Shirts, eine Hose, Unterwäsche, Toilettenartikel besorgt. Mit ihren wenigen Habseligkeiten hatte er sie zu Alexa begleitet. Sie war sich nicht sicher, ob das zu den Aufgaben eines Polizisten gehörte oder ob er es als Privatperson getan hatte. Auf alle Fälle war er fürsorglich, ihr und insbesondere ihrer neuen Vermieterin gegenüber. Sie nahm sich vor, die alte Dame ein wenig zur Person des Wachtmeisters auszufragen.

Nach einer warmen Dusche merkte sie, dass ihre Lebensgeister wieder erwachten. Die neuen Kleider taten ihr Übriges dazu. Sie begab sich auf Entdeckungsreise durch das Haus. In einer Leseecke im Wohnzimmer stand ein Computer, der im Schlafmodus döste. Ein Tastendruck genügte und der Bildschirm leuchtete auf. Sie rief ihre E-Mail-Nachrichten auf und fand auf der obersten Zeile einen Titel:

Wo steckst du?

Liebe Laura, da du mir telefonisch keine Antwort gibst, versuche ich es so. Ich bin untröstlich über den Vorfall. Was zum Teufel hattest du im Büro meines Vaters und an seinem Schrank verloren? Bitte sag mir, wo du bist, wie es dir geht. Ich will deine Version der Geschichte hören. Hast du mir irgendetwas verschwiegen? Brauchst du Hilfe? Melde dich! Herzlichst Pirmin.

Laura reagierte betroffen und verunsichert. Sollte sie antworten und sich ihm anvertrauen? Gewiss war er auf die eine oder andere Weise in die Geschäfte des Clans eingebunden. Wenigstens teilweise. Er musste Kenntnis haben, was hinter den Kulissen ablief. Im Moment fehlte ihr das Vertrauen. Sie redete sich ein, dass sie hier bei Alexa zufrieden sei und das Problem *Blatterhof* gelöst sei. Und Pirmin als Mann? Ja, da waren schon Gefühle vorhanden. Aber das würde eine komplizierte Beziehung ohne wirkliche Überlebenschance. Sie verschob die Mail mit tränenden Augen in den Papierkorb.

Und dann googelte sie nach »Erwerb von Ferienwohnungen/Zweitwohnungen durch Ausländer«. Sie fand diverse Gesetzesgrundlagen, die besagten, dass der Grundstückserwerb in der Schweiz durch ausländische Personen gesetzlich beschränkt sei. Es bestehe der Grundsatz der Bewilligungspflicht. Die ellenlangen Gesetzestexte waren recht kompliziert. Sie vertiefte sich in die Materie und begriff nach einer Weile, dass es durchaus Lücken und Wege gab, um die Bestimmungen zu umgehen. Ernüchtert von der Erkenntnis und ermüdet von den hochkomplexen Texten, suchte sie im verstaubten Bücherregal nach Zerstreuung. Sie fand ein abgegriffenes Buch über Cäsar Ritz, den König der Hoteliers. Der Schmöker roch nach Altpapier. Einige Seiten hatten Eselsohren, und wieder andere waren mit Kommentaren bekritzelt. Sie nahm es mit auf ihr Zimmer und versank darin. Dieser Mann hatte verstanden, worin die Kunst des Gastgebers bestand. Das Wohlergehen des Gastes stand an erster Stelle seines Erfolgsrezepts. Sie hatte zwar schon von ihm gehört, aber was sie las, berührte ihr Innerstes. Diese Persönlichkeit zog Laura in den Bann. Sie setzte neue Ziele in ihrer beruflichen Karriere. Eines Tages würde sie die Königin der Hoteliers werden. Im Moment war die Situation zwar nicht Erfolg versprechend. Die Zukunftsaussichten und die gegenwärtigen Umstände beschäftigten sie die halbe Nacht.

MONTAG / BETRÜGER

Laura hatte den Sonntag zusammen mit Alexa verbracht. Sie hatten *Eile mit Weile* gespielt und sich gegenseitig sachte abgetastet. So erfuhr die Unterländerin ein wenig über die Eigenschaften der Mattini wie die Zermatter im Volksmund genannt wurden. Nebst der Liebe zum Heimatdorf und der Bergwelt sagte man ihnen nach, dass manche durch den Tourismus und dessen Nebengeschäfte Reichtum erlangt hatten. Zu diesem Thema tischte Alexa ihren Lieblingswitz auf: »Es treffen sich zwei Einheimische. Der eine meint: ›Ich bringe mein Geld nicht mehr zur Bank. Das ist mir zu unsicher. Ich lege es unter das Kopfkissen.‹ Der andere antwortet: ›So hoch kann ich gar nicht schlafen.‹«

Laura verstand den Hintergrund. Ihre Gedanken wanderten wieder zu Pirmin. Seine Vorfahren hatten ihm die Höhe des Kissens vorbereitet.

Im Lauf des Tages kam die Rede auch auf Pedro Lukic.

»Ich entsinne mich nicht mehr, wie wir uns kennengelernt haben. Möglicherweise hat er mich von einem Anlass nach Hause gebracht. Er taucht einmal die Woche hier auf. Er sagte, dass seine Großmutter am Mittelmeer wohnt und ich ihn an sie erinnere. Ich bin sein Omaersatz. Es ist zu weit zu ihr. Wo genau sie her ist, ist mir nicht mehr präsent. Ist ja auch egal. Oder?«

Laura nickte.

»Dieser junge Mann weiß ältere Menschen noch zu schätzen. Er hat Familiensinn und Verständnis für Traditionen. Ich mag ihn. Und du?«

»Er hat mir aus der Patsche geholfen.«

»Aber gefällt er dir?«

»Ich koche uns einen Tee.«

Laura umschiffte die Frage. Sie verschwand in die Küche. Als sie ins Wohnzimmer zurückkam, saß die alte Dame am Computer und spielte *Solitär*.

»Ich habe heute deinen PC auch schon benutzt. Ich hoffe, dass es dir nichts ausmacht?«

»Spielst du?«

»Nein, ich lese eher die Tagesaktualitäten und schaue auf den sozialen Medien, was meine Kolleginnen und Kollegen aus der Hotelfachschule so treiben. Sie sind auf der ganzen Welt unterwegs.«

»Wenn ich gewonnen habe, kannst du ran. Das dauert aber noch eine Weile«, sie lachte verschmitzt und ließ sich nicht mehr stören.

Am Abend googelte Laura nach Ratschlägen für die Betreuung von Demenzkranken. Sie lernte, dass es verschiedene Phasen der Vergesslichkeit gab. Das Anfangsstadium, in dem voraussichtlich Alexa nun steckte, und weitergehende Gedächtnislücken bis hin zu Persönlichkeitsstörungen, die aber sehr individuell verlaufen konnten. Sie speicherte sich die Liste mit den Empfehlungen vorsorglich.

Und schon am nächsten Morgen profitierte sie von den neu gewonnenen Erkenntnissen. Beim Betreten der Küche wurde sie sonderbar empfangen.

»Wer sind Sie? Was wünschen Sie«, begrüßte sie Alexa.

»Guten Tag, Frau Inalbon. Ich bin Laura Pfeiffer. Seit vorgestern wohne ich im Dachzimmer. Und wir haben uns entschieden, dass wir uns mit ›du‹ ansprechen. Ist das immer noch in Ordnung?«

»Ach so. Entschuldige bitte, das Frühstück ist noch nicht bereit. Aber es dauert nicht lange.«

»Kann ich dir helfen?«

»Nein, nein. Nicht nötig. Setz dich an den Tisch. Ich schenke dir einen Kaffee ein.«

Laura sah, dass sie Alexa aus dem Konzept gebracht hatte. Zudem war kein Brot im Haus.

»Heute trinke ich nur Kaffee und verzichte auf das Frühstück. Vielen Dank.«

Sie spürte die Last, die von der alten Dame abfiel.

»Erzähle mir ein wenig von dir.«

Das Gespräch drehte sich um die Zeit im Elternhaus und die Ausbildung. Laura blieb oberflächlich. Sie lenkte aber bald ab.

»Ich gehe einkaufen. Sag mir, was wir alles benötigen. Ich koche mit Vergnügen. Gerne bereite ich uns heute etwas zu.«

»Das tust du für mich? Du bist doch in den Ferien?«

»Nicht ganz. Aber so quasi.«

»Aha.« Alexa überlegte. »Ich esse gerne Rösti und Spiegelei.«

»Ja, dann gibt es Rösti und Spiegelei mit geräuchertem Speck, Schalotten und Thymian.«

Alexa lächelte in seliger Vorfreude.

»Ich schaue mal in den Kühlschrank und in die Schränke. Ist das in Ordnung? Dann kann ich gleich alles mitbringen, was nötig ist und noch fehlt.«

»Fühl dich wie zu Hause. Ich bin jetzt müde und lege mich ein wenig auf das Sofa im Wohnzimmer.«

Laura erstellte eine Einkaufsliste, damit es für eine Woche reichte. Öfter wollte sie nicht ins Dorf. Sie scheute sich vor dem Kontakt mit den Einheimischen. Sie wusste immer noch nicht, was an dem Abend nach der Kündigung vorgefallen war.

Schwer beladen kam Laura zurück. Sie vernahm Stimmen aus dem Wohnzimmer. Zuerst nahm sie an, dass Pedro Lukic vorbeigeschaut habe, um zu sehen, ob sich die beiden Hausbewohnerinnen vertrugen. Aber Tonfall und Redeweise hörten sich anders an. Die Stimme erinnerte sie an einen marktschreierischen Verkäufer. Sie huschte in die Küche, um die Lebensmittel einzuräumen. Die Tür zur Stube war angelehnt. Was sie durch den Spalt zu hören bekam, ließ sie aufhorchen.

»Wissen Sie Frau Inalbon, wenn Sie das Chalet verkaufen, bekommen Sie dafür eine aparte Einzimmerwohnung in der neuen Überbauung im Dorf. Sie hätten keine Arbeit mehr im Garten und im Haus und wären in nur zwei Gehminuten im Restaurant, wo Sie sich verwöhnen lassen könnten.«

»Verwöhnt werde ich gerne«, gab die alte Dame zurück.

»Sehen Sie. Dann sind wir uns einig. Ich habe Ihnen hier schon den Vertrag geschrieben, Sie brauchen nur da unter zu unterzeichnen, und alles ist in Ordnung.«

Laura schoss aus der Küche ins Wohnzimmer.

»Ich verwöhne die Hausherrin hier. Und ich glaube nicht, dass Frau Inalbon in eine Einzimmerwohnung umzieht. Nicht wahr?«

Sie riss dem unbekannten Mann das Dokument aus der Hand.

»Den Vertrag wird sie durch eine Vertrauensperson prüfen lassen. Sie gibt Ihnen zu gegebener Zeit Bescheid. Bitte verlassen Sie auf der Stelle dieses Haus.«

»Wer sind Sie und was erlauben Sie sich?«

»Das tut nichts zur Sache. Ich sage es zum letzten Mal. Raus oder ich verständige die Polizei.«

Alexa flüchtete Richtung Küche. Laura griff zum Handy. »Ich rufe Pedro Lukic an.«

Die alte Dame kehrte sich um und krächzte: »Ich unterschreibe nichts. Gehen Sie.«

Der Mann schüttelte resigniert den Kopf. Zähneknirschend stierte er Laura an.

»Sie werden sich noch wundern. So leicht gebe ich mich nicht geschlagen.«

Er packte seine Aktentasche unter den Arm und verließ leise fluchend das Wohnzimmer. Laura begleitete ihn bis zur Haustür, welche sie hinter ihm abschloss. Mit einem tiefen Seufzer lehnte sie sich dagegen. Sie nahm sich vor, Pedro in dieser Sache um Rat zu fragen. Sie kannte die alte Dame noch gar nicht richtig. Sie hatte keine Ahnung, ob Kinder da waren oder sie einen Beistand hatte. Auf jeden Fall war sie überzeugt, dass sie durch ihre beherzte Intervention einen verheerenden Schaden von Alexa abgewendet hatte.

Alexa saß niedergeschlagen auf einem Küchenstuhl.

»Ich bin mir bewusst, dass ich an Demenz leide. Es ist schrecklich, dass ich nicht mehr alles realisiere. Eine enorme Unsicherheit bedrückt mich, mit der ich nicht umgehen kann. Schon vor ein paar Monaten habe ich bemerkt, dass mir die Kommunikation zunehmend schwerfällt. Die geistigen Fähigkeiten verflüchtigen sich. Die Folgen der Vergesslichkeit sind bedrohlich. Ich spüre immer mehr Hemmungen. Alt werden ist mühsame Arbeit.«

Sie hielt inne, als überlegte sie, wie sie fortfahren solle. Laura schwieg, gab ihr die Zeit.

»Das ist unter anderem ein Grund, weshalb ich mit der Vermietung der Gästezimmer aufgehört habe. Es sind mir immer wieder Fehler passiert. Ich kannte das nicht in der Vergangenheit.«

Laura sah, wie ihr eine Träne aus den Augenwinkeln über die Backe rann und auf die Tischplatte tropfte.

»Der Mann, der hier war, wollte er mich reinlegen?«

»Ja, das würde ich sagen. Kennst du ihn?«

»Ich erinnere mich nicht oder besser gesagt, ich weiß es nicht.« Sie stieß einen tiefen Seufzer aus.

»Alexa, darf ich fragen, ob du Kinder hast?«

»Ich hatte einen Sohn, Diego. Er ist leider bei einem Unfall ums Leben gekommen. Pedro hat mir damals die Nachricht überbracht, und seitdem kümmert er sich ein wenig um mich.«

»Das tut mir leid.«

Laura schaute die alte Dame erstaunt an. Sie realisierte, dass sie nicht immer alles für bare Münze nehmen konnte, was sie zu hören bekam. Eben hatte sie eine zweite Version der Kennenlerngeschichte von Pedro erzählt bekommen.

»Ich bin froh, dass du das bist«, unterbrach Alexa das Gedankenspiel der jungen Frau. Für den Rest des Nachmittags schwieg sie und schaute Laura zu, wie diese die Küche putzte und aufräumte und das Nachtessen vorbereitete. Erst beim gemeinsamen Essen meldete sie sich wieder zu Wort:

»Das schmeckt prima. So liebe ich Rösti. Das ist meine Leibspeise.«

Alexa zog sich wieder früh in ihr Schlafzimmer zurück. Laura war sich nicht sicher, ob sie ihr helfen sollte. Sie holte das zerknitterten Papier aus dem Wohnzimmer, das sie diesem fiesen Kerl am Nachmittag aus der Hand gerissen hatte. Um Alexa zu schonen, hatte sie vor, den Zwischenfall vorerst auf sich beruhen zu lassen. Sie hatte bemerkt, dass der Überfall die alte Dame aufgewühlt hatte. Nun las sie den Kaufvertrag in Ruhe durch. Tatsächlich wollte eine Zermatter Immobilienfirma Alexa das Haus für einen Spottpreis abkaufen. Als Gegenleistung räumte ihr die Firma das lebenslange Wohnrecht in einer kleinen Einzimmerwohnung ein. Das war eine echte Frechheit und roch nach einem arglistigen Geschäftsmodell. Sie musste auf der Hut sein, dass dieser Unmensch nicht wieder auftauchte und Alexa in einer schwachen Minute um den Finger wickelte.

Bevor sie sich in ihr Zimmer zurückzog, schaute sie bei Alexa vorbei. Diese lag in ihrem Bett und blätterte in einem Buch.

»Ich versuche zu lesen, aber die Namen all dieser Personen kann ich mir nicht merken. Es ist wohl besser, wenn ich Bilderbücher oder Fotos anschaue.«

Sarkastisch und traurig zugleich, überlegte Laura. Sie erwiderte nur: »Schlaf gut.«

Sie selbst las die halbe Nacht aus dem Leben und Werk von Cäsar Ritz und träumte davon, dass sie einmal in Rom, Monte-Carlo oder Paris in einem *Grand Hotel* eine wichtige Stelle innehatte. Dort träfe sie die Crème de la Crème der Gesellschaft.

MONTAG / POLIZEIARBEIT

Pedro Lukic hatte den Bergunfall von Klaus Winkelried ad acta gelegt. Sein Bauchgefühl flüsterte ihm jedoch, dass etwas nicht stimmte. Anhaltspunkte oder gar Beweise für eine Fremdeinwirkung gab es nicht. Er ärgerte sich, sein Instinkt täuschte ihn selten. Aber mit dem sechsten Sinn löste man keine Fälle. Dennoch würde er Elmar Blatter bei Gelegenheit auf den Zahn fühlen. Es gehörte zu seinem heimlichen Vergnügen, den Ortsansässigen von Zermatt ab und an zu zeigen, dass er im Dorf seine Position hatte. Den Fall des toten Mauro Gallo hatten die Kriminalpolizei und die Staatsanwaltschaft übernommen. Das passt ihm nicht in den Kram. Zumal ihm Laura letztlich berichtet hatte, dass Hans Schwarz ihr ein Redeverbot auferlegt hatte. Lukic konnte diese Aussage nicht einordnen. Diese Frau Pfeiffer gab ihre Informationen häppchenweise weiter. Er fragte sich, weshalb. Andererseits deutete die Faktenlage tatsächlich auf Selbstmord hin. Die Autopsie des Leichnams hatte ergeben, dass der Italiener seit längerer Zeit das Medikament *Tavor* zu sich genommen hatte. Insgesamt wurden acht weitere Arzneien gefunden, alles Schlaf- und Beruhigungsmittel. Die Behörden gelangten zum Schluss, dass Gallo diese Mittel selbst eingenommen hatte. Halb betrunken, musste er sich in die Badewanne gelegt haben, eingeschlafen und nach Stunden an den stark überdosierten Schlafmitteln gestorben sein. Diese Suizidmethode entsprach übrigens einer Anleitung zum Suizid von einer *Gesellschaft für humanes Sterben*, die öffentlich zugänglich war. In der Suite wurden keine anderen Fingerabdrücke oder Spuren gefunden, außer die von Andreas Blatter, Laura Pfeiffer und dem Zimmerservice. Zudem die eines Haustechnikers, der am Nachmittag die Birne der Badezimmerlampe hatte wechseln müssen. Alle Personen hatten glaubhaft erklärt, wie diese an den Tatort gekommen waren. Da keinerlei Hinweise auf Fremdeinwirkung nachgewiesen werden konnten, wurde die Leiche freigegeben und nach Italien überführt. Die Familie des Verstorbenen stellte die Selbstmordtheorie infrage, forderte aber keine weiteren Untersuchungen. Auch Wachtmeister Lukic zweifelte, ob da die ganze Wahrheit an die Oberfläche gedrungen war. Dafür müsste er jedoch Beweise erbringen. Er wollte in seiner Freizeit die Akte vertieft durcharbeiten und analysieren. Er war überzeugt, dass man auch nach Tagen und Monaten, kriminaltechnisch oder mit verdeckten Maßnahmen, mit Angehörigenvernehmung, Zeugen oder Geschädigten, etwas entdecken konnte. Es bereitete ihm Spaß, alternative Hypothesen weiterzutreiben und durchzudenken. Im Moment hatte er jedoch eine Menge Papierkram im Büro zu erledigen.

Die letzte Woche hatte es wirklich in sich gehabt. Am Montag der Tote im Hotel *Blatterhof* und dann die Nachricht vom tödlichen Bergunfall. Und zum zweiten Mal taucht der Name Blatter auf. »Zufall oder Schicksal?«

Wachtmeister Lukic hatte mit sich selbst gesprochen. Eine seiner Angewohnheiten, die seine Kolleginnen und Kollegen immer wieder zum Anlass für Scherze nahmen.

Vor einem Jahr war Pedro Lukic von Brig nach Zermatt versetzt worden. Seine Eltern waren aus Serbien in die Schweiz emigriert. Er war im Wallis geboren und aufgewachsen. Mit seinem Familiennamen betrachtete man ihn oft wie einen Fremdling, obwohl er perfekt Walliser Dialekt sprach und mit seiner Stellung als Polizist einen wichtigen und angesehenen Posten im Dorf besetzte. Wie in anderen Orten spielten die Familienseilschaften innerhalb der Dorfgemeinschaft eine wesentliche Rolle. Ebenso wie die Herkunft. Er wies keine familiären Verbindungen zu den Ureinwohnern auf. Das war nicht nur ein Nachteil. Er nahm die Bearbeitung der Fälle ohne Vorurteile in Angriff. Und mit seiner abgeklärten und kompetenten Art setzte er sich durch und wurde, wenigstens vordergründig, akzeptiert. Nicht zuletzt auch weil er einheimischen Beistand hatte. Anni Zurbriggen aus Zermatt war kurz nach ihm zum Team gestoßen. Sie kannte alle Verknüpfungen der Familienclans und deren Geschichte. Und wenn sie es nicht wusste, bekam sie es in kürzester Zeit von einem ihrer Verwandten berichtet oder sie informierte sich bei der richtigen Person.

»Anni, komm doch bitte mal in mein Büro.«
»Mit Kaffee?«
»Gerne.«
Sie brachte zwei dampfende Tassen und einen Hauch gute Laune in den Raum. Er schaute sie dankbar an.
»Danke. Diese Woche steht viel Arbeit an für uns. Heute

kommt der Blatter-Clan vom Hotel *Blatterhof*, um ihre Aussagen zum Suizid des Italieners abzugeben. Zudem ist der Bruder von Gaudenz involviert in den Unfall seines besten Freundes. Die Befragung führt jedoch der Kollege von der Kriminalpolizei. Wir müssen ihm lediglich Räumlichkeiten zur Verfügung stellen.«

»Ich bereite alles vor. Mir tut die Familie Blatter leid. Die hat wirklich viel zu verkraften.«

»Ist bestimmt nicht einfach. Elmar Blatter hat an der Unfallstelle eine Aussage zum Unfallhergang abgegeben. Hast du sie schon gelesen?«

»Ja, habe ich.«

»Ist dir dabei etwas aufgefallen?«

»Nein. Es liest sich wie die meisten Darstellungen von Bergunfällen.«

»Ja schon. Aber irgendetwas stört mich. Es ist mir nicht möglich, konkret und detailliert zu beschreiben, was es ist.«

»Die zwei waren seit der Schulzeit beste Freunde. Hast du das Bild von den beiden auf dem Matterhorn gesehen? Das spricht doch für sich.«

»Ja, schon. Aber es ist doch seltsam, dass …«

»Komm, Pedro, lass gut sein. Der Fall wird noch von extern überprüft und ist für uns abgeschlossen. Zudem ist kein Privatkläger aufgetaucht, der eine vertiefte Untersuchung einforderte. Seien wir doch pragmatisch. Elmar Blatter ist eine angesehene Persönlichkeit im Dorf. Auf sein Wort ist Verlass. Schließlich ist er der Direktor der örtlichen Bankfiliale.«

»Der Rang und der Name sind keine Gewähr für Unfehlbarkeit. Ab ich gebe dir recht, er wirkte betroffen.«

»Zudem ist er nebenberuflich Bergführer und kennt das Matterhorn wie seine Westentasche. Morgen findet die Beerdigung von Klaus Winkelried statt. Der halbe Ort wird in der Kirche sein.«

»Ich staune immer, wie schnell Bestattungen hier im Wallis arrangiert werden. Drängt es die Menschen hier, bald einen Schlussstrich zu ziehen, oder eilt es mit dem Erben?«

Der Sarkasmus in seiner Stimme war unüberhörbar.

»Sag das nicht laut, du Komiker! Aber das Wort ›schnell‹ ist in diesem Fall übertrieben. Traditionell findet die Beerdigung nach zwei bis drei Tagen statt. Zu erben gibt es bestimmt eine Menge. Da Klaus und seine Frau keine Kinder hatten, bekommt sie voraussichtlich alles. Über Viktoria kursieren verschiedene Gerüchte. Böse Zungen sagen, dass sie ihn nur wegen des Geldes geheiratet hat.«

»Ein typischer Zermatter. Da fällt mir immer der Witz ein, in dem zwei Einheimische miteinander zum *Autosalon* in Genf fahren. Vor der Ausstellung bezahlt einer dem anderen den Kaffee. Dieser bedankt sich und meint: ›Dann übernehme ich den Autokauf.‹«

Beide grinsten und überlegten sich, auf wen das alles zutraf.

»Nochmals zur Beerdigungstradition. Dass es relativ zügig vorwärtsgeht, kommt vielleicht daher, dass man früher keine Kühlräume für den Leichnam hatte und deshalb nicht lange zuwarten wollte. Die Bestattungsfeiern fanden noch bis vor ein paar Jahren im Beisein der gesamten Dorfgemeinschaft statt, mit einem Trauerzug bis zur Kirche. Die Einheimischen besuchen die Messe, um sich vom Verstorbenen zu verabschieden und die Trauerfamilie zu begleiten. Das ist einfach so.«

»Ja, die Traditionen«, seufzte Pedro.

Anni wusste nicht genau, was er damit aussagen wollte.

»Dann halte ich mich an die Gepflogenheiten und gehe morgen wieder einmal in die Kirche. Kommst du mit?«

»Warum nicht? Ich kenne die Familie Winkelried seit Kindsbeinen, und es wird erwartet, dass ich mein Beileid ausdrücke.«

»Dann schauen wir uns auch gleich ein wenig um.«

»Ich glaube nicht, dass es etwas zu sehen gibt, das für uns von Interesse sein könnte.«

»Man weiß nie«, antwortete Pedro Lukic vielsagend.

DIENSTAG / BEERDIGUNG

Die Glocken der Pfarrkirche Sankt Mauritius riefen die Einwohner zum Trauergottesdienst für Klaus Winkelried. Die Menschen kamen in Scharen. Zwar war es Elmar gewohnt, in der Öffentlichkeit aufzutreten. Aber diesen Tag hätte er gerne schon hinter sich gehabt. Der Polizei hatte er glaubhaft erklären können, dass ihn keine Schuld am tragischen Unfall seines Bergsteigerkollegen traf. Dennoch glotzten ihn viele Leute misstrauisch, manche sogar anklagend an. Für Viktoria hingegen schien die Abdankung ein Höhepunkt ihrer Ehe zu sein. Er beobachtete, wie sie hinter dem Sarg würdevoll durch die gefüllte Dorfkirche stolzierte. Ihre Selbstinszenierung gipfelte im schwarzen Designerkleid und dem Hut mit Schleier, der ihr Gesicht verdeckte. Sie sah nicht nach rechts und links. Ihr Blick war zum Altar gerichtet. Dort stand ein Bild ihres verstorbenen Mannes. Sie hielt einen Moment inne und betrachtete andächtig das Porträt. Kerzen flackerten und warfen Schatten auf den Boden. Die Orgel ertönte, und die Trauergemeinde erhob sich. Elmar hörte den Worten des Pfarrers nicht zu, sondern schaute sich diskret um. Die Kirche Sankt Mauritius war, im Vergleich zu sonstigen Gotteshäusern im Mattertal, eher schlicht gehalten. Trotzdem wurde sie auch von Auswärtigen gerne als Ort der Stille aufgesucht. Elmar fand das Deckengemälde im Zentrum des Kirchenschiffes mit dem Titel *Arche Noah* am spannendsten. Es stammte aus dem Jahr 1980 und war von Paolo Parente aus Florenz geschaffen worden. Elmar überlegte, wen er in einer Arche mitnehmen würde, falls es je wieder zu einer Sintflut käme. Spontan fielen ihm sein Bruder und dessen Familie ein. Je nachdem, wie sich die Situation mit Viktoria weiterentwickelte, wäre sie auch dabei.

Nach dem langatmigen Gottesdienst folgte die Beisetzung auf dem Friedhof. Die Witwe stand neben dem offenen Grab und nahm stumm die Beileidsbekundungen entgegen. Die Menschenschlange wollte kein Ende nehmen. Viktoria schüttelte eine Hand um die andere. Zwischendurch zog sie ihr Taschentuch aus der Tasche und tupfte die Augen damit ab. Elmar fand, dass an ihr eine begabte Schauspielerin verloren gegangen war. Er stellte sich hinten an und hielt nur kurz ihre Hand, dafür versuchte er, intensiven Augenkontakt herzustellen. Der Schleier wirkte wie eine getönte Autoscheibe. Es war keine Reaktion zu erkennen.

Wie es sich für eine Familie von Rang und Namen gehörte, hatte sie das Leichenmahl im Festsaal eines Luxushotels bestellt. Alle Kirchgänger wurden dazu eingeladen. Die Tischordnung war vorgegeben. Die Menschen verteilten sich an den verschiedenen Tischen. Angehörige und Freunde, Geschäftspartner, Kunden und Schulfreunde setzten sich nach Zugehörigkeiten zusammen. Vorab bekamen sie *Fendant* oder *Pinot Noir* ausgeschenkt, dazu kleine

Walliserteller mit Roggenbrot. Zur Hauptspeise wurde *Cholera*[*] serviert. Zuerst hielt sich die Lautstärke im Saal in Grenzen. Je mehr die Trauer mit Wein hinuntergespült wurde, desto lauter wurde es. Es entging Elmar nicht, dass gewisse Stimmen hinter seinem Rücken munkelten, dass es sich nicht um einen Unfall handelte. Viktoria bekam es ebenfalls mit. Sie reagierte nicht darauf.

»Du kannst jederzeit auf uns zählen, meine Liebe.« Gaudenz hatte neben ihr Platz genommen.

»Ich stehe dir bei der Abwicklung aller Formalitäten zur Seite. Morgen komme ich bei dir vorbei, damit wir das angehen können.«

»Danke, Gaudenz. Das ist nicht nötig. Ich werde das selbst an die Hand nehmen und dir nicht zur Last fallen. Notfalls melde ich mich.«

Sie hasste Berater dieser Sorte, die ihr vorschrieben, was sie zu tun und zu lassen hatte. Perplex schaute er sie an.

»Findest du nicht, dass es eine würdige Trauerfeier war?«, fragte sie, um ihn abzulenken.

»Ja, so viele Zermatter kommen nur zum Gottesdienst, wenn ein Mann von Ehren zu Grabe getragen wird. Du hättest übrigens das Leichenmahl im *Blatterhof* buchen können. Wir wären dir selbstverständlich entgegengekommen.«

Die Augen von Viktoria sandten Blitze aus. Sie beherrschte sich und gab nach einem Moment einen tiefen Seufzer von sich. »Ja, ein Mann von Ehre«, hauchte sie. Dann stand sie auf und begab sich zu Elmar Blatter, der sich weit entfernt von der Familie hingesetzt hatte. Man hörte ein Raunen im Saal.

---

[*] Lokaler Gemüsekuchen mit Lauch, Kartoffeln, Käse und Äpfeln

»Manche sind der Meinung, dass ich an Klaus' Tod schuld bin. Glaubst du das auch, Viktoria?«

»Ich weiß, dass du dein Bestes gegeben hast und ein erfahrener Bergführer bist. Es ist nicht deine Schuld, dass Klaus verunglückte. Im Polizeibericht steht, dass er sich selbst vom Seil gelöst hat. Weshalb, wird ein Geheimnis bleiben. Oder?«

Sie schaute ihn forschend an und fuhr dann fort: »Bald wird sich das Gerede legen und du wirst vor den Mattini reingewaschen sein. Wie du mit dem da oben ins Klare kommst, ist deine Sache.«

Er nahm sie verunsichert ins Visier. Was stand hinter dieser Aussage? Dann lenkte er ab: »Der Polizist ist gegen Schluss des Gottesdienstes in die Kirche gekommen. Hast du ihn gesehen?«

»Nein, ich hatte den Überblick über die Trauergemeinde verloren. Ich nehme an, dass er aus Anteilnahme kam. Einen anderen Beweggrund kann es nicht geben.«

Sie legte ihre Hand auf seine Schultern und schaute ihn durch den Schleier geheimnisvoll an.

»Falls du meine Hilfe brauchst, du weißt, dass du immer anklopfen kannst?«

Sie sah ihn aus ihren braunen Augen vielsagend an, nickte mit dem Kopf und erhob sich wortlos. Er vermutete, dass sie versuchte, sich selbst einen ersten Überblick zu verschaffen und mangels Erfahrung bald kapitulieren würde. Dann käme der Zeitpunkt von alleine, dass er auf die Geschäfte der Witwe Einfluss nehmen konnte.

DIENSTAGABEND / NACHLASS VON KLAUS

Viktoria ließ die Tür ins Schloss fallen. Sie schleuderte die Schuhe in eine Ecke, hängte den schwarzen Hut und Mantel sorgfältig in der Garderobe auf und begab sich schnurstracks in ihr Schlafzimmer. Sie riss sich die Trauerkleider vom Leib, zog sich den knallroten Morgenmantel über und seufzte tief.

»Bin ich froh, dass dieser Tag und das Theaterspielen, vorbei sind«, beichtete sie ihrem Spiegelbild. Mit sich und der Welt zufrieden setzte sie sich mit einem Glas *Amgine mousseux*[*] in der Hand ins Wohnzimmer. Die Füße legte sie auf den Salontisch. Etwas, das sie sich in Anwesenheit von Klaus niemals hätte erlauben dürfen. Er hatte das als unhygienisch empfunden. Sie konnte nun tun und lassen, was ihr gefiel. Den Moment genoss sie mit geschlossenen Augen. Sie legte eine CD der *Beatles* ein und schwelgte in Zukunftsaussichten.

Im Nachhinein empfand sie die Beerdigung ziemlich anstrengend. Der Andrang der Kirchgänger hatte sie überrascht. Ein Teil der Menschen hatten keinen Sitzplatz

---
[*] Schaumwein aus der weißen autochtonen Walliser Weintraube Amigne

gefunden und hatten der Abdankung stehend zugehört. Sie hatte sich immer wieder bemüht, ihre wahre Verfassung zu kaschieren. Letztlich hatte sie es aber geschafft, die trauernde Ehefrau zu mimen. Wenigstens hoffte sie das. Nun war ihr nach Feiern zumute.

»Ein wenig freuen darf ich mich schon, da ich wieder frei und ungebunden und zudem ziemlich reich bin. Auf dich, Klaus!«

Sie bemerkte das Prickeln am Gaumen, und ein Schaudern durchlief ihren ganzen Körper. Morgen würde sie sein Büro in Beschlag nehmen und alle Dossiers durchkämmen. Klaus hatte ihr kaum von seiner Arbeit berichtet. Er hatte sie nicht in seine Tätigkeiten eingeweiht. Manchmal vermutete sie, dass er es bewusst so hielt, um sie zu schützen. Aber wovor? Sie musste sich unbedingt selbst einen Überblick verschaffen. Diesen jungen Schnösel – wie hieß er schon wieder? Sie überlegte. Etwas mit Blätterwerk. Sie nahm einen weiteren Schluck. Ja genau. Ludwig Lauber war der Name des Mitarbeitenden im Immobilienbüro. Den würde sie vorläufig weiterbeschäftigen. Auf dessen Hilfe war sie auf absehbare Zeit angewiesen. Wie sie mit dem Notariat und den Assistentinnen vorgehen wollte, würde sie sich überlegen und später entscheiden. Das Wichtigste war im Moment, dass sie die Gesamtheit der Geschäfte und Finanzen erfasste.

Wie ein Blitz durchzuckten sie diverse Gedanken. Sie waren aus dem Nichts aufgetaucht. Hatte Klaus Schulden oder war er in dubiose Transaktionen verwickelt? Hatte er sich deshalb in den Tod gestürzt? War überhaupt ein Letzter Wille zu ihren Gunsten aufgesetzt? Welche Rolle spielte Elmar in den Geschäften von Klaus? Die Sorglosigkeit und die Festfreude fielen von ihr ab. Ausruhen oder gar schlafen war kein Thema mehr. Wie ein aufgescheuchtes Reh huschte sie in sein Arbeitszimmer. Sie durchsuchte den Raum akribisch. Sie öffnete eine Pultschublade um die andere, durchblätterte alle Ordner und Ablagen im Schrank. Immer auf der Suche nach einem Kuvert auf dem »Letzter Wille« stand. Er würde doch so wichtige Dokumente nicht am Arbeitsplatz aufbewahren. Das Wühlen zermürbte sie. Beinah hätte sie aufgeben. Da erinnerte sie sich an eine Filmsequenz, in der ein Umschlag auf den Schubladenboden geklebt worden war. Voller Erwartung zog sie eine Lade nach der anderen raus und stellte sie auf den Kopf. Auf keinem der Unterböden klebte etwas. Das angerichtete Chaos ärgerte sie ebenso wie der Umstand, dass sie nicht fündig wurde. Sie fluchte und stieß erzürnt mit dem Fuß gegen das vermaledeite Pult. Dabei löste sich die Fußleiste und gab einen Hohlraum frei. Sie kniete nieder und griff mit der Hand hinein. Zu ihrem Erstaunen fand sie einen Umschlag. Triumphierend trug sie ihn ins Wohnzimmer. Auf dem Weg riss sie die Klappe fort. Beinahe wäre sie in Ohnmacht gefallen. Der Inhalt enthielt nicht seinen letzten Willen. Jedoch etwas anderes, das ihr besser diente. Kompromittierende Fotos und Negative, die ihr eines Tages hilfreich sein konnten. Dafür brauchte sie Geduld und einen Plan. Aber vorläufig legte sie den Fund wieder an den Ort zurück, wo er gelegen hatte.

DIENSTAGNACHMITTAG / ANNÄHERUNGSVERSUCH

»Kannst du mir helfen, Laura?«
»Selbstverständlich.«
»Kommst du mit mir auf den Dachboden? Dort liegen in einem Karton Fotoalben. Ich würde die gerne runterholen und anschauen.«
»Das ist eine prima Idee. Lass uns das erledigen.«
Ihr war klar, dass das Anliegen in einer Stunde für Alexa eventuell nicht mehr von Bedeutung war. Der Dachboden sah ordentlich aus. Es standen um die 20 Bananenschachteln, ein paar abgedeckte Möbel und leere Koffer rum. Die Kisten waren beschriftet, und so fanden sie die Bücher in kürzester Zeit. Laura trug die schwere Last ins Wohnzimmer.
»Lass mich alleine.« Es klang beinah wie ein Befehl. Laura war erstaunt. Sie hatte insgeheim gehofft, dass sie zusammen die Bücher durchschauen würden und Alexa ihr aus der Vergangenheit erzählte. Enttäuscht wandte sie sich ab. Sie ärgerte sich, dass sie abgewimmelt und ausgeschlossen wurde. Was hatte das zu bedeuten? Sie streckte ihren Rücken und nahm sich vor, sich deswegen nicht den Tag verderben zu lassen. Heute hatte sie sowieso vor-

gehabt zu waschen. Sie ging in Alexas Zimmer, um die Schmutzwäsche zu holen. Auf dem Stuhl, auf der Kommode und im Bad lagen Kleider herum, die sie zusammennahm. Sie erlaubte sich, den Schrank zu öffnen, um sicher zu sein, dass sie alles hatte. Bis auf ein Taschentuch und ein paar Strümpfe, die in die Wäsche gehörten, war ordentlich eingeräumt. Auf dem obersten Regal lag eine Packung mit Medikamenten. Sie merkte sich den Namen, verließ das Zimmer und begab sich in die Waschküche. Aus dem Wohnzimmer hörte sie die Stimme von Alexa. Mit wem sprach sie? Wie von einer Tarantel gestochen ließ Laura alles fallen. War wieder dieser dubiose Kerl vom Immobilienbüro aufgetaucht? Dem würde sie es zeigen. Leise schlich sie zu der verschlossenen Wohnzimmertür. War er etwa durch den Garten gekommen? Sie lief hinaus zu der Balkontür. Dort blieb sie wie angewurzelt stehen. Alexa saß auf dem Sofa, eines der Fotobücher in der Hand und sprach mit jemandem aus der Vergangenheit. Laura hörte sie sagen:

»Mit dir habe ich die schönste Zeit meines Lebens verbracht. Leider hat es nicht lange gedauert. Du fehlst mir bis heute. Ich vermisse dich.«

Leise schlich sich Laura wieder in die Waschküche. Vielleicht würde ihr Alexa einmal mehr aus ihrem Vorleben erzählen. Anscheinend war das Vertrauen noch nicht genügend gereift. Sie hoffte, dass sich das in Zukunft ändern würde.

Sie hängte eben Wäsche an die Leine, als eine bekannte Stimme ihren Namen rief. Pirmin. Er hatte ihren Zufluchtsort ausfindig gemacht. Das passte ihr gar nicht. Am liebsten wäre sie im Erdboden versunken. Aber sicher war es besser, wenn sie sich der Herausforderung stellte und diese Angelegenheit ein für alle Mal bereinigte. Verlegen stand er mit einem kleinen Blumenstrauß in der Hand vor der Haustür.

»Wie hast du mich gefunden?«, erkundigte sie sich ruppig.

»Zermatt ist ein Dorf. Die Leute sprechen miteinander, schauen was die Nachbarn tun, und helfen sich.«

»Ich wurde beobachtet?«

»So würde ich das nicht nennen. Alexa ist pflegebedürftig, und man hat ein Auge auf sie. Das ist nicht verwerflich.«

»Das kann man sehen, wie man will. Was willst du?«

Sie setzten sich auf die Gartenbank. Er holte tief Luft und redete auf sie ein:

»Glaub mir, Laura, für mich ist das keine Affäre. In dem Augenblick, in dem ich dich das erste Mal im Zug gesehen habe, hat es in mir Sturm geläutet. Ich wollte bei dir im Abteil sitzen und dich im Schlaf betrachten. Das sah zu göttlich aus. Dass ich dir auf die Füße getreten bin, war ein Versehen. Aber das Missgeschick hat uns letztlich einander nähergebracht. Meine Gefühle für dich sind echt. Vater hat jedoch andere Pläne. Er will, dass ich die Tochter eines einflussreichen Hoteliers aus Zermatt heirate. Im Gegensatz zu dir löste diese Frau jedoch keine Empfindungen bei mir aus. Ich habe lange mit meinem Vater gesprochen und ihm klargemacht, dass er überreagiert hat. Du hattest einen desaströsen Start bei uns. Das war nicht deine Schuld. Und in seinem Büro hast du ja gar nicht rumgestöbert oder etwas weggenommen. Oder?«

»Nein, weggenommen habe ich nichts.«

»Dann ist ja alles in Ordnung. Vater wird sich die Sache durch den Kopf gehen lassen. Er würde ungern auf seinen Sternekoch verzichten. Ich werde dranbleiben und ihn von meiner Lösung überzeugen. Ich schaffe das. Über eine erneute Zusammenarbeit im *Blatterhof* würde ich mich freuen.«

Er sprach, ohne Luft zu holen. Schweigend hatte sie ihm zugehört. Sie traute seinen Worten nicht. Laura überlegte, ob es auch ihr Wunsch war, wieder an den alten Arbeitsplatz zurückzukehren. Unter den vorliegenden Umständen erschien es ihr eher schwierig.

»Warum sagst du nichts?«

»Weil ich nicht weiß, was ich sagen soll.«

»Magst du mich denn nicht?«

Sie blieb stumm.

»Bitte sag mir, dass du mich ein wenig in dein Herz geschlossen hast und wir ein Paar werden.«

»Was tun Sie hier? Ich habe doch keine Gäste.«

Alexa war aus dem Haus getreten. Anscheinend hatte sie genug von ihren Fotoalben.

»Ich habe Besuch bekommen. Pirmin Blatter vom Hotel *Blatterhof*.«

»Das ist nett.«

»Tag wohl, Frau Inalbon«. Er nickte ihr freundlich lächelnd zu. Laura bemerkte am Zucken seiner Augenlider, dass er nervös war. Bestimmt erwartete er eine Antwort von ihr. Nettigkeiten auszutauschen war zweite Priorität.

»Ich habe Sie schon einmal gesehen. Nur fällt mir nicht ein, wo das war. Ich werde älter und bin manchmal ein wenig vergesslich.«

»Ja, wir kennen uns. Ihr Sohn war mein Lehrer. An den Besuchstagen haben Sie jeweils die Klasse von Diego besucht und uns Schülern Brötchen gebracht. Allein darum waren wir gerne bei ihm im Unterricht.«

»Ich kenne Sie aber nicht als Kind, sondern als Erwachsenen«, beharrte Alexa.

»Das stimmt. Ich habe Koch gelernt und bin einmal bei Ihnen vorbeigekommen, um eben das Rezept für die Brötchen von Ihnen zu erbitten.«

Laura amüsierte sich.

»Und wer von euch bäckt nun die besseren Brötchen?«, fragte sie schelmisch.

»Ich kann mit Stolz sagen, dass meine ebenbürtig sind.«

Alexa kicherte wie ein Schulmädchen. Sie schaute Pirmin an und errötete ein wenig. Dann wechselte sie das Thema.

»Sie kennen meine Untermieterin?«

»Das ist eine längere Geschichte«, wiegelte Laura ab. »Ich habe einmal im Hotel *Blatterhof* gearbeitet und ihn dort kennengelernt. Nun muss er aber gehen. Die Arbeit in der Küche ruft. Nicht wahr?«

»Nein, ich habe noch ein wenig Zeit.« Er wandte sich an Alexa. »Ich würde mich gerne einen Moment mit Frau Pfeiffer alleine unterhalten. Wenn es Ihnen recht ist, entführe ich die junge Dame auf einen kleinen Spaziergang.«

Wieder kicherte Alexa schelmisch. Laura ärgerte sich. Er hatte sie nicht einmal gefragt, ob sie das wollte. Zudem hatte sie noch keine definitive Antwort bereit.

»Geht nur, ihr zwei Hübschen. Ich bleibe ein wenig hier im Schatten sitzen und genieße die frische Luft.«

Der Spaziergang endete am Gartenzaun.

»Also, was wird mit uns zwei?«

»Gib mir Zeit. Du hast mich überrumpelt. Du hörst von mir, sobald ich im Klaren bin. Tschüss.«

Abrupt drehte sie sich um. Den Blumenstrauß schenkte sie Alexa. Diese freute sich riesig darüber.

»Es ist schon lange her, dass mir jemand Blumen geschenkt hat.«

Am Abend fand Laura das Bouquet halb vertrocknet auf der Gartenbank. Alexa hatte vergessen, den Strauß ins Wasser zu stellen.

MITTWOCHMORGEN / IMMOBILIENBÜRO

Mit hoch erhobenem Kopf und geradem Rücken schritt Viktoria im schwarzen Hosenanzug durch die Bahnhofstraße. Beim Juwelier schaute sie ins Schaufenster und entdeckte einen Diamantring. Den werde ich mir bei Gelegenheit kaufen. So quasi zum Start in mein neues Leben als unabhängige Frau. Es war früh am Morgen. Touristen waren noch keine am Einkaufen. Sie begegnete nur Einheimischen, die auf dem Weg zur Arbeit waren und sie mit einem Kopfnicken grüßten.

Die beiden Firmen von Klaus hatten ihre Büros in einem Gebäude nahe der Kirche. Sie begab sich zuerst in das Notariat im ersten Stock. Dort begrüßte sie die Mitarbeitenden. Die Angestellten verneigten sich beinah vor ihr und versicherten, dass sie die Geschäfte wie gehabt weiterführen wollten. Viktoria nahm sich vor, am Abend das Büro von Klaus zu durchsuchen. Den Schlüssel hatte sie gefunden und in ihrer Handtasche verstaut. Nach ein paar freundlichen Worten verabschiedete sie sich: »Sie finden mich in Zukunft im Büro meines Mannes im Erdgeschoss. Ich gedenke, das Immobilienbüro bis auf Weiteres zu leiten. Falls Sie Fragen haben, melden Sie sich bei mir.«

An der Eingangstür des Unternehmens im Parterre hing ein Zettel: »Wegen Todesfall geschlossen«.

»Was fällt diesem Lauber ein«, schimpfte sie. »Ohne Anweisungen die Firma zu schließen. Dem werde ich was erzählen.«

Kaum war der Satz ausgesprochen, erschien der Betroffene.

»Herr Lauber, bitte folgen Sie mir in mein Büro.«

»*Ihr* Büro?«

»Ja, ab heute ist es *mein* Büro. Und Sie sind *mein* Angestellter.«

Ludwig Lauber blieb wie angewachsen stehen.

»Etwas nicht in Ordnung, junger Mann?«

Sie sah geradezu, was im Kopf des Mitarbeitenden vorging. Seine Stirn legte sich in Falten. Die Augen verengten sich, die Nasenflügel zitterten, die Mundwinkel neigten nach unten, und der Kehlkopf bewegte sich.

»Ist etwas nicht in Ordnung?«

»Verstehen Sie, Frau Winkelried, das ist jetzt eine echte Überraschung.«

»So. Ist es das? Was haben Sie denn erwartet?«

Die Frage beantwortete er nicht. Seiner Vorstellung entsprach es auf keinen Fall. Er hatte eher angenommen, dass er die Firma leiten könne. Die Frau hatte sich bis vor einer Woche nie im Geschäft sehen lassen, und nun gedachte sie, die Leitung zu übernehmen. Sie als Chefin, das war aus seiner Sicht zum Scheitern verurteilt. Sie hatte wohl ein abgeschlossenes Studium der Rechtswissenschaft, aber nie in der Immobilienbranche gearbeitet und somit keinerlei Erfahrung. Bis letzte Woche hatte sie das Leben an der Seite ihres Mannes genossen und in ihrer Galerie in den

Tag hineingelebt. Man munkelte, dass die Idee auf seinem Mist gewachsen war.

»Erlauben Sie bitte, dass ich heute freinehme. Ich bin im Moment überfordert.«

»Wenn Sie so schnell an Ihre Grenzen geraten, bin ich mir nicht sicher, ob Sie der richtige Mann für dieses Geschäft sind. Entweder wir treffen jetzt sofort eine Vereinbarung über die weitere Zusammenarbeit oder ich werde Sie entlassen.«

Ludwig Lauber schluckte leer und überlegte, ob er darauf eingehen solle.

»Dann lassen Sie uns über mögliche Konditionen sprechen.«

»Sehr entgegenkommend!«, spottete sie.

Er folgte ihr ins Büro seines ehemaligen Chefs.

»Bringen Sie mir einen Kaffee. Schwarz.«

»Ich bin nicht ihr ...«

»Bereiten Sie auch einen für sich zu. Dann sprechen wir über die weitere Zusammenarbeit und die pendenten Tagesgeschäfte.«

Er drehte sich um und schmiss die Tür hinter sich zu.

»Der eingebildeten Zicke werde ich es zeigen. Die kann froh sein, wenn ich ihr kein Gift in das Gebräu gieße«, brummte er. »Ich brauche dringend einen Plan. Von dieser Frau lasse ich mir meine Zukunft nicht versauen.«

Der Kaffee rann in die Tassen, und eine Idee entwickelte sich in seinem Kopf: »Zum Glück habe ich mich abgesichert. Mit den entsprechenden Unterlagen und Kenntnissen vermag ich die Sache in die richtigen Bahnen zu lenken. Mal sehen!«

Zu seinem Erstaunen fanden sie einen Ansatz, der für

beide Seiten stimmig war. Für ihn wenigsten vorerst. Er behielt seinen bisherigen Arbeitsbereich, den Immobilienankauf. Für erfolgreiche Abschlüsse versprach sie ihm Boni. Sie würde die Finanzangelegenheiten und die Repräsentationspflichten übernehmen sowie die Verbindung zu Bank und Kunden pflegen. Die Verkäufe planten sie, gemeinsam zu erledigen. Den Rest des Vormittages arbeitete jeder für sich. Sie hatte sich im ehemaligen Büro ihres Manns verschanzt und blätterte einen Ordner nach dem anderen durch. Sie bestellte keinen Kaffee mehr, denn die Zeit zerrann ihr zwischen den Fingern. Ihm war das recht. Er hoffte, dass dies in Zukunft so bleiben würde und sie ihn nicht als Laufburschen missbrauchen würde. Viktoria hatte jeden einzelnen Ordner im Büro von Klaus durchgeschaut, die Unterlagen studiert und sich Notizen in ein Heft geschrieben. Auch hier hatte sie alle Schubladen geöffnet, umgedreht, die Hohlräume abgetastet und nichts gefunden. Kurz gesagt gab es keine Stelle mehr, die sich nicht akribisch genau unter die Lupe genommen hatte. Sie saß hinter dem immensen Mahagonipult, stützte den Kopf in die Hände und brütete über das weitere Vorgehen nach. Ihr verstorbener Mann war mit dem Immobiliengeschäft zweigleisig gefahren. Ein Teil war konventionell und gesetzeskonform geführt. Der andere undurchsichtig und eher im Graubereich mit Beteiligungen an verschiedenen Firmenkonstrukten im In- und Ausland. Sie plante, sich in beide Geschäftsarten einzuarbeiten und in seinem Sinn weiterzuführen. Ludwig Lauber vermochte ihr dabei nützlich sein. Es war praktisch, jemanden im Vorzimmer zu haben, der die Detailarbeit erledigte und sich auskannte.

Sie plante, einen Termin mit Elmar Blatter in der Bank zu vereinbaren, um über die Finanzierung des Projekts *Am Bach* zu sprechen. Sie war sich sicher, dass er ohne Vorbehalte auf ihren Vorschlag eingehen würde. Sie wurde von der Sekretärin nicht gleich durchgestellt. Erst als sie insistierte, erhielt sie einen Termin.

Viktoria verließ ihren neuen Arbeitsplatz und verschloss die Bürotür hinter sich.

»Herr Lauber, ich habe heute Nachmittag eine Verabredung mit Herrn Blatter bei der *Matterhorn Bank*.«

Er nickte nur.

»Und legen Sie mir bis morgen eine Liste aller Kaufprojekte, die Namen der Verkäufer und den Stand der Verhandlungen auf den Tisch. Guten Tag, Herr Lauber.«

»Dumme Kuh!«, murmelte er ihr hinterher. »Mal sehen, wie lange ich mit dieser Zicke zusammenarbeite. Am besten schaue ich mich schon nach etwas anderem um.«

Auf dem Weg zur Bank entschied sie, beim Juwelier einen Halt einzulegen. Sie war eh früh dran und hatte am Morgen diesen verführerischen Diamantring gesehen. Sie wünschte sich, ihn anzuprobieren und zu kaufen. Der Geschäftsinhaber freute sich über ihren Besuch. Er bediente sie zuvorkommend und zeigte ihr weitere Schmuckstücke, die sie schon mal auf ihre Wunschliste setzte. Der ausgewählte Ring passte wie angegossen an ihren schlanken Finger. Die Entscheidung fiel ihr leicht. Dem Bankdirektor konnte sie damit sicher ein wenig imponieren. Zufrieden und ein paar Tausender erleichtert verließ sie das Geschäft und begab sich zu ihrem ersten offiziellen Geschäftstermin.

MITTWOCH / FUNDSTÜCK

Laura kam am Morgen gerädert in die Küche. Alexa saß am Küchentisch vor einer Tasse Kaffee und begrüßte sie freudestrahlend.

»Ich habe das Frühstück schon vorbereitet.«

»Das freut mich, vielen Dank.«

Der erste Schluck des Getränks schmeckte wie Brühe. Laura verzog das Gesicht. In Zukunft würde sie auf den Service verzichten und das Morgenessen selbst zubereiten. Wie nur brachte sie das ihrer Hausherrin bei, ohne sie zu verletzen? Es fiel ihr nichts dazu ein. Die einfachste Lösung war, früher aufzustehen und zuerst in der Küche zu sein.

»Wie ist es denn mit dem Garten? Ich habe gesehen, dass du angepflanzt hast. Hast du vor, noch anderes Gemüse auszusäen oder Blumen zu pflanzen? Ich helfe gerne. Meine Eltern betreiben eine Gärtnerei. Ich habe als Kind oft zugeschaut und geholfen.«

»Ja, der Garten!«

»Lass uns nachher mal zusammen rausgehen«, schlug Laura vor, und Alexa nickte.

Dann erinnerte sich Laura, was sie geplant hatte. Sie hatte vorgehabt, Pedro anzurufen, um ihn über den seltsamen Besuch zu informieren. Eventuell kannte er den unbekannten Mann. Sie schaute sich nach dem Vertrag um. Gestern hatte sie ihn wieder in die Küche gelegt, nachdem sie ihn eingehend studiert hatte. Er war von der Bildfläche verschwunden.

»Hast du das Dokument weggeräumt, das dir der Mann zum Unterschreiben vorgelegt hat?«

»Das habe ich zerrissen und die Toilette runtergespült.«

»Was hast du?«

»Hörst du nicht gut?«

»Doch. Aber warum hast du das getan?«

»Weil mich dieses Schwindlerpapier bis aufs Blut geärgert hat.«

Nun hatte Laura kein Beweisstück mehr für Pedro. Hätte sie doch nur das Dokument fotografiert. Ihr blieb die leise Hoffnung, dass Lukic ihr die Geschichte trotzdem abnahm und einmal bei der Firma vorsprechen würde. An den fantasielosen Namen erinnerte sie sich: *Matterhorn Immobilien*. Den Vormittag verbrachten die beiden Frauen im Garten. Sie säten Schnittsalat und Radieschen aus, steckten Bohnen, lockerten den Boden und jäteten Unkraut zwischen den Blumen. Die gemeinsame Arbeit brachte sie einander näher. Laura empfand eine Verbundenheit zu der alten Dame und merkte, dass es dieser ähnlich erging. Bei einer Pause im Schatten nahm Alexa ihre Hand: »Ich schätze dich und deine Anwesenheit in meinem Haus.«

Sie bereiteten gemeinsam ein leichtes Mittagessen zu. Ein kühles Glas *Dôle Blanche* ergänzte die Mahlzeit. Nachher gönnten sich beide einen Mittagsschlaf. Laura erwachte aus tiefem Schlaf, weil sie im Garten Stimmen hörte. Aus Angst, dass wieder der Immobilienhengst aufgekreuzt sei, hüpfte sie aus dem Bett ans offene Fenster. Sie sah Pedro Lukic. Ein Stein fiel ihr vom Herzen. Rasch schaute sie in den Spiegel, fuhr sich durch die Haare. Wieso achtete sie derart auf ihre Erscheinung, wenn sie ihm entgegentrat? Auf die Schnelle fiel ihr keine Antwort ein.

Alexa und er plauderten gut gelaunt miteinander. Sie saßen auf der Gartenbank im Schatten des weit ausladenden Apfelbaums. Freudestrahlend schilderte ihm die alte Dame, was sie am Morgen geleistet hatten.

»Ich habe eben den Garten begutachtet. Ihr wart ja fleißig heute«, begrüßte er Laura. Seine Augen schauten sie wohlwollend an. Sie wurde ein wenig verlegen und lenkte deshalb schnell ab.

»Sie kommen wie gerufen. Das erspart mir ein Telefonat. Hat jemand meine Tasche und meinen Koffer gefunden, und haben Sie erfahren, was an jenem Abend passiert ist?«

»Ja, ich bin fündig geworden. Meine Informationen sind noch lückenhaft. Wenigstens einen Teil davon hat man mir berichtet.«

»Da bin ich aber gespannt.«

»Sie haben an jenem Nachmittag im *Snowboat* auf der Terrasse einen *Genepi* nach dem anderen bestellt und ziemlich zügig ausgetrunken. Der Wirt sagte mir, dass er Sie nicht von dieser Orgie abhalten konnte. Besonders ausfällig haben Sie anscheinend reagiert, als er Sie zum Zahlen und Gehen aufgefordert hat. Sie haben ihm die Handtasche ins Gesicht geschlagen und ihn wüst beschimpft. Er hat sie Ihnen aus der Hand gerissen. Sie sind dann fuchsteufelswild davongestürmt. Den Koffer hatten Sie im Schlepptau. Die Tasche ist bei ihm geblieben. Aber er besteht darauf, dass Sie das gute Stück selbst abholen und sich entschuldigen.«

»Oh Gott! Kann ich mich da überhaupt noch sehen lassen?«

»Wenn Sie es aufrichtig bedauern, sicher.«

»Ich gehe mal Kaffee kochen«, unterbrach Alexa die beiden. Laura schwante, dass sie wieder Brühe bekam. Das gab ihr die Gelegenheit, sich unter vier Augen mit dem Wachtmeister zu besprechen.

Sie schilderte ihm den Vorfall mit dem Immobilienhengst. Er nahm sein Notizbuch aus der Tasche und kritzelte, ohne sie zu unterbrechen, einige Bemerkungen hinein. Sie kam richtig in Fahrt. Er schaute sie irritiert an.

»Ja, ich sehe Handlungsbedarf. Es scheint an der Zeit, einen Beistand für Alexa zu suchen. Und dem Herrn des Immobilienbüros statte ich einen Besuch ab.«

»Und fragen Sie bitte den Arzt, welche Medikamente Alexa benötigt. Ziemlich sicher funktioniert das nicht wie vorgeschrieben.«

»Am besten kommt er zur Visite ins Haus. Dann wird er Sie über die Medikation aufklären. Danke vorerst für die Information und Ihren Einsatz. Und noch etwas: Der Inhalt der Gespräche betreffend Alex sind vertraulich.«

»Selbstverständlich. Das ist für mich klar. Und die Arbeit hier erledige ich gerne, zumal ich eine Bleibe bekommen habe. Nur zweifle ich, ob ich Alexa gerecht werde. Es ist nicht einfach, eine demenzkranke Person zu betreuen. Mir fehlt die Erfahrung.«

»Sie sind dafür geschaffen.«

»Ja, wir werden sehen. Ich habe noch ein Anliegen.«

»Und das wäre?«

»Ich möchte regelmäßig ins Fitnessstudio. Meine körperliche Kondition lässt zu wünschen übrig. Es ist doch kein Problem, wenn Alexa an einem oder zwei Abenden mal alleine ist. Oder?«

»Selbstverständlich nicht. Sie haben keinen 24-Stunden-Dienst über sieben Tage die Woche angenommen.«

Alexa kam zurück mit zwei Kaffeetassen und stellte eine vor Pedro, und die andere nahm sie selbst.

»Und wer sind Sie?«, fragte sie Laura.

»Ich lasse euch mal kurz allein. Ich habe etwas im Dorf zu erledigen und bin in einer halben Stunde zurück.«

Sie stapfte Richtung *Snowboat*. Es fiel ihr schwer, beim Wirt um Verzeihung zu bitten, aber sie brauchte ihre Tasche. Er stand auf der Terrasse des Betriebs und stemmte die Arme in die Hüfte. Sie sah ihn aus der Ferne und er sie ebenfalls. Sein Gesicht verfinsterte sich, seine Brauen zogen sich zusammen. Am liebsten hätte sie sofort kehrtgemacht. Sie nahm den ganzen Mut in beide Hände und schritt auf ihn zu. In sicherem Abstand blieb sie stehen und schaute zum Hünen hoch. Sie konnte sich nicht vorstellen, dass er sich von ihr die Tasche hatte um die Ohren schlagen lassen.

»Mein Auftritt von letzter Woche tut mir leid. Ich hatte einen Rauswurf zu verkraften und Liebeskummer. Alles zusammen war zu viel. Entschuldigen Sie den Ausrutscher.«

Um seine Mundwinkel zuckte es. Er versuchte aber, ein ernstes Gesicht aufzusetzen. »Kein Wunder, bei Ihrem Temperament.«

»Sie kennen mich ja gar nicht.«

»Oh doch, Sie haben viel von sich berichtet, nach dem fünften oder sechsten *Genepi*.«

»Warum haben Sie mir überhaupt so viel ausgeschenkt?«

»Wollen Sie mir jetzt die Schuld für Ihren Absturz in die Schuhe schieben?«

Er trat einen Schritt vor. Sie stapfte mechanisch einen rückwärts.

»Nein. Ich hole meine Handtasche ab.«

Er verschwand im Restaurant und kehrte bald darauf mit der Tasche zurück. Ein kurzer Blick von Laura genügte, um zu sehen, dass alles vorhanden war. Nur das Mobiltelefon fehlte. Hatte sie es irgendwo liegenlassen oder war es gestohlen worden? Die Erinnerungen an den Abend blieben verschollen.

»Wie kann ich mich bei Ihnen bedanken?«, fragte sie anstandshalber.

»Kommen Sie wieder einmal vorbei, wenn Sie keine Probleme haben«, grinste er.

MITTWOCHNACHMITTAG / FINANZDEAL

Elmar empfing Viktoria in einem nüchternen Besprechungsraum, nicht in seinem repräsentativen Büro. Sie registrierte, wie er sie scannte. Lässig setzte sie sich und verschränkte ihre Beine so, dass der sonst schon kurze Rock ein wenig nach oben rutschte.

»Wie geht es dir, meine Liebe?«

Seine Frage hatte einen rhetorischen Charakter.

»Wenn du mir bei der Finanzierung des nächsten Bauprojekts zur Seite stehst, gut.« Sie verlor keine Zeit und kam direkt auf das Anliegen zu sprechen.

»Welches Projekt wäre das?«, fragte er scheinbar ahnungslos.

»Du weißt sehr genau, welches ich meine. Ich habe Unterlagen gefunden, die Klaus und du vorbereitet habt.«

»Ach, das *Am Bach*?«

»Genau das. Ich brauche eine Vorfinanzierung, damit wir mit dem Aushub fristgerecht anfangen können.«

»Ich habe Klaus schon darauf hingewiesen, dass es unter gewissen Umständen möglich wäre.«

»Und die wären?«

»Ich möchte die Dachwohnung kaufen, und zwar zu einem Preis, den ich mir leisten kann.«

»Und das hat dir Klaus zugesagt? Wie ich aus den Unterlagen sehen konnte, war die anderweitig versprochen.«

»In der Anfangsphase stand das zur Diskussion, und er hat mir eine provisorische Zusage gegeben. Dann, auf einmal, kam ein Rückzieher.«

»Das wird einen Grund gehabt haben.«

»Es war mit Klaus dauernd dasselbe. Ein anderer Käufer bot ihm mehr dafür. Das Geld war der Anlass. Immer das Geld.« Elmar ereiferte sich.

Viktoria schaute ihn durchdringend an.

»Habt ihr euch gestritten deswegen?«

»Wir haben uns darüber gesittet unterhalten«, wich er aus.

»So, so, unterhalten. Und was habt ihr beschlossen?«

»Wir planten, die Frage am Abend nach der Besteigung des Matterhorns in aller Ruhe bei einem Glas Wein zu besprechen. Dazu ist es leider aus bekannten Gründen nicht mehr gekommen. Darum schlage ich dir vor, dass wir das nun ausdiskutieren.«

»Klaus hatte die besagte Wohnung jemandem versprochen, der über einen Vermittler an ihn gelangt war. Ich könnte diesen Umstand einfach übersehen.«

»Das würdest du für mich tun?«

»Nein, für mich. Ich überlege, ob ich umziehen will.« Sie schaut ihn herausfordernd an.

»Nur mit mir zusammen, meine Liebe.« Er fixierte sie provokant.

Ihre Gesichtszüge erstarrten für einen Moment. Dann setzte sie ihr lieblichstes Lächeln auf.

»Sprechen wir zuerst über die finanziellen Angelegenheiten. Wie sieht das seitens der Bank aus mit der Finanzierung?«

»Das Projekt ist eine Nummer zu groß für ein ortsansässiges Finanzinstitut. Ich habe jedoch Beziehungen, die ich spielen lassen könnte. Aber nur unter der Voraussetzung, dass du mir die Dachwohnung verkaufst. Du bist herzlich eingeladen, zu mir zu ziehen, wenn du unbedingt …«

Sie stand auf: »Vielen Dank für das Gespräch. Ich werde mich anderweitig umsehen.« Im Hinausgehen warf sie einen Blick zurück: »Und übrigens, ich habe da einen Umschlag gefunden, der für dich von gewissem Interesse sein könnte.«

Er zog die Augenbrauen hoch und wurde blass. Ohne seine Reaktion abzuwarten, stolzierte sie davon. Sie hatte ganz bewusst eine Bombe platzen lassen, die Elmar unter Druck setzte. Die Frage war, wann und wie. Im Moment hatte sie jetzt aber anderes vor. Sie plante, nach Geschäftsschluss das Büro von Klaus im Notariat zu durchsuchen. Sie vermisste immer noch das Testament. Zuerst genehmigte sie sich ein gediegenes Nachtessen im Hotel *Monte Rosa*. Mit einem Glas Prosecco und einem Lachstatar sucht es sich viel besser, befand sie. Sie schaute in die Abenddämmerung und genoss die Freiheit.

MITTWOCHABEND / NACHTARBEIT

Pedro Lukic saß bequem auf dem Diwan in seiner kleinen Dachwohnung. Er hatte sich eine Kopie der Akte Mauro Gallo angefordert und mit nach Hause genommen. Nun las er den Bericht Satz für Satz durch. Der Italiener hatte beim Zimmerservice eine Flasche *Arran Single Malt* bestellt, die ihm gegen 20 Uhr mit zwei Gläsern – wie in diesem Hotel üblich – geliefert wurde. Gemäß Aussage der Mitarbeitenden nahm Herr Gallo jeden Abend ein Bad und trank in der Wanne Whisky. Die Servicefrau Alicia hatte die Bestellung auf den Salontisch gestellt. Die angebrochene Flasche hatte die Polizei im Bad gefunden. Der Erkennungsdienst hatte daran Spuren der Arbeitskraft und Gallos identifiziert. Eines der Gläser blieb unbenutzt, das andere stand auf dem Tischchen im Badezimmer. Darauf wurden keine fremden Fingerabdrücke sichergestellt.

Die Lage der Schuhe war den Kriminalbeamten aufgefallen. Der linke Schuh lag vor dem Sofa, der andere vor der Dusche. Das deutete »auf unplanmäßiges Handeln eines bereits bewusstseinsgetrübten zum Suizid Entschlossenen hin«.

Bei der Obduktion der Leiche wurde ein Hämatom auf der rechten Stirnseite festgestellt, das durch Gewaltanwendung hätte entstanden sein können. Der Gutachter ging jedoch davon aus, dass der oberflächliche Bluterguss beim Stoß des Schädels gegen die Wanne bei einem Krampf während des Komas resultiert sein könnte. Ein Koma konnte Verkrampfungen entstehen lassen. Die Stelle befand sich genau dort, wo der Kopf an die Badewanne gelehnt war.

Ein Mörder hätte mit hoher Wahrscheinlichkeit den Kopf des Wehrlosen unter Wasser gleiten lassen, damit das Opfer ertrank und nicht mehr gerettet werden konnte. Das war aber eindeutig nicht geschehen.

Die Polizei stellte im Schlaf- und Badezimmer Verpackungen von Medikamenten sicher. Die Witwe hatte ausgesagt, dass ihr Mann an Depressionen litt und deshalb Psychopharmaka einnahm. Er war jedoch nicht in ärztlicher Behandlung deswegen. Der Bruder des Verstorbenen bestätigte diese Aussage. Lukic überlegte sich, dass Gallo durch eine Überdosis von Medikamenten und den zusätzlichen Alkohol in eine Bewusstseinsstörung fiel und weitere Arzneimittel geschluckt hatte, die zum Tod führten. Die Reise nach Zermatt hatte er bei der Familie mit Regeneration begründet. Er brauche manchmal ein paar Tage allein, um sich vom Stress der Arbeit zu erholen. Er hatte ihnen gesagt, dass er sich nach einer Immobilie umschaue. Geld wurde keines sichergestellt. Man ging davon aus, dass er eine Anzahlung geleistet hatte. Abklärungen diesbezüglich waren im Gang. Anhand der Bücher und Notizen auf seinem Pult sah man, dass er die Alpenwelt und das Bergdorf ins Herz geschlossen hatte. Weitere persönliche Hinweise auf den Grund der Reise wurden in seinen Habseligkeiten nicht gefunden. Die Handydaten der letzten Stunden vor dem Tod zeigten nichts Außergewöhnliches. Er hatte Telefonate mit der Familie, dem Geschäft und Geschäftspartnern in Italien geführt. Ein zweites Mobiltelefon mit Schweizer SIM-Karte war nicht aufzufinden. Etwas stach Pedro Lukic bei der Durchsicht der Unterlagen allerdings ins Auge. Auf den Polizeifotos konnte er erkennen, dass die Tür des Zimmersafes offen war. Hatte Mauro Gallo nichts bei sich, das er dort hätte aufbewahren wollen? Bei Zeit und Gelegenheit würde er nochmals Laura befragen. Es war im aufgefallen, dass sie in jedem passenden und unpassenden Augenblick Fotos schoss. Vielleicht auch am fraglichen Tag. Und warum gab es keinen Abschiedsbrief an seine Familie? Einen geplanten Selbstmord schloss er aus. Wer würde sich schon umbringen, wenn er plante, sich in einem Bergdorf ein Feriendomizil zu suchen. Er wünschte sich mehr Licht in die Dunkelheit dieses Falls.

DONNERSTAG / WUNSCHTRAUM

Laura föhnte die Haare im Badezimmer und sinnierte über ihre Lebensumstände nach. Es gefiel ihr bei Alexa. Sie war dankbar, dass sie Unterkunft und Beschäftigung bekommen hatte. Doch es entsprach nicht ihrem Lebensziel. Sie wollte in einem Hotel arbeiten, Gäste willkommen heißen, diese verwöhnen und gefordert sein. Sie hatte das Buch über das Leben von Cäsar Ritz geradezu verschlungen. Dadurch nahm ihr Wunschtraum konkrete Formen an. In Gedanken eiferte sie ihrem Idol nach. Wie er wünschte sie, in den besten Häusern der Welt zu wirken und gekrönte Häupter oder berühmte Filmstars zu empfangen. Allenfalls in Paris, Monte-Carlo oder anfänglich in einem Schweizer Nobelort zu arbeiten. In eines der bekanntesten Tourismusorte der Alpen hatte sie es immerhin schon geschafft. Nur der Rest stimmt nicht mit ihren Vorstellungen überein. Sie lebte mit einer alten Frau zusammen, mit der Ungewissheit, ob sich diese morgen noch an sie erinnern würde. Das war anspruchsvoll, aber sie fühlte sich für diese Arbeit nicht berufen. Zeit zum Nachdenken hatte sie genug. Sie konnte sich die Kommentare ihrer Eltern vorstellen, wenn die wüssten, was sie gerade trieb. Die Schadenfreude ihres Bruders sah sie direkt vor ihrem inneren Auge. Er hatte mit dem Vater eine Wette abgeschlossen, dass sie es im Hotel nicht bis Ende der Saison schaffen würde. Nun waren es nicht einmal zwei Wochen.

Am Vorabend hatte sie auf eine Mail von Pirmin geantwortet. Er schlug für diesen Nachmittag eine Wanderung vor. Sie hatte nach anfänglichem Zögern zugesagt. Jeder hat eine zweite Chance verdient, hatte sie sich zugeredet. Einmal versöhnt, könnte sie ihn darauf ansprechen, ob eine Wiedereinstellung im *Blatterhof* im Bereich des Möglichen wäre. Sie überdachte die verflochtene Konstellation auf der Führungsebene. Der Vater gab den Ton an. Trotz des vorgerückten Alters beabsichtigte er nicht, seine Position an die Kinder zu übergeben. Josefa trat krampfhaft in seine Fußstapfen. Auch Andreas schien recht ehrgeizig und entschlossen, den Posten zu übernehmen. Pirmin zeigte weniger große Ambitionen auf den Chefsessel. Seine Leidenschaft war das Kochen auf hohem Niveau. Er hatte zwar in allen anderen Sachbereichen des Hotelbetriebs Erfahrung. Sie würde ihm ein wenig auf den Zahn fühlen. Doch zuerst war nun ihr Einsatz im Haushalt gefordert. Schnell machte sie sich zurecht und eilte in die Küche. Beim Frühstück erzählte sie Alexa, dass sie am Nachmittag wandern gehen wolle.

»Mit dem Koch?«, fragte die alte Dame verschmitzt. Laura staunte, dass sich die demente Frau solche pikanten Details merken konnte.

»Ja, genau. Du hast doch nichts dagegen?«

»Nein, warum sollte ich?«

»War nur so eine Frage. Übrigens rufe ich nachher Pedro

an und erkundige mich, ob er jemanden kennt, der am Nachmittag auf dich ...«

»Aufpassen« wäre ihr beinah rausgerutscht. Sie konnte das Wort im letzten Augenblick runterschlucken. Alexa schaute sie streng an.

»Ich komme ohne Wachhund zurecht, wenn du das meinst. Eigentlich bin ich nicht auf dich angewiesen. Du bist nur hier, weil du an deinem Arbeitsplatz rausgeflogen bist.«

Das saß. Laura schaute Alexa verdutzt an. Wut stieg in ihr hoch, und es verschlug ihr die Sprache. Die Sichtweise war zutreffend, aber verletzend. Nur die alte Dame alleinzulassen, entsprach nicht ihrem Verantwortungsbewusstsein. Durfte sie das aussprechen oder wäre es kontraproduktiv? Sie fand keinen Lösungsansatz und entschied sich zu schweigen. Sie wechselten den ganzen Morgen kaum mehr Worte. Laura putzte die Küche auf Hochglanz. Sie fragte sich schon wieder, ob es das gewesen war, was sie sich für ihr Leben gewünscht hatte. Alexa saß auf dem Sofa im Wohnzimmer und schaute erneut ihre Fotobücher an. Zwischendurch sprach sie mit sich selbst. Was sie sagte, verstand Laura in der Küche nicht. In die Fotoalben hatte sie bisher keinen Blick werfen dürfen. Für Alexa war es noch nicht Zeit, ihr Einblick in ihr früheres Leben zu geben. Ob sie etwas zu verbergen hatte? Laura war sicher, dass sie es rausfinden würde. Sie brauchte einfach Zeit und viel Geduld. Doch nun musste sie sich darum kümmern, wie sie das Problem des heutigen Nachmittags lösen wollte. Sie rief Pedro Lukic an.

»Haben Sie einen Moment Zeit für mich?«
»Ist etwas nicht in Ordnung?«

»Es geht um die Arbeitszeiten. Wir hatten das einmal kurz angesprochen, aber nie definiert. Ich muss heute Nachmittag weg und will Alexa nicht allein lassen. Kennen Sie jemanden, der mit ihr Zeit verbringen könnte?«

Es vergingen Sekunden, bis er antwortete.

»Ich nehme den Nachmittag frei und komme selbst. Das gibt mir Gelegenheit, mit Alexa zu plaudern und mir Gedanken zu machen, wie wir in Zukunft dieses Problem regeln können. Um 14 Uhr bin ich da. Passt Ihnen das?«

Laura war erleichtert, dass sie für eine Weile verschwinden konnte. Sie hoffte inständig, dass Pedro eine passable Lösung finden würde. Sie musste selbst für sich und ihr Glück sorgen. Sie freute sich auf die Wanderung mit Pirmin. Aber tief in ihrem Inneren hörte sie eine warnende Stimme.

Pedro erschien zur verabredeten Zeit.

»Und wohin geht es?«, frage er mehr aus Neugier, denn aus Höflichkeit. Sie wurde rot und suchte nach einer Ausrede. Sie wollte ihm nicht auf die Nase binden, mit wem sie sich traf.

»In die Höhe!«

»Darf ich Sie noch etwas fragen?«

»Lieber nach meinem Ausflug. Ich bin in Eile.«

»Sind Sie verabredet?«, hakte er nach.

»Ich glaube nicht, dass ich Ihnen Rechenschaft schuldig bin. Sie fragen doch nicht beruflich, oder?«

»Mit wem und wohin Sie ausgehen, geht mich im Prinzip nichts an. Ich benötige noch mehr Informationen für die Aufklärung des Todesfalls von Herrn Gallo. Verfügen Sie eventuell über Fotos, die von Bedeutung sein könnten?«

»Bis später!«

Sie entwischte ohne Antwort. Nachdenklich fragte sie sich, ob sie vielleicht doch besser ihre Bilder an die Polizei hätte weitergeben sollen. Andreas Blatter hatte ja Kenntnis, dass sie welche aufgenommen hatte, und die Zustimmung dazu gegeben. Die Fragestellung war jedoch obsolet. Sie hatte ihr Telefon und die Fotos gar nicht mehr. Falls ihr Handy wieder auftauchte, könnte sie die Bilder durchaus freigeben. Aber im Moment flogen ihre Gedanken zu Pirmin und dem Ausflug ins Blaue.

DONNERSTAGNACHMITTAG / ALP

Der Weg zur Alpe führte steil über Stock und Stein durch einen Mischwald von Arven, Lärchen und Föhren. Der Boden war mit Lärchennadeln bedeckt, die kupferfarben leuchteten. Der Himmel strahlte im schönsten Blau. Die wärmende Sonne entfaltete in den Rinden wohlriechende Harze. Aus den Nadeln der Arve entwich der leicht flüchtige Wirkstoff Pinosylvin. Dieser löste bei den zwei Wanderern ein Wohlbefinden aus, das in keiner Wohlfühloase simuliert werden konnte. Laura hatte bereits bei der Begrüßung ein aufregendes Flattern in der Bauchgegend verspürt. Der steile Pfad und das von Pirmin eingeschlagene Tempo vermasselten die Möglichkeit, ungezwungen miteinander zu plaudern. Laura bemühte sich, mit ihm Schritt zu halten. Er war es gewohnt, kräftig auszuschreiten. Damit sie zwischendurch ausruhen konnte, blieb sie ab und an stehen, um Fotos zu schießen. Er schaute lächelnd zurück. Bei der Begrüßung im Dorf hatte er sie nur kurz rechts und links auf die Wange geküsst. Nur kein Gerede provozieren, war sein Motto. Bald würden sie ja Gelegenheit haben, die Zweisamkeit zu genießen. Nachdem der Wald sich gelichtet hatte und sie am Rand einer blumenübersäten Almwiese weitergingen, ließ sein Tempo nach und sie wanderten nebeneinander.

»Ich bin froh, dass wir endlich einmal allein und ungestört sind. Seit deiner fristlosen Entlassung hatte ich keine Chance, meine Sicht der Ereignisse darzulegen.«

»Da bin ich aber gespannt.«

»Du hast meinen Vater ja ein wenig kennengelernt. Er ist ein Patriarch und lebt ausschließlich für das Hotel, das sein Großvater aufgebaut hat. Das ist sein Ein und Alles. Wir Geschwister wurden darauf getrimmt, dass wir in seine Fußstapfen treten. Und oh Wunder, es ist ihm gelungen. Alle haben eine Ausbildung im Metier absolviert. Wir wären bereit, das Geschäft zu übernehmen. Aber trotz seines fortgeschrittenen Alters ziert er sich. Er behauptet, dass wir drei das zusammen nicht meistern. Am liebsten würde er es nur einem von uns übergeben. Die restlichen zwei hätten das Nachsehen und müssten sich anders orientieren. Da sind Konflikte vorprogrammiert.«

»Hat er recht damit, dass ihr es zu dritt nicht schaffen würdet?«

»Ich bin mir nicht sicher. Vielleicht ist das nur ein Vorwand. Er ist unfähig loszulassen. Andererseits sind Andreas und Josefa eher schwierige Persönlichkeiten.«

»Inwiefern?«

»Sie spielen nicht immer mit offenen Karten.«

»Was bedeutet das konkret?«

»Ach, schwierig zu erklären. Um direkt zu sein, ihr Wahrheitsverständnis beruht auf ihrem eigenen Weltbild, das nicht immer der Realität entspricht.«

»Das ist diplomatisch ausgedrückt und heißt für mich, dass sie es mit der Wahrheit nicht so genau nehmen.«

»So hart würde ich es nicht ausdrücken. Sie leben in ihrer heilen Welt und haben eine eigene Anschauung. Ich sage das nicht gerne über meine Geschwister. Aber so ist es nun mal.«

»Und dein Vater ist sich dessen bewusst?«

»Sagen wir mal so: Er kennt alle Stärken und Schwächen von uns Kindern. Und er nützt seine Kenntnisse aus, um so an sein Ziel zu gelangen. Und jetzt komme ich wieder auf den Ursprung des Gesprächs zurück. In meinem Fall bestimmt er, mit wem ich mich einzulassen habe. Darum hat er sich so abschätzig über dich geäußert. Dass er dich vor seinem Aktenschrank erwischt hat, bestätigte ihn in seiner Meinung. Ich werde ihn überzeugen, dass er sich in dir gewaltig geirrt hat.«

Laura blieb stehen.

»Was heißt das?«

»Das bedeutet, dass wir zwei zueinander passen. Mir ist aufgefallen, dass du die Gabe einer perfekten Hotelière hast.«

Sie stutzte und schaute ihn prüfend an. Machte er sich über sie lustig? Aber er verzog keine Miene.

»Wie kommst du darauf?«

»Man könnte mich als Menschenkenner bezeichnen.«

»Interessant.«

»Komm, lass uns weitergehen. Ich habe Lust auf das Picknick. Wir unterhalten uns beim Essen.«

Nach wenigen Minuten gelangten sie zu einer idyllischen Almhütte. Sie thronte auf einem kleinen Plateau. Im Rücken stand schützend eine Felswand. Drei gigantische Lärchen erhoben sich auf der rechten Seite, und in deren Schatten lud ein Tisch mit Bänken zum Verweilen ein. Die Sicht ins Tal und auf die Bergwelt war atemberaubend. Selbstverständlich zückte Laura wieder ihr Handy, um Bilder aufzunehmen. Pirmin holte den Schlüssel aus dem Versteck über dem Türbalken und ließ Laura eintreten. Ein Ausruf des Entzückens löste sich aus ihrem Innersten. Der Innenraum war genauso eingerichtet, wie man sich das von einer romantischen Berghütte vorstellte. Rotweiß karierte Vorhänge zierten die Fenster. In einer Ecke befand sich die Küche mit Holzofen und einem ovalen Holztisch mit Stühlen. Im anderen Raumteil prangte ein antiker Schrank hinter den bequemen Sesseln und einem Schlafsofa. In der Mitte stieg eine steile Holztreppe in den oberen Stock, dahinter eine schmale Tür, die ins Bad führte. Pirmin nahm Laura in die Arme und zog sie sanft zum Sofa. Im ersten Moment ließ sie es zu, doch dann zögerte sie urplötzlich.

»Lass uns jetzt picknicken. Ich habe Hunger, und du bestimmt auch, oder?«

Enttäuscht ließ er die Arme sinken und begab sich ins Freie, wo er seinen Rucksack auf den Tisch gelegt hatte. Er hatte an alles gedacht, sogar an ein sauberes Tischtuch. Er holte Geschirr, Besteck und Servietten aus der Hütte und deckte auf.

»Zuerst stoßen wir auf uns an.« Galant übergab er ihr ein Glas mit gekühltem *Johannisberg*. Allein der Geruch löste anregende Gefühle in Laura aus. Der Wein duftete nach weißen Früchten, Birnen und Röstmandeln. Im Gaumen entzückte er sie mit einem angenehmen Bittermandelaroma.

»Typisch Wallis!«, kam es aus tiefstem Herzen.

»Exakt.«

Zum Essen hatte er Walliser Trockenfleisch, Speck, Rohschinken, Randenwurst* und gereiften Alpkäse, Roggenbrot, Nüsse und Weintrauben mitgebracht. Die ersten Minuten genossen sie schweigend. Laura erfreute sich am Gesamtpaket. Frei, in der Natur, traumhafte Aussicht, feines Essen und Trinken und einen verführerischen Mann an ihrer Seite.

Ein wenig ungeduldig ersehnte Laura das Pünktchen auf dem i. Pirmin wischte sich die Lippen ab. Besonnen begann er zu reden. Dabei fixierte er sie. Was ihm auf dem Herzen lag, war das Hotel. Pirmin sprach davon, wie er es gedachte zu führen und was er von der Frau an seiner Seite erwartete. Nämlich, dass diese die Aufgaben von Josefa und Andreas übernähme. Das entsprach nicht den Erwartungen von Laura. Es kam noch schlimmer.

»Weißt du, Vater hat eine Checkliste erstellt für jedes von uns Kindern. Die ist mit einem Punktsystem versehen. Zufälligerweise ist mir diese in die Hände geraten. Abgesehen von einem Manko sind meine Chancen durchaus intakt. Meine Gesamtpunktzahl übertrifft die der anderen beiden. Die *Gault-Millau* Sterne hat er hoch gewichtet. Ich habe die besten Aussichten, dass mir der Betrieb zugesprochen wird. Es fehlt mir nur eben der administrative Teil, und den könntest du perfekt abdecken.«

»Was?«

»Das liegt doch auf der Hand. Damit ich in den Besitz des Hotels komme, ist es zwingend, dass die Frau an meiner Seite voll mitzieht. Vom Fachwissen her hast du alle Voraussetzungen, zudem bist du adrett und gefällst mir

---
* Rote Beete Wurst

vom Charakter her. Ich finde, wir gehören zusammen wie Topf und Deckel.«

»Du suchst demzufolge eine Geschäftspartnerin?«

»Na ja. Das wäre durchaus denkbar, nach einer Probezeit.«

Laura hatte verstanden, woher der Wind wehte. Es ging ihm darum, seinen Vater zu überzeugen, dass sie zwei die beste Wahl waren, um die Nachfolge zu übernehmen. Von Liebe hatte er bis jetzt kein Wort verloren. Sie stand auf.

»Du verstehst nichts von Frauen. Ich hatte mir immer vorgestellt, mit einem Mann zusammen zu sein, der mich liebt und achtet.«

»Das tue ich doch. Merkst du das nicht?«

»Leider nein. Ich fühle mich gedemütigt und als Mittel zum Zweck missbraucht.«

»Überleg es dir. Ich müsste bis Ende der Woche Bescheid haben.«

»Nein, so nicht!«

Er schaute sie mit einem Hundeblick an, der Steine hätte erweichen können. Bei Laura zeigte es keine Wirkung.

»Ich gehe jetzt. Du hörst von mir.«

Sie packte ihre Jacke und hastete den Weg hinunter. Seine Rufe nahm sie nicht wahr, zu tief war sie in den Gedanken versunken. Aus den Augenwinkeln kullerten Tränen. Die Sicht verschwamm. So kam es, dass sie eine der vielen Fangwurzeln übersah. Sie stolperte und vertrat sich den Knöchel. Der stechende Schmerz brachte sie in die Realität zurück.

»Himmel, Donner und Doria!«, fauchte sie.

Sie massierte den Fuß und nach einer Weile humpelte sie talwärts. Pedro sah sie schon aus der Ferne. Er saß mit

Alexa im Garten. Sie hatten Karten gespielt. Am liebsten wäre er aufgesprungen und ihr entgegengegangen. Er ließ es aber bleiben.

Laura wollte sich grußlos in ihr Zimmer verdrücken. Alexa rief sie jedoch zu sich.

»Komm, setz dich zu uns. Spiel' mit uns.«

»Mein Fuß ist lädiert. Ich pflege ihn zuerst und lege mich ein wenig hin.«

»Was ist geschehen?«

»Der Knöchel ist angeschwollen. Ich salbe und schmiere ihn, und gut ist.«

»Ich habe noch eine Frage. Beruflich!«

»Sind Sie jetzt im Dienst?«, entgegnete Laura schnippisch. Dieser Kerl nervte sie so langsam. Gewiss erwartete er eine Antwort bezüglich der Fotos. Im Prinzip hatte sie nichts zu verbergen. Nur blöd, dass sie es nicht von Anfang an gesagt hatte. Das Versteckspiel könnte sich im Nachhinein zu ihrem Nachteil wenden. Womöglich verdächtigte Lukic sie, etwas gestohlen zu haben. Aber da die Bilder verschollen waren, gab es keinen Klärungsbedarf. Sollte das Handy eines Tages wieder auftauchen, fiel ihr sicher eine passende Ausrede ein.

DONNERSTAGNACHMITTAG / BUSINESSPLAN

»Ich gehe bei diesem Gespräch davon aus, dass Sie dem Bankgeheimnis unterliegen. Ist das so?«

»Selbstverständlich. Um was handelt es sich, Herr Lauber?«

»Vorab hätte ich gerne eine schriftliche Zusicherung, dass nichts von dieser Unterhaltung aus diesem Raum getragen wird.«

»Das ist nicht nötig. Diskretion und das Bankgeheimnis gehören zu den Grundpfeilern unserer Bank. Wir halten uns daran, ohne das Recht zu verletzen.«

Elmar Blatters Augen bekamen einen lauernden Ausdruck.

»Welche konkrete Dienstleistung darf ich Ihnen anbieten, Herr Lauber?«

»Ich habe von meiner Großmutter einen beachtlichen Betrag geerbt. Sie hat diesen aber nie versteuert. Er lag gewissermaßen unter der Matratze. Nun habe ich ein Problem.«

»Aha, ich verstehe. Sie wollen von der Steueramnestie für Erben profitieren? Da kann ich Ihnen gerne Auskunft geben. Das Gesetz sagt, dass die vereinfachte Nachbesteuerung die Frist zur Erhebung der Nachsteuer auf Einkünfte und Vermögen verkürzt, die der Erblasser nicht deklariert hat. Maßgebend sind nicht mehr die letzten zehn, sondern nur noch die letzten drei vor dem Todesjahr des Erblassers abgelaufenen Steuerperioden. Von der vereinfachten Nachbesteuerung profitieren Erben, welche die Steuerhinterziehung des Erblassers unverzüglich offenlegen und ihre Mitwirkungspflicht erfüllen. Diese ist insbesondere bei der Errichtung eines vollständigen und genauen Nachlassinventars gefragt. Die vereinfachte Nachbesteuerung greift nur, wenn die Steuerbehörden noch keine Kenntnis vom hinterzogenen Vermögen oder Einkommen haben.«

»Das habe ich so bereits nachgelesen. Ich habe mir aber eine Alternative ausgedacht.«

»Und die wäre?«

»Ich beabsichtige, ein eigenes Immobilienbüro in Zermatt zu eröffnen.«

»Sie sind doch für Viktoria Winkelried tätig? Haben Sie keine Konkurrenzklausel in Ihrem Vertrag?«

»Es besteht kein Arbeitsvertrag. Demzufolge auch keine Klausel.«

»Das erstaunt mich. Aber wenn Sie es sagen, ist es wohl so. Also, Sie wollen eine eigene Firma eröffnen.«

»Das Projekt steht. Nun fehlt mir nur noch der Banker meines Vertrauens, mit dem ich die Pläne besprechen kann.«

»Grundsätzlich gefallen mir Ihr Enthusiasmus und die Idee. Im Moment verstehe ich nicht, was genau Sie von mir erwarten. Wie groß ist der Betrag, der Ihnen zur Verfügung steht?«

»Bevor ich weiter in die Details gehe, hätte ich doch gerne, dass Sie mir dieses Papier unterzeichnen. Damit bestätigen Sie, dass nichts, aber auch gar nichts von dem Gesagten publik wird oder in unbefugte Hände gerät.«

Elmar nahm das Dokument entgegen, las es durch, schaute Lauber an und brummte:

»Dasselbe müssten Sie mir dann ebenfalls bestätigen. Wenn ich auf Ihre Forderungen eingehen sollte, muss ich mich absichern, dass mein Entgegenkommen nie gegen mich verwendet werden kann. Sie verstehen?«

»Dann fügen wir der Vereinbarungen eine Klausel an. Das ist kein Problem. Hauptsache, dass ich mich voll und ganz auf Sie verlassen kann.«

Nach Gegenzeichnung der ominösen Stillhaltevereinbarung legte Lauber los. Er präsentierte einen detaillierten Businessplan. Elmar hörte neugierig zu. Manchmal schüttelte er den Kopf oder nickte. Erst am Ende der Ausführungen ließ er sich zu einem: »Ich muss schon sagen, raffiniert ausgedacht. Das könnte so aufgehen. Aber bevor wir weiter verhandeln, wäre noch etwas zu klären. Hatten Sie Einblick in die Unterlagen Ihres ehemaligen Chefs oder seiner Frau? Zum Beispiel in die Kaufverträge der Dachwohnung im Immobilienprojekt *Am Bach*?«

»Diese Dokumente waren im Safe unter Verschluss. Sind Sie daran interessiert?«

»Sollte es Ihnen gelingen, mir das Dossier zu besorgen oder zu kopieren, steht der Finanzierung nichts im Weg.«

Lauber bekam eine provisorische Finanzierungszusage. Sie wurden sich einig, dass sie in finanziellen Fragen zusammenarbeiten würden. Beide sollten davon materiell profitieren. Elmar würde in Zukunft als Erster über anstehende Immobilienverkäufe informiert. Lauber bekäme im Gegenzug Hypotheken mit günstigen Konditionen.

FREITAGMORGEN / LÖSUNG

Laura wünschte sich nach der Konfrontation mit Pirmin Ruhe. Sie war verwirrt und enttäuscht. Sie sehnte Klarheit herbei. Das klappte leider nicht. Alexa und Pedro erwarteten sie zurück im Garten. Im Anschluss an eine kurze Verschnaufpause gesellte sie sich nochmals zu ihnen.

»Und wie geht es deinem Fuß?«, erkundigte sich Alexa.
»Und wie war es mit dem Koch?«
»Beide sind ein wenig verdreht. Und jetzt spiele ich gerne mit euch, aber bitte fragt mich nichts mehr.«

Die Ansage war klar und deutlich. Nach einer Runde *Eile mit Weile* verzog sie sich in ihr Zimmer. Sie gab an, dass sie Schmerzen habe und den Fuß hochlegen müsse.

Gegen 23 Uhr erhielt sie eine Nachricht von Pirmin.
»Ich liebe dich. Der Tag mit dir war ein Geschenk. Du bist zu früh und zu schnell weggerannt. Du hast mein Anliegen sicher verstanden. Du, nur du bist wichtig. Das Hotel kommt an zweiter Stelle. Für dich würde ich auch darauf verzichten. Ich fände es genial, wenn wir zusammen wären. Vater ist einverstanden, dass du wieder im *Blatterhof* arbeitest. Bitte gib mir Bescheid.«

Zwei Herzen beendeten die Mitteilung. Das hätte sie schon am Nachmittag gerne gehört. Spät, aber nicht zu spät schien ihm ein Licht aufgegangen zu sein. In erster Linie ging es um die gegenseitige Zuneigung und erst nachher um den Rest, den er ihr ausführlich beschrieben hatte. Nun stimmte es. Sie schrieb sofort zurück: »Kannst du anrufen?«

Es vergingen nur ein paar Sekunden, und schon klingelte es. Sie redeten die halbe Nacht miteinander. Zuerst über ihre Gefühle. Dann kam die Zusammenarbeit im Hotel *Blatterhof* zur Sprache. Pirmin hatte seinem Vater klargemacht, dass er seine Stelle aufgeben würde, falls der sich weiterhin gegen Laura stellte. Er hatte ihm sogar gedroht, bei der einheimischen Konkurrenz zu kochen. Gaudenz war sich bewusst, welches Renommee die *Gault Millau*-Sterne für das Hotel hatten. Deshalb willigte er zähneknirschend ein, es nochmals mit Laura zu versuchen. Das ausführliche Gespräch schilderte Pirmin ihr nicht. Sie freute sich über die Zusage, konnte sich aber nicht vorstellen, wieder im Personalzimmer zu wohnen. Er verstand nach längerem Hin und Her, dass sie bei Alexa bleiben wollte. Auch, dass sie vorerst nur Teilzeit einsteigen würde, akzeptierte er. Das weitere Vorgehen war schnell festgelegt. Allerdings musste sie sich vor dem Neustart nochmals bei Gaudenz Blatter zu einem Gespräch einfinden. Das war für sie im Moment der einzige Wermutstropfen.

Nach einem kurzen Schlaf stand sie mit gemischten Gefühlen auf. Nun hatte sie ein Angebot erhalten. Aber den unverfälschten Hintergrund kannte sie nicht. Liebte Pirmin sie oder war sie sein Spielball? Andererseits verdiente sie hier zu wenig, um sich lange über Wasser zu halten. Und sie war nicht in dem Beruf tätig, für den sie schwärmte. Aber was war mit Alexa? Sie hatte sie im Lauf der kurzen Zeit lieb gewonnen. Auch das Zimmer hier gefiel ihr. Sie fand keinen befriedigenden Lösungsansatz. Damit sie ein wenig Struktur in das Gewirr bekäme, nahm sie ein Blatt Papier. Sie erstellte eine Liste mit Vor- und Nachteilen, die das Angebot von Pirmin beinhaltete. Einen elementaren Punkt konnte sie nicht beurteilen. Würde Gaudenz sie als Mensch und Fachkraft akzeptieren, fördern und wertschätzen? Alles war so vage. Sie ging auf jeden Fall ein Wagnis mit einem Risiko ein. Andererseits wollte sie ihrer Familie unbedingt beweisen, dass sie es schaffte. Tief in Gedanken versunken überhörte sie Schritte, die sich ihrer Dachzimmertür näherten. Erschrocken fuhr sie hoch, als Lukic anklopfte: »Darf ich stören?«

»Ist etwas mit Alexa?«

»Nein. Sie ist in ihrem Zimmer. Ich habe ihre Erlaubnis, dass ich mit Ihnen über das Telefongespräch mit Doktor Zergaffinu sprechen darf. Gehen wir in die Küche?«

»Ich komme runter und dann habe ich Neuigkeiten.«

Sie setzten sich an den Küchentisch.

»Ich bin mir nicht mehr sicher, ob ich der Betreuung einer dementen Frau gewachsen bin. Zudem würde ich wieder gerne in meinem angestammten Beruf arbeiten. Ich habe ein Angebot erhalten.«

»Das passt ja prima. Doktor Zergaffinu, der Hausarzt von Alexa, und ich haben heute telefoniert. Es ist uns bewusst geworden, dass die Betreuung nicht einer einzigen Person anvertraut werden kann. Da es in diesem Haus genügend Zimmer hat, sind wir auf folgende Lösung gekommen: Das mittlere Stockwerk ist ja eine eigenständige Wohnung. Sie ist seit zwei Wochen unbewohnt. Wir könnten sie kostengünstig an eine Frau vermieten, die einen Teil der Arbeit übernimmt.«

»Dann braucht es mich nicht mehr?«

»Im Gegenteil. Wir hatten überlegt, dass Sie wie bisher mit der Betreuung von Alexa weiterfahren, aber in Ihrer Freizeit eine Vertretung haben. Wenn du … Verzeihung Sie.«

»Du, ist okay.«

»Pedro.«

»Ist es erlaubt, den Dorfpolizisten zu duzen?«

»Ich bin ja in einer anderen Eigenschaft hier, nicht als Amtsperson. Und ja, auch Polizisten haben ein Privatleben.«

»Dann sollten wir miteinander anstoßen.«

»Aber nicht schon Alkohol am Morgen, oder?«

»Dann trinken wir Kaffee, und das mit dem Wein holen wir bei Gelegenheit nach.«

Sie stand auf und bereitete zwei Tassen zu. Er schaute ihr zu. Diese Frau besaß eine Anziehungskraft und weckte in ihm ein Begehren. Sie stießen mit den Kaffeetassen an. Dabei wurde er verlegen. Er versuchte, sich auf die Realität zu konzentrieren.

»Also, wo war ich stehen geblieben? Wenn du wieder in einem Hotel arbeiten möchtest, könnten wir die Verantwortlichkeiten tauschen. Die Frau übernimmt die Hauptaufgaben, und du wärst ihre Vertreterin. Du bleibst weiterhin in deiner Dachkammer.«

»Für mich wäre das optimal. Ich versuche, mein Pensum auf 80 Prozent festzulegen, und wohne bei Alexa.«

»Und wo und wann wirst du deine neue Stelle antreten?«, erkundigte sich Pedro.
»Die Sache ist noch nicht endgültig. Sobald ich den Vertrag in den Händen halte, werde ich dich informieren.«
Laura wollte noch nichts offenlegen, interessierte sich jedoch für den Neuzugang im Haus.
»Und wer ist die Frau, die ihr angefragt habt?«
»Sie heißt Marianne Indermatten und hat ein Kind. Die Lehre hat sie im Hotel *Blatterhof* absolviert und hilft dort manchmal aus.«
»Ah. Sie hätte an meinem ersten Arbeitstag für mich an der Rezeption einspringen sollen. Ich musste mich ja um die Abwicklung der Formalitäten im Zusammenhang mit dem Todesfall von Gallo kümmern. Marianne war unabkömmlich. Irgendwas mit ihrem Kind hatte sie gehindert einzuspringen. Josefa hatte gemeckert, dass sie die Arbeit an der Rezeption selbst übernehmen musste.«
»Davon hast du bei der Befragung gar nichts erwähnt.«
»Daran habe ich nicht gedacht. Das steht ja in keinem Zusammenhang mit dem Vorfall.«
»Alles kann in einem Bezug stehen. Man weiß nie.«
»Ist das nun ein Verhör?«
»Das war eine Bitte um Auskunft. Im Grundsatz suchen wir Lösungen für die Betreuung von Alexa. Und nun fertigen wir Nägel mit Köpfen an. In welchem Hotel hast du eine Anstellung in Aussicht?«
»Es könnte sein, dass es mit einer Wiedereinstellung im *Blatterhof* klappt.«
»Donnerwetter. Wie kommt es zu dieser Wendung?«
»Ich wurde höflich angefragt.«

»Bestehen denn keine Vorbehalte mehr nach deiner Kündigung?«

»Pirmin Blatter hat die Angelegenheit mit seinem Vater geklärt.«

»Aha.«

»Was heißt hier ›aha‹?«

»Ich wundere mich.«

Laura wurde innerlich hin- und hergerissen. Ihr war soeben eine Lösung ihres Problems angeboten worden. Nun fing der Widerstreit wieder an. War es wirklich eine gute Idee, sich nochmals mit Pirmin und der Familie Blatter einzulassen? Sie würde eine Nacht darüber schlafen und sich morgen definitiv entscheiden.

FREITAGVORMITTAG / KÜNDIGUNG

»Guten Tag, Herr Lauber. Bringen Sie mir bitte einen Kaffee in mein Büro. Dann berichten Sie mir, wie weit Sie mit dem Kauf des Grundstücks von Frau Inalbon sind. Ich will, dass es dort vorwärtsgeht.«

»Tut mir leid, Frau Winkelried. Ich bin heute nur hier, um mich von Ihnen zu verabschieden.«

»Wie bitte?«

»Ich kündige auf Ende des Monats. Da ich Überstunden habe, ist heute mein letzter Arbeitstag. Ich habe mir gestern das mir zustehende Salär überwiesen. Ich stehe nicht mehr für Ihre Firma zur Verfügung.«

Das Gesicht von Viktoria schien einzufrieren. Sie öffnete den Mund und schloss ihn wieder. Die versteinerte Miene verschwand so schnell, wie sie gekommen war.

»Sie Spaßvogel«, erwiderte sie verunsichert.

»Ich spaße nicht.«

»Sie haben einen Vertrag. Eine Kündigung von heute auf morgen ist unmöglich. Erst gestern haben wir eine Abmachung getroffen.«

»Zeigen Sie mir das Dokument. Und was die Vereinbarung betrifft, da hatten wir nicht von den Kündigungsbedingungen gesprochen. Da wäre ich so quasi in der Probezeit und könnte auf Ende der Woche künden.«

Sie stolzierte ins Büro und kramte im Aktenschrank. Er hörte sie fluchen. Dann schaltete sie den PC an und suchte im Personaldossier nach Dateien. Er ließ sie gewähren und kümmerte sich um die wenigen Habseligkeiten, die auf seinem Pult lagen. Rot vor Zorn erschien Viktoria im Türrahmen.

»Sie haben alles gelöscht und verschwinden lassen. Sie Schuft.«

»Ich bestreite das. Ihr Mann hat mir nie einen Vertrag ausgestellt, und Sie schon gar nicht.«

»Bodenlose Frechheit.« Die Stimme von Viktoria vibrierte.

»Gemäß Gesetz beträgt die Kündigungsfrist ohne Arbeitsvertrag durch den Arbeitnehmer vier Wochen. In der Probezeit sieben Tage.«

»Aber …«, stammelte sie.

»Möchten Sie wissen, wo ich in Zukunft arbeite?«

»Scheren Sie sich zum Teufel! Ich will Sie hier nicht mehr sehen.«

»Ich sage es Ihnen trotzdem. Ich werde ein eigenes Immobilienbüro eröffnen, nur ein paar Häuser von hier. In bester Lage.«

»Das wird rechtliche Konsequenzen haben.«

»Da bin ich gespannt. So ohne Verträge und Grundlagen. Ziemlich aussichtslos.«

»Welche Legitimation haben Sie denn angewendet, um sich ein Salär auszuzahlen?«

Diese Frage beantwortete er nicht. Es schienen doch ein paar Probleme auf ihn zuzukommen. Aber auf irgendeine

Art würde er die schon lösen. Ohne zu kontern, verließ er mit erhobenem Haupt seinen ehemaligen Arbeitsplatz.

Viktoria schaute wortlos hinterher. Je länger sie über die Situation nachdachte, desto zorniger wurde sie.

»Dieser kleine Mistkerl hat die Rechnung ohne mich gemacht«, fauchte sie erbost. »Dem werde ich zeigen, wer in Zermatt der Platzhirsch ist.«

Sie nahm sich vor, erneut Kontakt mit Elmar Blatter aufzunehmen. Oder noch besser, sie würde ihn zu sich nach Hause einladen. Das Ambiente wäre optimal, um ihn bezüglich Lauber und diverser anderer Probleme auf ihre Seite zu ziehen. Sie kannte ja seine Schwächen.

FREITAGNACHMITTAG / UNTERSCHRIFTEN

Ludwig Lauber hatte Emil, einen Schuljungen, für ein Taschengeld angeworben. Er verpflichtete ihn in seiner schulfreien Zeit mit einer spannenden Auftragsarbeit.

»Du bist Meisterdetektiv und überwachst die beiden Frauen im Chalet an der Steinmattstraße. Wenn die Jüngere das Haus verlässt, schickst du mir sofort eine SMS. Du darfst aber niemandem etwas verraten. Großes Indianerehrenwort?«

Der Knabe nahm seine Aufgabe bei nächster Gelegenheit wahr und erfüllte sie mit Inbrunst. Er schlich so oft wie möglich um das Haus rum und täuschte vor, dass er spiele. So hatte er mitbekommen, wie Laura Alexa im Garten zurief, dass sie im Fitnessklub vorbeischaue. Sie beabsichtige, den Klub zu besichtigen und sich für einen Abendkurs anzumelden. Nachher gehe sie einkaufen. Kaum war sie unterwegs, sandte der kleine Detektiv eine Nachricht an seinen Auftraggeber. Lauber nutzte die Gelegenheit und begab sich schnurstracks zu Alexa.

Diese begrüßte ihn freundlich und bat ihn ins Wohnzimmer.

»Es freut mich, dass ich wieder einmal Besuch bekomme.«

»Gerne. Ich bringe Ihnen den Vertrag. Sie haben mir doch letzte Woche versprochen, dass Sie unterschreiben.«

»Unterschreiben? Was denn?«

»Es geht darum, dass wir in Zermatt Wohnungen für ältere Menschen erstellen. Wenn Sie immer noch dafür sind, signieren Sie hier. Das unterstützen Sie doch, oder?«

»Selbstverständlich.«

»Hier.« Er zeigte mit dem Finger auf die gepunktete Linie.

Ohne zu zögern, unterzeichnete Alexa Inalbon. Ludwig Lauber lächelte selbstzufrieden. Niemand konnte ihm je beweisen, dass dieser Vertrag nicht rechtens war. Er hatte das Datum vordatiert, einen Verkaufspreis für das Chalet eingesetzt, der akzeptabel war und mit einer Einzimmerwohnung in einer Überbauung im Dorfkern abgegolten würde. Das Wichtigste war jedoch, dass der Vertrag auf den Namen seines neuen Geschäfts lief. Nun durfte er sich nur nicht zu lange hier aufhalten, sonst würde diese Furie auftauchen und sein perfekt durchdachtes Werk zunichtemachen. Hastig verabschiedete er sich. Selbstverständlich ohne eine Kopie zurückzulassen. Alexa erwartete auch keine. Sie setzte sich nach dem Besuch wieder vor ihre Fotobücher und blätterte darin. An Erlebnisse aus der Vergangenheit konnte sie sich besser erinnern als an kurzfristige Ereignisse. Die Fotos halfen ihr bei der Rückblende.

Sie hatte erst ein paar Seiten durchgeblättert, als es wieder klingelte. Diesmal stand Elmar Blatter vor der Tür und lächelte sie an: »Guten Tag, liebe Alexa. Ich wollte bei dir vorbeischauen und sehen, wie es dir geht. Hast du einen Moment Zeit?«

Sie schaute ihn an und vermochte nicht zu sagen, wer vor ihr stand. Er konnte es in ihrem Gesicht ablesen und deshalb half er ihr auf die Sprünge: »Sicher freust du dich, dass dich dein Vermögensverwalter, Elmar Blatter, wieder einmal besucht.«

Langsam schien ihr ein Licht aufzugehen.

»Natürlich, Elmar. Das ist aber nett von dir. Bitte komm rein und erzähle mir ein wenig, was so läuft im Dorf.«

Sie setzten sich ins Wohnzimmer und plauderten über dies und das. Er leitete das Gespräch geschickt zu den Bankgeschäften und zog ein Papier aus der Tasche. »Hier ist übrigens ein Formular zur Unterschrift für die Änderung deines Dauerauftrags.«

»Welchen Dauerauftrag?«

»Den für die Bezahlung der Krankenkassenprämien.«

»Aha. Ja, dann gib mir das. So können wir das gleich erledigen.«

Damit hatte Elmar eine Person gefunden, die mit ihrem Privatvermögen für die dubiosen Geschäfte einer seiner Firmen verantwortlich zeichnete. Auch er hatte den Vertrag vordatiert, wie Lauber, der nur eine halbe Stunde vorher dieselbe Taktik angewendet hatte.

Laura hatte vor dem Einkauf mit Pirmin in einem Café abgemacht. Er saß schon am Tisch. Mit strahlenden Augen und ausgebreiteten Armen kam er ihr entgegen.

»Ich bin so froh, dass du da bist. Ich konnte es nicht erwarten, dich wiederzusehen. Ich hoffe, dass du mir gute Nachrichten überbringst.«

»Lieber Pirmin ...«

»Was trinken Sie?«, unterbrach die Kellnerin.

»Warte Laura, bevor du antwortest, muss ich dir etwas gestehen. Ich habe noch nie eine Frau wie dich kennengelernt. Obwohl wir wenig Zeit miteinander verbracht haben, bin ich mir sicher, dass du der Mensch bist, mit dem ich zusammen sein möchte. Bitte gib uns eine Chance.«

Laura schwieg. Ihre Worte blieben im Hals stecken. Ihr Verstand sagte ihr, dass mit einer Zusage Probleme vorprogrammiert waren. Andererseits lösten sich ihre beruflichen Sorgen. Zudem regten sich in ihrem Herzen Gefühle. Zurückhaltend und mit einem Seufzer erwiderte sie: »Versuchen wir es miteinander. Aber wir gehen die Sache langsam an.«

Er nahm ihre Hände in seine und drückte sie. Dann führte er sie an seine Lippen, ohne sie aus den Augen zu lassen. Und schon kribbelte es in Lauras Bauch.

»Hier ist Ihr Cappuccino«, wurden sie von der Bedienung unterbrochen.

»Endlich wieder einmal einen richtigen Kaffee. Ich habe Entzugserscheinungen. Es ist alles in Ordnung bei Alexa. Aber ihr Kaffee ist nicht nach meinem Geschmack.«

Sie lächelte Pirmin an.

»Ich muss schon bald wieder weg. Die alte Dame erwartet mich.«

»Es wird doch nicht von dir verlangt, dass du sie sieben Tage in der Woche und 24 Stunden am Tag betreust?«

»Nein, wir haben eine Lösung gefunden.«

»Wer ist wir?«

»Pedro Lukic kümmert sich schon seit längerer Zeit liebevoll um Alexa.«

»Und um dich anscheinend auch!«

»Wie meinst du das?«

»So, wie ich es sage. Aufgabe der Polizei ist es auf jeden Fall nicht, Unterkünfte und Arbeit an gestrandete Frauen zu vermitteln.«

»Wie bitte? Was soll das?«

»Vergiss es. Wir sprechen heute Abend am Telefon darüber. Ich bin in Eile. Die Küchenbrigade wartet auf mich. Und übrigens: Mein Vater lädt dich am Sonntagnachmittag um 14 Uhr zu einem Gespräch ein. Das passt doch – oder?«

Er stand schnell auf, legte einen Geldschein auf den Tisch, hauchte ihr einen Kuss auf die Wange und verschwand.

Perplex blieb sie einen Moment sitzen. Der Verlauf des Gesprächs ließ sie wieder zweifeln, ob sie die richtige Entscheidung getroffen hatte.

SAMSTAGMORGEN / EINZUG

Gegen 10 Uhr fuhr ein elektrischer Lieferwagen vor. Marianne Indermatten hatte es eilig, in ihr neues Heim zu ziehen. Im ersten Moment ärgerte sich Laura. Doch dann besann sie sich. Sie erkannte den Vorteil einer zweiten Betreuungsperson im Haus. Sie begrüßte die zukünftige Mitbewohnerin freundlich.

»Hallo, Marianne. Ich freue mich, dass wir Alexa zusammen zur Seite stehen. Möchtest du zuerst mit uns einen Kaffee trinken?«

»Gerne.«

So saßen sie bald zu dritt am Küchentisch. Alexa hatte vergessen, was am Vortag vereinbart worden war, genoss aber die Gesellschaft.

Als die beiden Frauen dann miteinander die Kartons und die wenigen Möbel ausluden und in den ersten Stock trugen, schaute die alte Dame hilflos zu. Sie begriff nicht, was geschah.

»Ich bin so froh, dass ich hier zusammen mit Godi wohnen und arbeiten darf. So langsam wird mein Geld knapp. Ich bemühe mich um Alimente. Aber es ist alles verfahren und kompliziert.«

»Das tut mir leid. Ich hoffe, dass du das Problem bald auf die Reihe kriegst.«

»Ja, hoffentlich.«

»Wo ist dein Kind jetzt?«

»Bei meinem Bruder. Ich hole ihn am Abend ab. Zuerst putze ich noch die alte Wohnung, und wenn es recht ist, bin ich gegen 18 Uhr zurück.«

»Dann koche ich für uns alle. Beim gemeinsamen Abendessen haben wir die Gelegenheit, uns besser kennenzulernen. So kann sich Alexa langsam an dich und dein Kind gewöhnen.«

»Ich hoffe, dass es klappt. Es wäre ein Glücksfall für uns.«

»Das wird schon. Ich bin ja auch noch da. Erfahrung habe ich bereits ein wenig gesammelt.«

Tatsächlich war das Hab und Gut der beiden neuen Mitbewohner vor dem Mittag auf der Etage.

»Ich räume später ein. Es ist schon mal gut, dass alles in der Wohnung steht.«

Marianne fuhr wieder weg. Laura schaute ihr nach. Ihr dämmerte, dass sich ihre Lebensumstände änderten. Aber sie freute sich darauf. Sie überlegte, was sie zum Nachtessen kochen sollte. Sie entschied sich für Tomatenspaghetti. Das hatten alle Kinder gern und die Erwachsenen ebenfalls.

»Laura, schau dir jetzt mit mir die Fotos an.« Alexa winkte ihr. »Komm, setz dich zu mir aufs Sofa.«

»Da bin ich mal gespannt, was du mir alles zeigen wirst.«

Alexa hatte ein Buch ausgewählt, welches sie als Gastgeberin in ihrem *B&B* zeigte. Laura betrachtete fasziniert die Bilder vom blumengeschmückten Holzchalet, vor dem eine strahlende Frau stand und ihren wegfahrenden Gästen nachwinkte. Zu gern wäre sie früher einmal hier gewesen. Es sah alles so heimelig aus. Natürlich war es das heute noch, aber die Persönlichkeit von Alexa hatte sich verändert, und damit fehlte ein Teil der Seele des Hauses.

»Hattest du Lieblingsgäste und erinnerst du dich an sie?«

Sie bemerkte, dass dies eine unüberlegte Äußerung war. Eine demente Person zu fragen, ob sie sich erinnere, grenzte an Bloßstellung. Zu ihrem Erstaunen erwiderte Alexa: »Am liebsten hatte ich die Italiener. Wenn die da waren, ging es immer lustig zu und her. Wir haben viel gelacht. Zudem brachten sie jeweils köstliche Lebensmittel mit. Oft standen wir am Abend alle zusammen in der Küche. Bis tief in die Nacht saßen, tranken und fabulierten wir laut über Gott und die Welt. Das war jedes Mal eine kulinarische Entdeckungsreise und ein intensives Zusammensein.«

»Ich koche heute Tomatenspaghetti. Wir haben Gäste.«
»Die Italiener?«
»Marianne und Godi essen mit uns.«
»So.«

Laura merkte, dass Alexa nachdachte. Sie half ihr auf die Sprünge.

»Die beiden wohnen ab heute im ersten Stock. Sie wird uns im Haushalt helfen.«
»Ich brauche keine Hilfe.«
»Das wissen wir. Aber weißt du, sie braucht Hilfe.«
Das verstand Alexa nicht. Sie erwiderte nichts.

Mutter und Kind trafen kurz vor 17 Uhr ein. Der Zweijährige kam Laura vertraut vor. Er wickelte sie mit seiner kindlichen Art um den Finger. Er nahm sie bei der Hand und führte sie in sein zukünftiges Schlafzimmer. In einer Kiste waren seine Spielsachen verstaut. Er drängte sie, mit ihm und seinen Autos zu spielen. Laura bemerkte, dass Marianne ein Stein vom Herzen fiel. Den Kleinen schien der Tapetenwechsel nicht zu stören.

»Heute essen wir Spaghetti. Ich hoffe, dass du das magst.«

»Pesto und Pasta?«, fragte Godi.

»Mit Tomatensoße und Käse.«

»Pesto«, wiederholte er.

»Das merke ich mir. Das nächste Mal mit Pesto. Versprochen!«

»Morgen?«

»Versuch zuerst einmal die von heute!«

Er nickte.

Die vier Hausbewohner saßen friedlich beim Abendessen. Die Frauen stieß mit einem Glas *Walliser Merlot* auf die neue Wohngemeinschaft an. Godi lockerte die anfänglich angespannte Stimmung. Er nahm eine Spaghetti zwischen die Lippen und ließ sie in den Teller hängen. Dann langte er mit den Fingern an die Ohren und bewegte diese leicht, gleichzeitig zog er die Pasta in den Mund. Alexa lachte herzlich. Sie probierte das sofort aus. Das wiederum fand der Kleine komisch. Er quietschte vor Freude. Zur Feier des Tages hatte Laura einen Schokoladenpudding vorbereitet. Sie schaute Godi beim Essen zu. Das Kind fühlte sich pudelwohl. Rund um den Mund hatten sich Pudding und Tomatensoße zu einem modernen Kunstwerk geformt. Er sah goldig aus, der Junge mit dem Kraushaar und den lebendigen Augen. Bei Gelegenheit würde sie Marianne einmal nach dem Vater fragen. Mutter und Sohn verabschiedeten sich vorzeitig. Winkend verließen sie die Küche. Beide waren müde und voller neuer Eindrücke. Laura räumte auf. Alexa hockte am Tisch und grübelte angespannt nach.

»Und es waren doch die Italiener zu Besuch!«, brummte sie.

Laura lächelte. Es braucht nur *Merlot* und Spaghetti zum Essen, und schon fühlte sie sich in die Vergangenheit zurückversetzt.

SONNTAGMORGEN / AUSHANG

Laura trat in die Küche. Sprachlos hielt sie inne. Ihre Eitelkeit meldete sich zu Wort. Marianne bereitete das Frühstück vor. Sie hatte, ohne zu fragen, ihre Arbeit übernommen. Alexa schien die Veränderung zu akzeptieren. Sie saß mit Godi am Tisch und erzählte ihm, wie sie früher Gäste bewirtet hatte.

»Viele waren Italiener. Bist du auch aus Italien?«

»Ich, Godi«, lachte der Kleine.

»Komm, iss jetzt dein Marmeladenbrot und schwatz nicht immer«, wies ihn Marianne zurecht.

»Wenn jemand etwas fragt, muss man doch antworten«, verteidigte ihn Laura.

»Da hast du recht.«

»Übrigens, ich bin heute zu einem Gespräch im *Blatterhof* eingeladen. Bestenfalls nehme ich morgen die Arbeit wieder auf. Es kommt auf den Seniorchef an. Mal schauen.«

»Wie hast du das hingekriegt mit dem alten Blatter? Ich kenne den, der lässt sich nicht so einfach umstimmen.«

»Für mich kam es auch unverhofft. Pirmin hat ein gutes Wort für mich eingelegt. Aber es ist noch nichts entschieden. Zuerst zeige ich dir jetzt, wie es hier im Haushalt so läuft.«

»Ich komme zurecht. Nimm dir doch frei.«

Das empfand sie wieder wie einen Stich ins Herz. Alexa setzte mit ihrer direkten Art noch einen drauf.

»Ja, ja. Wir bringen das schon auf die Reihe. Geh nur.«

Das Gefühl, gebraucht zu werden, hatte Laura in den letzten Tagen Auftrieb gegeben. Klar hatte es sie auch belastet. Alles hatte seine zwei Seiten. Aber von einem Tag auf den anderen entbehrlich zu sein, schmerzte sie. Sie schlich in ihr Zimmer und legte sich aufs Bett. Einen Moment suhlte sie sich in Selbstmitleid. Sie redete sich ein, dass sie es ja so gewollt hatte. Um dem Gefühl der inneren Zerrissenheit zu entfliehen, tröstete sie sich mit einer Einkaufstour. In einem Tourismusort wie diesem waren die Geschäft auch sonntags geöffnet. Vor dem schwierigen Gespräch mit Gaudenz Blatter blieb ihr ein wenig Zeit. Sie hielt nach einer weißen Seidenbluse Ausschau. Sollte sie wieder eingestellt werden, würde sie den Neuerwerb an der Rezeption zur Schau stellen. An der Bahnhofstraße erkannte sie den Mann, der versucht hatte, Alexa übers Ohr zu hauen. Ihm gehörte wohl das Immobilienbüro, das demnächst eröffnet würde. Sie blieb stehen und schaute zu, wie er Fotos von Verkaufsobjekten in den Aushang hängte. Sie wartete, bis er ins Büro verschwand. Dann trat sie ans Schaufenster. Es traf sie beinah der Schlag. Auf der Parzelle von Alexas Chalet war ein Projekt für ein mehrstöckiges Appartementhaus geplant. Spontan betrat sie das Geschäft.

»Was ist das für ein Angebot auf dem Grundstück von Frau Inalbon?«, fuhr sie Lauber an.

»Das ist mein neuestes Vorhaben.«
»Aber Alexa hat Ihnen die Liegenschaft gar nicht verkauft – oder?«
»Doch. Das hat sie. Und zwar schon vor längerer Zeit.«
»Das ist unmöglich. Es liegt ein Irrtum vor.«
»Es hat alles seine Richtigkeit. Und übrigens bin ich Ihnen keine Rechenschaft schuldig.«
»Nein, das sind Sie nicht. Aber ich werde alle Hebel in Bewegung setzen, dass die Sachlage amtlich geklärt wird.«
»Tun Sie das. Auf Wiedersehen.«
Er öffnete die Tür und schob sie unsanft auf die Straße. Er lächelte hämisch. In Laura tobte es. Sie war fuchsteufelswild. Hatte dieser Kerl es tatsächlich geschafft, Alexa in die Irre zu führen oder gar zu betrügen? Schnurstracks begab sie sich zum Polizeiposten. Der Posten war am Sonntag geschlossen. Für Notfälle hing eine Telefonnummer am Eingang. Es war nicht jene von Pedro Lukic, und jemand anderem wollte sie sich nicht anvertrauen. Um sich ein wenig zu beruhigen, setzte sie sich in ein Café, bestellte einen Cappuccino und ein Riesenstück Schokoladenkuchen. Trotzdem verflog der Unmut nicht. Ungerechtigkeit brachte sie auf die Palme. Sie nahm sich vor, das Problem zu regeln. Kaum war der Entschluss gefasst, erinnerte sie sich an ihre Vorsätze. Sie hatte sich vorgenommen, sich in Zukunft nur mit ihren eigenen Angelegenheiten zu befassen. Und schon war sie ihren Absichten wieder untreu geworden. Aber sie vermochte Alexa nicht in den Hammer laufen zu lassen. In ihr tobte ein Kampf. Schlussendlich entschied sie, alles Pedro Lukic zu übergeben. Der hatte die Pflicht, sich darum zu kümmern. Auf keinen Fall sie selbst. Sie würde ihn heute noch anrufen.

Damit war sie ihrer Aufgabe nachgekommen. Allmählich beruhigte sie sich. Sie hatte eine Lösung gefunden, mit der sich leben ließ. Beinah unbeschwert bummelte sie an den Schaufenstern der Kleidergeschäfte vorbei. Sie fand eine elegante weiße Bluse, die zwar ihr Budget überstieg, jedoch perfekt zu ihrem Arbeitsanzug passte.

Jetzt galt es aber, ihre alte Arbeitsstelle zurückzugewinnen. Mit einem mulmigen Gefühl im Magen schritt sie Richtung *Blatterhof*. Innerlich sprach sie sich zu: »Ich bin selbstsicher. Ich überzeuge. Ich lass mich nicht von Gaudenz Blatter aus der Fassung bringen.«

SONNTAGNACHMITTAG / WIEDEREINSTELLUNG

Laura begab sich mit einem zwiespältigen Gefühl im Magen in die Höhle des Löwen. Äußerlich wirkte sie entschlossen. Gaudenz Blatter empfing sie kühl, aber korrekt. »Mein Sohn Pirmin hat sich vehement für Sie eingesetzt. Er hat mir sogar mit der Kündigung gedroht. Es scheint ihm dieses Mal ernst zu sein.«

Der Auftakt des Gesprächs entsprach nicht Lauras Geschmack. Sie hätte lieber gehört, dass er von ihren Referenzen angetan war und ihre Dienste in der ersten Arbeitswoche durchaus geschätzt hatte. Sie blieb ruhig und atmete tief durch. Innerlich zählte sie bis zehn und erwiderte dann: »Sie haben sicher meine Vita angeschaut und festgestellt, dass ich Kompetenzen besitze, die ich im Hotel *Blatterhof* einbringen kann?«

»Gewisse Ansätze sind durchaus vorhanden. Mit zusätzlichen Ausbildungen und Einführungen von erfahrenen Hotelangestellten könnten Sie den einen oder anderen Posten besetzen.«

Er schaute sie von oben bis unten an und ergänzte: »Sie sehen sehr repräsentativ aus. In Sachen Mode besteht Verbesserungspotenzial. Meine Tochter berät Sie diesbezüglich gerne. Sie hat einen exklusiven Geschmack.«

Die Äußerung erschien ihr wie ein Hammerschlag. Den Modestil von Josefa empfand sie als altertümlich und konservativ. Über das alles hinaus entsprachen die Markenartikel nicht ihrem Preissegment. Sie erwiderte: »Danke, Herr Blatter. Ich wünsche mir, wegen der Kompetenzen angestellt zu werden. Zudem gefällt mir das Hotel, der Ort …«

»… und mein Sohn Pirmin.«

»Ja, eine gewisse Zuneigung ist vorhanden. Aber wir kennen uns erst kurze Zeit. Wir wissen noch nicht, was daraus wird.«

»Dieser Meinung bin ich ebenfalls. Ich gebe Ihnen eine Probezeit von drei Monaten und stelle folgende Bedingungen: Sie arbeiten wie bei unserem ersten Anstellungsversuch an der Rezeption und lassen sich von Josefa einführen. Andreas ist Ihr Personalchef. Die Beziehung zu Pirmin halten wir geheim. Ich will nicht, dass jemand aus der Familie, von den Gästen oder vom Personal etwas von dieser Affäre mitbekommt.«

»Entschuldigen Sie bitte, Herr Blatter. Es handelt sich nicht um eine Affäre, wie Sie es nennen. Ich werde kein Theater spielen und irgendetwas verheimlichen. Ich werde es aber auch nicht an die große Glocke hängen. Und übrigens finde ich, dass wir Pirmin zu diesem Gesprächsabschnitt dazu bitten sollten. Er und ich entscheiden, wie wir unsere Beziehung leben.«

»Junge Frau, Sie imponieren mir. Auf den Mund gefallen sind Sie jedenfalls nicht.« Er griff zum Telefonhörer und bestellte Pirmin ins Büro. Es vergingen wenige Minuten, bis er angestapft kam. Laura wunderte sich, dass er sich nicht vor seinem Vater verbeugte oder gar auf die Knie fiel. Skeptisch beobachtete sie die Szene.

»Fräulein Pfeiffer und ich haben beschlossen, dass ihr eure ... wie soll ich es korrekt ausdrücken: ich sage mal ›Freundschaft‹, nicht an die große Glocke hängt. Am besten trefft ihr euch auswärts, nicht hier im Hotel. Sie wird die Arbeit an der Rezeption morgen wie ausgemacht aufnehmen. Wir haben eine Probezeit von drei Monaten vereinbart, danach gehen wir über die Bücher.«

Pirmin strahlte über das ganze Gesicht. Laura verzog ihres zu einem gezwungenen Lächeln.

»Danke, Vater.« Der Junior verneigte sich vor seinem Erzeuger. Vorbehalte stiegen in ihr auf. Hatte sie sich da auf eine komplizierte Beziehung eingelassen? Gemeinsam verließen sie das Büro. Sie drückten sich kurz die Hand, und Pirmin flüsterte: »Darf ich dich heute Abend besuchen?«

»Klar. Bis dann.«

Halbwegs zufrieden verließ sie den *Blatterhof*. Auf dem Rückweg telefonierte sie mit Lukic. Pedro hörte ihr geduldig zu.

»Stellst du dieses Mal Abklärungen an? Die Projektausschreibung auf Alexas Land ist doch Beweis genug, oder?«, fragte sie besorgt, nachdem sie ihre Entdeckung gemeldet hatte.

»Selbstverständlich. Ich frage mich nur, wann dieser Lauber die Unterschrift von ihr erschlichen hat. Du hast mir doch versichert, dass es keinen unterschriebenen Vertrag mehr gibt.«

»Ja. Alexa hat ihn zerrissen und die Toilette runtergespült. Wir haben kein Beweisstück.«

»Falls es hart auf hart gehen sollte, musst du vor Gericht aussagen.«

»Dann wird Behauptung gegen Behauptung stehen.«

»Das werden wir sehen. Mach dir mal keine Sorgen. Ich melde mich wieder, sobald ich Einsicht in die Unterlagen genommen habe.«

SONNTAGABEND / DEMENZ

Den Heimweg nahm Laura gelassener. Heute hatte sie ihren Job wieder zurückbekommen, und Pedro würde sich um die Sache mit dem Immobilienhai kümmern. Doch das nächste Unglück erwartete sie bereits. Schon von der Straße hörte sie Godi weinen. Es war eher ein Brüllen. Sie fürchtete, dass etwas passiert sei, und beschleunigte ihre Schritte. Das Kind stand am Gartentor und winkte ihr Hilfe suchend zu.

»Mama, Mama!«, schrie er ununterbrochen.

»Was ist? Wo ist deine Mama?«

Er zog sie ins Hausinnere. 1.000 Ängste erfassten ihre Gedanken. Was war geschehen?

Der Junge zog sie zur Kellertür. Sie hörte Marianne von drinnen rufen und gegen die Holzplanken schlagen. »Ich komme«, rief Laura und entriegelte das verklemmte Schloss. Der Schlüssel steckte, jedoch außer Reichweite von Godi. Erlöst umarmten sich die drei.

»Alexa hat mich eingeschlossen. Sie hielt mich für einen Einbrecher.«

»Wenn das so weitergeht, kann sie nicht einmal mehr mit unserer Hilfe zu Hause bleiben.«

»Bitte nicht. Jetzt, wo ich endlich ein Zuhause gefunden habe und wir uns hier einleben. Es ist so schwer, in Zermatt Wohnraum für Einheimische zu finden. Alle Wohnungen werden zu Ferienwohnungen umgewandelt und wochenweise vermietet. Ich vermag mir im Moment nichts Gleichwertiges zu leisten. Mein Sohn hat hier ein kleines Paradies. Es ist Alexas Zuhause. Anderswo würde sie verkümmern wie eine dürstende Pflanze. Hilf uns.«

Laura schluckte leer. In diesem Fall blieb ihr keine Wahl, als sich in das Leben anderer einzumischen. Die anstehende Not ihrer Freundin stimmte sie um.

»Jetzt suchen wir zuerst einmal Alexa, und dann überdenken wir die Situation. Es ergibt sich bestimmt eine Lösung, die für alle passt.«

Allerdings fragte sie sich ernsthaft, wie es mit der demenzkranken Frau weitergehen sollte. Sie war sich nicht im Klaren, ob der Zeitpunkt passte, um Marianne über den Coup mit dem Verkauf der Immobilie zu informieren. Laura vertraute auf Lukic. Er hatte die Legitimation, um in der Sache aktiv zu intervenieren. Die Hausbewohnerinnen hatten die Pflicht, sich um das Wohlergehen von Alexa zu kümmern. Jede hatte seine Aufgabe zu verrichten. Diese Erkenntnis gab Laura wieder ein wenig Mut.

Sie fanden Alexa im Garten. Sie riss die Kapuzinerkresse aus, die Laura vor ein paar Tagen mit ihr eingepflanzt hatte.

»Leg doch eine kurze Pause ein und lass uns einen Schluck Wasser trinken.«

Sanft zog sie die alte Dame zum schattigen Sitzplatz, wo Marianne und Godi auf sie warteten.

»Hallo, ihr zwei. Habt ihr heute einen schönen Tag verbracht?«, fragte Alexa.

»Mama Keller eingeschlossen. Du böse.«

»Was sagst du da? So etwas tu ich nicht. Du bist ein frecher Bengel.«

»Marianne, geh mit ihm spazieren. Ich bleibe hier«, befahl Laura.

Godi gab nicht klein bei. »Du böse.« Er zeigte mit dem Finger auf die alte Dame und streckte ihr seine Zunge raus. Die Mutter zog Godi an der Hand weg und bedeutete ihm zu schweigen.

»Was spielt sich hier ab?« Aufgeregt fuchtelte sie mit den Armen Richtung Marianne und Godi. »Was erlauben sich die zwei?«

Laura ließ sich auf keine Diskussion ein. Sie stimmte ein Lied an. Nach der ersten Strophe sang die alte Dame mit und beruhigte sich langsam.

Laura gab Pirmin zu verstehen, dass der Besuch am Abend ausfallen müsse. Sie habe hausinterne Probleme zu lösen. Nach dem Nachtessen, das alle in ihren eigenen Wohnungen einnahmen, zog sich Alexa nachdenklich in ihr Zimmer zurück. Laura besuchte Marianne für ein klärendes Gespräch. Sie beschlossen, bei der *Alzheimer Vereinigung* Tipps für Betreuende einzuholen und an einer Weiterbildung teilzunehmen.

»Ich weiß nicht, ob wir diese Aufgabe zusammen meistern können. Aber wir versuchen, es so lang wie möglich durchzuziehen.«

Marianne atmete auf. Die Erleichterung dauerte nur einige Atemzüge. Laura fuhr fort: »Ich habe heute Pedro Lukic kontaktiert. Im Schaufenster des Immobilienbüros von Lauber habe ich etwas Unheilvolles entdeckt. Er plant auf diesem Grundstück einen Neubau. Anscheinend hat Alexa ihm die Immobilie verkauft. Pedro wird abklären, ob dieser Verkauf rechtsgültig ist. Das heißt, dass einiges auf uns zukommt.«

Diese Nachricht löste in Marianne einen Weinkrampf aus. Laura hatte ihre liebe Mühe, sie zu beruhigen.

»Zuerst dieser Italiener und jetzt dieser Immobilienhai«, schluchzte sie.

Laura horchte auf. »Was hast du eben gesagt?«

Wieder schüttelte ein Heulanfall Marianne durch.

»Ich bin durcheinander und habe mich versprochen«, wimmerte sie todunglücklich.

Laura begriff, dass nachfragen nichts brachte. Sie redete ihr beruhigend zu, setzte einen Kräutertee auf und schaute nach dem schlafenden Jungen. Sie verabschiedete sich, um nochmals bei Alexa vorbeizuschauen. Diese saß zufrieden im Bett und blätterte in ihren Fotoalben.

Vor dem Schlafengehen telefonierte sie mit Pirmin und erzählte ihm die Neuigkeiten. Sie erkundigte sich, ob er mehr über Marianne und den Vater von Godi wisse. Er gab keine hilfreiche Antwort: »Uns ist aufgefallen, dass ein Mitarbeiter aus dem technischen Dienst des Hotels für sie geschwärmt hat.«

»Und?«

»Nichts und.«

»Hat dieser Mann sich um sie gekümmert?«

»Davon ist mir nichts bekannt. Unsere Familie hat sich für sie eingesetzt. Und zwar seit dem Tod der Eltern Indermatten. Die Blatters haben den drei Geschwistern ihre Ausbildung ermöglicht. Da würde ich schon mehr Dankbarkeit erwarten. Marianne und Dieter haben in unserem Betrieb die Lehre absolviert und wurden dann fest angestellt. Sie hat ihre Schwangerschaft bis zum letzten Moment verheimlicht. Für eine Kündigung war es zu spät. Wir haben ihr großzügigerweise während der ganzen Mutterschaft und nach der Geburt den Lohn bezahlt.«

Laura blieb sprachlos. Der Anspruch auf Entgelt war gesetzlich geregelt. Das hatte nichts mit Großzügigkeit zu tun. Einmal mehr zweifelte sie daran, ob sie die richtige Wahl getroffen hatte.

MONTAGMORGEN / NEUANFANG

»Sie kennen die Arbeitsprozesse schon. Legen Sie direkt mit der Arbeit los. Es liegt eine Menge an. Die Sommersaison läuft auf Hochtouren. Ich erwarte vollen Einsatz von Ihnen. Und es gibt keine Extras, auch wenn Sie jetzt so quasi die Gebliebte meines Bruders sind.«

Josefas provokante Begrüßung erzürnte Laura.

»Moment. Ihr Vater hat mir unmissverständlich klargemacht, dass die Beziehung von Pirmin und mir kein Gesprächsthema ist.«

Josefa drehte sich auf dem Absatz um und verschwand in ihrem Büro. Je länger je mehr kroch Verunsicherung in Laura hoch. Sie sah Konflikte auf sich zukommen. Aber sie würde sich darauf einlassen, solang Pirmin zu ihr stand und sie Gefühle für ihn empfand. Zudem hing immer noch das Damoklesschwert ihrer Familie über ihr. Mutter hatte vor Kurzem nachgefragt, wie es ihr denn im *Blatterhof* gefalle. Sie hatte vorgetäuscht, dass alles grandios sei. Dabei hielt sie sich zu dem Zeitpunkt bei Alexa auf und war nicht im Hotel tätig. Es wurmte sie, dass sie immer wieder flunkerte. Sie hasste Lügen und Misserfolge.

Dieser erste Arbeitstag verlief, im Gegensatz zum Debüt, angenehm. Am Abend schlenderte sie halbwegs zufrieden nach Hause. Marianne hatte ihr das Essen warm gestellt, war jedoch bereits in ihrer Wohnung, und Alexa schlief schon. Kurz darauf prallten Kieselsteine ans Küchenfenster. Es war Pirmin. Laura holte ihn zu sich in die Küche.

»Ich bin so glücklich!«, strahlte er sie an. »Ab heute steht uns niemand und nichts mehr im Weg.«

»Warten wir ab!«, antwortete Laura vorsichtig. »Deine Schwester sträubt sich. Ihr scheint das Arrangement nicht zu gefallen.«

»Das wundert mich nicht. Sie fühlt sich durch dich bedroht. Zudem hat sie die Tendenz, Menschen zu beherrschen. Des Weiteren ist sie ein Kontrollfreak. Manchmal habe ich das Gefühl, dass sie überall Wanzen installiert hat, damit sie alles sieht und hört.«

»Warum sagt sie dann nichts über den Tod von Mauro Gallo?«

»Ich vermute, dass sie etwas unterschlägt.«

»Jetzt fällt mir der sonderbare Zwischenfall an der Rezeption wieder ein. Die Witwe von Gallo versuchte, mich in aller Öffentlichkeit auszuquetschen. Josefa kam dazwischen und nahm sich ihrer an. Sie verschwanden in Josefas Büro. Nach geraumer Zeit erschienen sie gut gelaunt wieder. Am Nachmittag sind sie und ihr Schwager nach Italien zurückgereist, ohne mich weiter auszufragen. Bestimmt hat Josefa ihr nützliche Hinweise zugespielt und auf irgendeine Art und Weise nachgeholfen. Sind eigentlich die Ergebnisse der Untersuchung bekannt? Handelt es sich um Selbstmord, oder war es Mord?«

Pirmin legte ihr den Finger auf die Lippen. »Hör auf mit deinen Interpretationen und Nachforschungen. Lass uns die gemeinsame Zukunft planen.«

»Wenn du gerade davon sprichst. Hast du die Lebensgeschichte von Cäsar Ritz gelesen?«

»Gelesen nicht. Aber natürlich ist er im Wallis und auf der ganzen Welt ein Vorzeigebeispiel für innovative und hochstehende Dienstleistungen im Hotelsegment.«

»Ich würde gerne in verschiedenen Hotels der Welt arbeiten und Erfahrungen sammeln und später selbst Hotelière sein.«

»Das mit den Auslandaufenthalten kannst du dir aus dem Kopf schlagen, wenn du bei uns anfängst. Alles andere ist im Hotel *Blatterhof* möglich.«

Er lächelte sie vielsagend an. Laura schluckte leer. Hier war das letzte Wort noch nicht gesprochen.

MONTAG / ABENDESSEN

Viktorias Plan war nicht aufgegangen. Mit dem Abgang von Ludwig Lauber verlor sie Know-how. Sie selbst hatte in diesem Metier absolut keine Erfahrung und war mit den Geschäften nicht vertraut. Deshalb rief sie ihn an, um ihn für eine neue Kooperation zu erwärmen. Sie erhielt kurz und bündig eine Absage. Es ärgerte sie immens, aber sie hatte es bereits vermutet und sich vorsorglich einen Plan B ausgedacht. Dieser wies noch Lücken aus. Sie brauchte eine Arbeitskraft, die sich in der Branche und im Dorf auskannte und die Knochenarbeit übernahm. Auf die Schnelle fiel ihr allerdings niemand ein. Andererseits sah sie sich genötigt, ein Bündnis mit Elmar einzugehen. Er war faktisch gezwungen, ihr die nötige Finanzierung für das nächste Bauprojekt zu garantieren. Ansonsten würde sie ihren Trumpf ausspielen. Sie überlegte sich das Vorgehen. Sie kannte seine Schwächen. Wenn sie es geschickt anstellte, wäre er ihr bis ans Lebensende ausgeliefert.

Sie rief an und lud ihn zum Abendessen ein.

»Ich komme gerne. Wir haben gewiss viel zu bereden. Falls uns dann nichts mehr einfällt, wissen wir uns sicher zu beschäftigen.«

»Ich glaube nicht, dass es uns langweilig wird«, antwortete Viktoria und ärgerte sich über die anzügliche Art von Elmar. Sie würde diesen Möchtegern Casanova in die Schranken weisen. Vorerst musste sie die Kröte schlucken, um ihn an den Punkt zu bringen, wo er ihr dienlich war.

Er traf eine Viertelstunde zu früh ein. Unter dem Arm trug er eine Flasche Champagner und in der Hand ein Bouquet rote Rosen. Sie bedankte sich mit einem Wangenkuss bei ihm. Innerlich regte sich Widerstand. Es widerte sie an. Sie erinnerte sich an das erste Treffen mit Klaus. Er hatte ihr eine Schallplatte von *The Kinks* mit dem Titel »Viktoria« mitgebracht. Diese Mitbringsel hier zeugten nicht gerade von Originalität. Sie täuschte ein Lächeln vor und führte ihn ins Wohnzimmer. Auf dem Salontisch standen ein gekühlter *Heida** aus Visperterminen und Lachshäppchen.

»Bitte setz dich doch. Lass uns anstoßen.«
»Auf uns!«
»Auf uns und unsere Geschäftsbeziehungen!«, fügte sie an.

»Deine Einladung hat mich überrascht und gefreut. Ich hoffe, dass es nicht bei einer geschäftlichen Beziehung bleibt.«

Er drückte sich betont zurückhaltend aus, obwohl er sie am liebsten gleich in die Arme genommen hätte. In Gedanken lag er bereits in ihrem Bett.

»Ich schätze deinen Besuch. Tatsächlich benötige ich Hilfe. Dir ist bestimmt nicht entgangen, dass Lauber ein Konkurrenzunternehmen aufgebaut hat. Das kann ich

---
* Weißwein aus der Rebsorte Savagnin blanc

nicht tolerieren. Ich habe mich übrigens gewundert, dass du ihn dabei unterstützt.« Sie schaute ihn vorwurfsvoll an.

»Es ist meine Pflicht, alle Kunden zu bedienen. Ich weise niemanden ab, sonst suchen sie sich eine andere Bank. So simpel ist das. Wenn ich ihn betreue, kontrolliere ich seine Transaktionen.«

»Wie sieht denn diese Kontrolle genau aus?«

»Ohne das Bankgeheimnis zu verletzen. Ich sehe die Beträge, die für den Verkauf von Immobilien reinkommen, und demgemäß beeinflusse ich die weiteren Investitionen, die er tätigt.«

»Und? Läuft schon eine Menge?«

»Kein Kommentar. Aber unter gewissen Umständen flüstere ich dir Hinweise ins Ohr. Du hast den ominösen Umschlag. Dein geliebter Ehemann hatte mir vor seinem tragischen Unfall versprochen, ihn mir auszuhändigen.«

»Darüber unterhalten wir uns beim Essen. So ohne Weiteres rücke ich nicht damit raus. Das hängt von ein paar Bedingungen ab, die dich nichts kosten.«

Sie stand auf und holte zwei dekorative Salatteller, die sie vorbereitet hatte. Er war ihr wie ein Hündchen gefolgt. Das konnte sie nicht ausstehen. Sie bot ihm einen Platz mit Blick auf das Matterhorn an. Das gab ihm die Gelegenheit, seinen lang gehegten Wunsch in Erinnerung zu rufen.

»Du weißt doch, dass ich mit deinem verstorbenen Mann eine Abmachung hatte, dass er mir die Dachwohnung in der neuen Überbauung *Am Bach* verkauft.«

»Nein, so im Detail hatte er sich mir gegenüber nicht geäußert. Er erwähnte lediglich, dass für dieses exklusive Appartement ein potenzieller Käufer vorgesehen sei.«

»Viktoria, ich ahne, weshalb du mich heute eingeladen hast. Es geht dir nicht um mich als Mensch. Das habe ich verstanden. Du hast die kompromittierenden Fotos gefunden und erwartest von mir, dass ich das Geschäft von Lauber torpediere. Stimmt es?«

»Genauso ist es.«

»Wie hast du dir das vorgestellt?«

»Ich gebe dir die Fotos inklusiv der Negative, wenn du Laubers Firma aus der Region Zermatt entfernst. Wie, ist mir egal.«

»Und was noch?«

»Wie schon gesagt, die vorteilhafte Finanzierung aller Immobiliengeschäfte meiner Firma.«

»Wenn wir beim Handeln sind, stelle ich auch Forderungen. Nebst den Fotos mit den Negativen verlange ich die Dachwohnung, die mir Klaus versprochen hatte.«

»Essen wir erst einmal und trinken ein Glas Wein. Ich habe einen herausragenden *Humagne Rouge** aus dem Fundus meines geliebten Göttergatten aus dem Weinkeller geholt. Er passt prima zu den Rehmedaillons. Ich erinnere mich, dass du ein großer Fan von Wild bist.«

»Richtig. Ich bin erstaunt, was du dir alles merkst.«

»Das und noch viel mehr, Elmar.« Sie zwinkerte ihm vielsagend zu und verzog sich in die Küche. Sie schaute kurz zurück und bemerkte spitz: »Und diesmal bleibst du sitzen. Ich bin gleich wieder am Tisch.«

Er lehnte sich gemütlich nach hinten, zückte sein Handy und las die Abendnachrichten. Viktoria kam mit zwei stilvoll angerichteten warmen Tellern aus der Küche.

Die Rehmedaillons waren rosa angebraten, dazu hatte

---

* Autochthone Rotweinsorte aus dem Alpenraum

sie eine Portion Spätzle, einen Löffel Rotkraut, glasierte Kastanien und eine halbierte Birne mit Preiselbeeren drapiert.

»Das sieht unübertrefflich aus.«

»Stoßen wir zuerst auf uns und die zukünftigen Geschäfte an. Zum Wohl und guten Appetit.«

»Vielen Dank für die Einladung, meine Liebe. Wir finden bestimmt eine Lösung. Lass uns zuerst dieses exquisite Mahl genießen.«

Für eine Weile schwelgten sie wortlos und widmeten sich den Gaumenfreuden. Gleichzeitig dachten beide angestrengt über die gegenseitigen Vorschläge nach. Viktoria schenkte Elmar immer wieder Wein ein. Sie kannte seine Schwächen. Er vertrug viel Alkohol. Aber seine Zunge wurde mit jedem Glas lockerer. Das nutzte sie schamlos aus.

»Du hast mir nie im Detail berichtet, was beim Unfall am Matterhorn wirklich geschehen ist.«

»Möchtest du das heute Abend hören?«

»Im Polizeibericht steht es bestimmt, aber es von dir zu erfahren, ist mir lieber.«

»Das ist unglücklich gelaufen.«

»Unfälle laufen meistens nicht wie geplant oder gewünscht ab.«

»Übrigens, auf dem Gipfel haben wir von uns beiden ein eindrückliches Foto geschossen. Er war überaus glücklich, dass er es geschafft hatte. Warte, ich habe es auf meinem Handy. Ich habe es total vergessen. Nun fällt es mir wieder ein. Schau mal. Ist gelungen, oder? Ich schicke es dir zu.«

»Nein, ist nicht nötig. Danke. Eine Erinnerung an seinen Todestag brauche ich nicht.« Sie stockte und korrigierte: »Doch, gerne.«

Einen kurzen Augenblick war sie aus der Rolle der Schauspielerin gefallen. Elmar hatte es wahrgenommen.

»Entschuldige, wenn ich dir auf den Zahn fühle. Bist du aus tiefstem Herzen unglücklich über den Tod von Klaus?«

»Was erlaubst du dir? Die Frage ist deplatziert.«

»Verzeihung. Ich wollte dir nicht zu nahe treten. Es ist mir nur aufgefallen, dass du dich sofort auf die Arbeit gestürzt hast. Was ich übrigens zutiefst bewundere.«

»Ja, kommen wir auf das Geschäft zurück.«

»Lauber muss aus dem Dorf verschwinden und mit ihm sein Immobiliengeschäft. Wie du das anstellst, ist egal. Dafür bekommst du von mir die Fotos inklusive Negative, mit denen dich Klaus erpresst hatte.«

»… und einen Kaufvertrag für die Dachwohnung.«

»Über dieses Thema sprechen wir, wenn es um die Details der Finanzierung meiner Geschäfte geht. Je besser die angebotenen Konditionen, desto größer sind deine Chancen auf die Wohnung.«

»Ich könnte mir vorstellen, dass wir zu zweit dort einziehen.«

Er stand auf und bewegte sich langsam auf sie zu. Elmar beugte sich zu ihr hinunter und spitzte die Lippen zum Kuss. Sie stieß ihn mit voller Wucht zurück.

»Das lass mal schön bleiben. Wenn du noch etwas von mir willst, schenke ich dir gerne einen Cognac ein. Und dann verabschieden wir uns für heute.«

Viktoria kam nach dem Gespräch mit Elmar zum Schluss, dass sie die Sache mit Lauber selber an die Hand nehmen würde. Der Banker wirkte auf sie zwiespältig und zu wenig energisch. Die Fotos dienten ihr für andere Zwecke besser.

DIENSTAG /
IGNAZ

Laura arbeitete gerne wieder im Hotel *Blatterhof*. Sie mochte den Kontakt mit den Gästen und kümmerte sich bereitwillig um deren Anliegen. Josefa beobachtete sie aus einer Lauerstellung heraus. Andreas hatte sie nicht zu Gesicht bekommen. Nur etwas lag ihr im Magen. Die Erinnerung an den Toten in der Badewanne schwirrte immer wieder durch ihre Gedanken und Träume. Sie hatte nichts mehr gehört von Pedro Lukic. Zu gerne hätte sie erfahren, was die Todesursache war. Sie überlegte sich die ganze Zeit, ob es nicht vielleicht doch ein Mord gewesen sein könnte. Es war alles so unlogisch. Wer legte sich schon in eine Badewanne, um zu sterben. Erst recht bei Trunkenheit ergab es keinen Sinn. Ihr Handy und damit ihre Fotos blieben verschollen. Das nervte sie, denn es waren auch andere Bilder dabei. Zum Beispiel Andenken an die Studienzeit und die Familie. Sie wurde aus ihren Gedanken gerissen. Das Telefon klingelte. Ein amerikanischer Gast wünschte, dass sie ihm einen dritten Schlüssel in die Hochzeitssuite brachte. Beim Eintritt in den Raum überkamen sie ungute Gefühle. Die Bilder hatten sich mit unliebsamen Folgen im Kopf festgesetzt. Ihr Körper reagierte. Sie stockte bei den ersten Schritten in das Zimmer. Ihr Gaumen trocknete aus. Gänsehaut überzog die Arme, und ein Schauer lief den Rücken hinunter. Der Gast saß zufrieden auf dem Sofa und winkte sie freundlich herbei. Wie gut für ihn, dass er keine Ahnung hat, was kürzlich in diesem Raum vorgefallen war. Sie übergab ihm den Schlüssel und verließ schleunigst die Suite. Auf dem Weg zurück zur Rezeption reifte ein Entschluss. Sie wollte von Lukic in Erfahrung bringen, welchen Schluss die Polizei gezogen hatte.

Josefa erwartete sie bereits und befahl sie in ihr Büro, um mit ihr einen Auftrag zu besprechen. Nach der Unterredung erkundigte sich Laura vorsichtig, was sie damals mit Maria Gallo beraten hatte.

»Das habe ich vergessen. Ich verschwende keine Zeit mit Bagatellen«, antwortete Josefa. »Und wenn, dann würde ich es Ihnen sicher nicht auf die Nase binden. Das ist eine interne Angelegenheit. Diese Informationen stehen Ihnen nicht zu. Sie können zurück an die Arbeit.«

Laura verstand, dass sie von Josefa auf legalem Weg keine Antwort auf ihre Fragen bekam. Sie würde heute Abend einmal mit Pirmin das Thema ansprechen und sehen, ob sie ihm etwas entlocken konnte.

Am Mittag aß sie im Personalrestaurant des Hotels. Hinter ihr saßen zwei Männer. Sie hatte das Gefühl, dass sie eine der Stimmen schon gehört hatte, und zwar damals im Treppenhaus. Sie drehte sich um. Bei Marianne hatte sie einmal ein Familienfoto gesehen. Einer war deren Bruder Ignaz. Er arbeitete im technischen Dienst im *Blatterhof*. Der andere schien ein Arbeitskollege zu sein. Womöglich derjenige, den Pirmin erwähnt hatte? Sie war den beiden bis jetzt nicht begegnet.

»Hallo, ich bin Laura Pfeiffer.«

»Wir wissen, wer du bist. Du wohnst im selben Haus wie mein Schwesterherz und arbeitest hier im Hotel.«

»Und du bist Ignaz, und du bist …?«

»Peter.«

»Freut mich, dass ich einmal jemanden aus dem technischen Dienst persönlich kennenlerne.«

»Wir haben von dir gehört. Dieses Hotel hat Augen und Ohren. Die neue Rezeptionistin hat schon viel Staub aufgewirbelt. Enorm, deine Laufbahn im *Blatterhof*: Arbeitsbeginn, ein Toter, Kündigung, Wiedereinstellung.« Ignaz grinste frech, und sie errötete.

»Setz dich doch zu uns.« Mit einer Handgeste bot er ihr Platz an. Sie setzte sich zu ihnen. Je länger sie mit den beiden über die Arbeit im Hotel plauderte, umso mehr kam sie zur Überzeugung, dass es die Stimmen waren, nach denen sie gesucht hatte. Sie wollte aber nicht gleich mit der Tür ins Haus fallen. Bestimmt gab es wieder eine Gelegenheit, um mit den beiden zusammen zu essen und das Thema Gallo unverfänglich anzusprechen. Inzwischen hatte sie gelernt, diplomatischer und weniger spontan auf die Leute zuzugehen. Vielleicht ließ sie es auch bleiben. Sie rief sich ihre Vorsätze in Erinnerung. Anderseits schadete es nicht, der bohrenden Ungewissheit ein Ende zu setzen. Immerhin verfolgte sie der Tote in ihren Träumen. Das zerrte an ihren Ressourcen. Es lag an ihr, das zu beenden.

MITTWOCH / NEUERÖFFNUNG

Zur Eröffnungsfeier des Immobilienbüros hatte Lauber Kunden seines ehemaligen Chefs und Persönlichkeiten aus dem Dorf eingeladen. Der Raum füllte sich mit Neugierigen. Er hatte ihr Interesse geweckt. Wohnungen für Einheimische waren Mangelware. Viele Appartements wurden als Ferienwohnungen genützt. Andere gehörten vermögenden Zweitwohnungsbesitzern und standen den Großteil des Jahres leer. Im Aushang des Schaufensters präsentierte er vereinzelte Angebote, die er im Vorfeld auf den Namen seiner neu gegründeten Firma entgegengenommen hatte. Das Projekt auf der Parzelle von Alexa hatte er aus der Auslage entfernt. Er kündigte jedoch an, dass demnächst ein Neubauprojekt vorgestellt würde, für das er namhafte Investoren gewonnen habe. Details gab er nicht bekannt. Sein Ziel des Tages war zu feiern und den Neugierigen etwas zu bieten. Der neue Immobilienstern erhielt große Aufmerksamkeit, nur schon wegen der kulinarischen Köstlichkeiten. So gab es einen prickelnden Schaumwein aus *Petite Arvine*, dazu Mini-Canapés mit Schinken, Lachs und Käse, Blätterteiggebäck und Wraps. Lauber begeisterte die Interessenten mit seinen Angeboten. Es gelang ihm tatsächlich, weitere Objekte zum Verkauf an Land zu ziehen und ein Appartement an den Mann zu bringen.

Zufrieden lehnte er sich am Abend nach der Präsentation in seinem Bürostuhl zurück. Der Anfang war geglückt. Ab jetzt war er sein eigener Herr. Elmar Blatter hatte sich kurz unter die Leute gemischt. Das bedeutete für Lauber, dass der Banker die Geschäftsbeziehung pflegte. Eine Gelegenheit zu einem ungestörten Gespräch mit ihm hatte es jedoch nicht gegeben. Nun galt es, mit Viktoria ins Klare zu kommen. Sie hatte gedroht, ihm eine Klage anzuhängen. Auf welchen juristischen Grundlagen, war ihm schleierhaft. Er hatte alle Beweispapiere vernichtet, und somit stand ihre Aussage gegen seine. Tief in Gedanken versunken, überhörte er, dass jemand an die geschlossene Tür geklopft hatte. Das nachfolgende Poltern ans Schaufenster schreckte ihn auf. Diesen Besuch hatte er nicht erwartet. Viktoria hielt eine Flasche Champagner in der Hand und winkte ihn heran. Was hatte das zu bedeuten? Er öffnete und schaute sie erwartungsvoll an.

»Alles Gute zum neuen Geschäft. Ich habe Ihnen einen Vorschlag zur Güte zu unterbreiten. Darf ich reinkommen?«

»Bitte.«

Er trat zur Seite.

»Die Eröffnungsfeier ist leider vorbei. Sie kommen etwas spät. Ich kann Ihnen aber noch eine Kleinigkeit anbieten. Darf es ein Glas Schaumwein sein?«

»Gerne.«

Lauber stutzte. So charmant war sie noch nie gewesen. Er nahm an, dass es deshalb wichtig sei und entschied sich zuzuhören. Schaden konnte es nicht.

»Nettes Lokal haben Sie da gefunden. Sicher über Ihre ehemalige Arbeitsstelle?«

Er verkniff sich eine Antwort. Stattdessen reichte er ihr ein Glas und prostete ihr zu.

»Gesundheit. Darf ich Ludwig sagen?«

»Aber gerne, Viktoria.«

Er genoss diesen Moment. Seine ehemalige Chefin betrachtete ihn als ebenbürtigen Geschäftsmann. Oder etwa doch nicht?

»Wie schon angedeutet, präsentiere ich dir einen Vorschlag. Können wir uns setzen und in Ruhe sprechen?«

Er bot ihr einen Platz vor seinem Pult an, holte die Weinflasche und ein paar übrig gebliebene Häppchen. Er stellte sie auf die Arbeitsfläche und setzte sich wirkungsvoll an seine Position auf der anderen Seite.

»Ja, ich höre.«

Äußerlich gab er sich beherrscht und aufmerksam. Aber innerlich zerplatzte er beinah vor Neugier.

»Seit dem Tod meines geliebten Mannes habe ich mir Gedanken über meine Zukunft gemacht. Der langen Rede kurzer Sinn: Ich werde das Immobilienbüro in eigener Regie führen und dulde keine Konkurrenz.«

Sie legte eine Pause ein und schaute ihn bedeutungsvoll an. Er reagierte nicht.

»Die Alternative ist eine Partnerschaft.«

»Und wie soll das funktionieren?«

»Ich besitze in Zürich eine Liegenschaft in bester Lage mit einem Geschäftslokal. Wenn du unbedingt ein Immobilienbüro führen willst, stelle ich dir die Räumlichkeiten zu anständigen Bedingungen zur Verfügung. Du ziehst aus Zermatt weg. In deiner Firma sind meine Objekte im

Aushang und umgekehrt. Von den Verkäufen dieser, sagen wir einmal, ›Gegengeschäfte‹ erhält derjenige einen Prozentsatz, der den Kunden an Land gezogen hat.«

»Ich soll aus Zermatt weg? Da überrumpelst du mich. Aber einen Gedanken ist es wert. Schaut dabei finanziell etwas raus?«

»Du vergisst, dass ich dich wegen Diebstahls klagen könnte. Du hast wichtige Geschäftsunterlagen entwendet, inklusive der Kundendatei. Zudem habe ich bei uns zu Hause eine Kopie des Arbeitsvertrages gefunden, und darin ist eine Konkurrenzklausel enthalten. Lass dir Zeit und überlege dir die Sache gut. Vergiss nicht, die Gerichtskosten zu berücksichtigen.«

Sie stand auf, leerte ihr Glas in einem Zug und verließ grußlos das Geschäft.

Da saß er nun. Er fragte sich, ob tatsächlich ein Vertragsexemplar aufgetaucht war oder ob sie bluffte. Dennoch – ihr Vorschlag für eine Partnerschaft lockte ihn. Die Idee fing an, ihn zu beschäftigen. Zumal anfangs der Woche auch noch Pedro Lukic erschienen war und ihn wegen des Vertrags mit Alexa Inalbon befragt hatte. Es gelang ihm, dem Polizisten glaubhaft zu erläutern, dass alles seine Ordnung hatte. Aber ob dieser sich damit zufriedengab? Lauber zweifelte. Das Pflaster in Zermatt fing an, heiß zu werden. Ein Neuanfang in Zürich und die Zusammenarbeit mit Viktoria lockten ihn. Anderseits steckte bestimmt ein Haken hinter der Großzügigkeit dieser sonst so berechnenden Person.

MITTWOCHNACHT / RAUSSCHMISS

Pirmins Vorliebe für Laura beschränkte sich auf ihre Ausstrahlung, ihr Auftreten, die beruflichen Fähigkeiten und ihre körperlichen Vorzüge. Für ihre Fragen und inneren Qualen war er weniger zugänglich. Er war nach der Arbeit zu ihr gekommen. Der Duft der Küche haftete an ihm. Er duschte, schmiss die Kleider in eine Ecke und legte sich zu ihr ins Bett.

»Ich habe heute über dich, das Hotel und Kinder nachgedacht.«

»Ja, unsere Zukunft beschäftigt mich auch. Dabei ist es mir gar nicht wohl. Ich bin nicht sicher, ob mir die Integration in Zermatt glückt. Zudem belastet mich der Todesfall von Gallo immer und immer wieder. Ich wittere einen Zusammenhang mit deiner Familie. Und bevor ich nicht Klarheit habe ...«

»Das ist nicht unser Problem, meine Liebe. Wir haben die hochgesteckten Ziele im Beruf zu erfüllen. Unsere Energien müssen ausschließlich in den Betrieb fließen.«

»Ich möchte aber wissen, wieso dieser Italiener in eurem Hotel Selbstmord begangen hat. So es denn Selbstmord war. Und von dir erwarte ich, dass du deine Schwester fragst, was sie mit der Witwe besprochen hat. Ich habe das Gefühl, dass die beiden einen Deal gedreht haben.«

Er fuhr ihr sanft über den Kopf und weiter Richtung Brust. Sie schob seine Hand weg.

»Du nimmst mich nicht ernst. Bitte geh.«

Er setzte sich auf.

»Was? Du schmeißt mich raus, weil ich nachts um 1 Uhr nicht über einen Todesfall diskutiere, sondern Lust auf Liebe habe?«

»Genau. Denn du sprichst auch am Morgen nicht darüber, am Mittag nicht und an den Freitagen erst recht nicht. Du willst gar nichts davon hören und verstehst mich nicht. Geh jetzt!«

Sie schubste ihn aus dem Bett. Er zog sich an und verließ fluchend ihr Zimmer. Wie soll das nur weitergehen, fragte sich Laura. Muss ich mir doch auf Ende Saison eine neue Stelle suchen und mit ihm brechen? In dieser Nacht verfolgten sie Albträume.

»Wie siehst du denn aus?«, fragte Marianne beim Frühstück. »Du hattest anscheinend eine strenge Nacht!«

»Lass mich in Ruhe. Ich habe ihn rausgeschmissen, wenn du es wissen willst.«

»Was hat er verbrochen? Möchtest du darüber sprechen?«

»Nein. Jetzt nicht. Sag du mir lieber, wie es mit Alexa läuft.«

»Wir plaudern am Nachmittag in deiner Zimmerstunde über unsere Probleme. Einverstanden?«

»Ja. Und übrigens, ich habe Ignaz kennengelernt.«

»Wann?«

»Gestern haben wir im Personalrestaurant miteinander gegessen. Ich finde ihn nett. Warum war er eigentlich noch nie hier?«

»Wir hatten eine Auseinandersetzung. Seitdem herrscht Totenstille zwischen uns. Aber wir meistern das. Wir sind beide Sturköpfe, und keiner will den ersten Schritt tun. Im Prinzip ist er ein Lieber, und wir verstehen uns ausgezeichnet. Er hat immer für mich gesorgt und zu mir gehalten. Zudem ist er der Patenonkel von Godi.«

»Dann müsstest du vielleicht einmal über deinen Schatten springen.«

»Ja, ich überlege es mir. Nur schon wegen des Kindes. Möglicherweise rufe ich ihn heute an.«

»Gute Idee. Ich gehe jetzt zur Arbeit. Über Alexa sprechen wir am Abend.«

Zu gerne hätte Laura erfahren, weswegen die beiden nicht mehr miteinander sprachen. Vielleicht gab Ignaz ihr Auskunft. Er schien gesprächig zu sein. Seinem Arbeitskollegen musste man eher die Würmer aus der Nase ziehen. Dieser hatte beim Essen desinteressiert gewirkt. Nur wenn sie von Marianne gesprochen hatten, schien er aufmerksam mitzuhören. Seine Augen hatten bei der Erwähnung ihres Namens geleuchtet. War er vielleicht ihr Liebhaber und eventuell der Vater von Godi?

DONNERSTAG / BÜROVERBOT

Es war einer der Arbeitstage, den sie gerne aus ihrer Erinnerung gestrichen hätte. Es fing damit an, dass sie eine Viertelstunde zu spät an der Rezeption erschien. Pirmin hatte am Personaleingang auf sie gewartet und sie in sein Büro zitiert. Er wollte von ihr wissen, weshalb sie ihn mitten in der Nacht weggeschickt hatte. Laura vertröstete ihn auf den Abend. Sie werde versuchen, ihm alles zu erklären. Er hakte nach: »Wie sieht denn unsere gemeinsame Zukunft aus?«

»Auch das besprechen später. Ich muss zur Arbeit. Deine Schwester wartet bestimmt schon mit der Stoppuhr auf mich.«

»Die kann ruhig warten. Wie geht es mit uns weiter? Ich will nicht noch einmal aus dem Bett geworfen werden.«

»Ich habe dich nicht rausgeschmissen.«

Langsam stieg eine Wut in Laura hoch, die sie kaum zu bändigen vermochte. Sie atmete tief durch und zählte innerlich bis zehn. Pirmin verstand nicht, dass sie in einem seelischen Zwiespalt steckte. Sie fand keine Ruhe, bevor sie nicht Gewissheit hatte, ob die Familie Blatter und der Todesfall von Gallo in einem Zusammenhang standen. In einen Clan einzuheiraten, der Dreck am Stecken hatte, stand nicht auf ihrer Wunschliste. Pirmin näherte sich ihr, um sie zu umarmen. Sie stieß ihn schroff zurück und schrie: »Lass mich! Ich habe dir gesagt, dass wir später darüber sprechen. Akzeptiere das für den Moment.«

Fluchtartig verließ sie den Raum. Wie angewurzelt blieb er stehen.

Josefa stand an der Rezeption und schaute, wie befürchtet, vorwurfsvoll auf ihre Armbanduhr.

»Sie sind zu spät!«

»Entschuldigen Sie bitte. Ich wurde aufgehalten.«

»Ich habe Ihnen schon einmal gesagt, dass Ihr Privatleben keinen Einfluss auf die Arbeit haben darf. Andernfalls sehe ich mich gezwungen, Konsequenzen zu ziehen.«

»Es wird nicht wieder vorkommen.« Laura gab sich zurückhaltend und devot. Innerlich kochte sie aber vor Wut. Wie lange wollte sie sich das noch gefallen lassen und diese Posse mitspielen. Zum Glück erschien in diesem Moment ein Gast. Sie wandte sich ab. Fachmännisch und freundlich zeigte sie ihm auf der Karte die Wanderroute zum gewünschten Bergrestaurant. Im Verlauf des Morgens beauftragte Josefa sie, einen Ordner in das Büro ihres Vaters zu legen und einen Brief von ihm unterschreiben zu lassen. Laura kam sich vor wie ein Laufjunge und nahm die Aufgabe widerwillig entgegen. Sie klopfte an die Bürotür des Familienoberhauptes. Sie bekam keine Antwort. Gaudenz hielt sich nicht im Raum auf. Sie legte den Ordner und den Brief auf das Pult und sah, dass eine Papiermappe mit der Aufschrift »Gallo« auf dem Tisch lag. Die Versuchung war zu groß. Sie sah sich um, horchte auf die Geräusche im Korridor, und schon hatten ihre Finger die

Akte aufgeschlagen. Sie überflog die erste Seite, den Polizeibericht. Sie war im Begriff weiterzublättern, da hörte sie jemanden im Flur. Es gelang ihr, ein paar Schritte Richtung Tür zu gehen, bevor Gaudenz eintrat und sie polternd anherrschte:

»Was haben Sie schon wieder in meinem Büro zu suchen?«

»Ihre Tochter hat mich gebeten, Ihnen diesen Ordner zu bringen. Und wenn Sie bitte diesen Brief unterschreiben möchten.«

»Und sonst?«

»Was meinen Sie?«

»Haben Sie wieder das Arbeitszimmer durchsucht?«

»Gäbe es denn etwas, was für mich von Interesse wäre?«

Mit dieser Frage hatte sie sich weit aus dem Fenster gewagt. Er schaute sie drohend an:

»Nein. Gehen Sie!«

Für den Weg an ihren Arbeitsplatz nahm sie sich Zeit. Sie war ziemlich aufgewühlt und brauchte eine Verschnaufpause. Und wieder erwartete Josefa sie.

»Mein Vater besteht darauf, dass Sie sein Büro nicht mehr betreten. Was haben Sie angestellt?«

»Die Buschtrommeln funktionieren.« Laura gelang es nicht, den Seitenhieb zu unterdrücken.

»Wie bitte?«

»Ich stelle fest, dass die interne Kommunikation funktioniert.«

»Das ist das A und O eines Betriebs. Und nun sage ich es zum letzten Mal: Halten Sie sich an die Arbeit und nur an die Arbeit. Es sind Reservationsanfragen reingekommen. Bitte beantworten Sie diese umgehend.«

Laura ließ es dabei bewenden. Sie nickte kurz und setzte sich an ihren Arbeitsplatz. In Gedanken war sie aber beim Mittagessen und stellte im Kopf Fragen an Ignaz und Peter zusammen. Wichtig war, dass es nicht wie ein Verhör klang. Die zwei Männer würden sonst misstrauisch. Sie wurde enttäuscht. Die beiden waren an diesem Mittag nicht in der Kantine. Sie setzte sich in eine Ecke und beobachtete die anderen Mitarbeitenden. Sie sprachen unverständliche portugiesische und italienische Dialekte. Die Betriebsangehörigen logierten unten in Täsch, da es für sie und zunehmend auch für Einheimische keine bezahlbaren Wohnungen in Zermatt gab. Im Dorf wurde Wohnraum in lukrative Einnahmequellen für Ferienwohnungen umgewandelt. Laura kannte die Situation vom Hörensagen. Zermatt stand mit diesem Problem nicht alleine da. In anderen Tourismusorten kämpfte man mit der gleichen Problematik. Ihr stieg beim Gedanken daran die Galle hoch. Sie sah das trostlose Bild all der leer stehenden Wohnungen, die jeweils nur an Weihnachten und den Neujahrstagen von den Eigentümern genutzt wurden. Die restlichen Monate des Jahres blieben die Fensterläden geschlossen, und diese Menschen weilten Gott weiß wo. Derweil die Arbeitnehmer keine Chance hatten, günstigen Wohnraum zu mieten. Stimmberechtigte Bürger versuchten, mittels einer Initiative diesem Missstand ein Ende zu bereiten. Am 11. März 2012 hatte die Abstimmung *Schluss mit dem uferlosen Bau von Zweitwohnungen* stattgefunden. Sie wurde damals mit 50,6 Prozent Ja-Stimmen angenommen. Bundesrat und Parlament hatten die Volksinitiative zur Ablehnung empfohlen. Diese verlangte, den Anteil an Zweitwohnungen in den Gemeinden zu begrenzen, um die Zersiedelung zu bremsen. Profitgierige fanden immer Nischen und Grauzonen, um Gesetze zu umgehen. Sie fragte sich, wie es zu diesem hohen Stand unbenutzter Wohnungen kommen konnte. Laura betrachtete es aus der Sicht eines Laien als totes Kapital. Aber womöglich war diese Frage aus dem Zusammenhang gerissen oder nicht professionell gestellt. Ob es sich je einmal ändern würde?

DONNERSTAGABEND / PROBLEME

Sie freute sich auf die Plauderei mit Marianne. Laura hoffte, dass sie ihre Sorgen und Befürchtungen mit jemandem teilen konnte. Aber das Gegenteil war der Fall. Die Hausgenossin bombardierte sie schonungslos, kaum war sie in die gemeinsame Küche getreten.

»Die Situation wächst mir über den Kopf. Alexa bringt mich an den Anschlag. Ein schreiendes Kleinkind ist halb so nervig wie eine demente Alte.«

»Bitte, Marianne. Beruhige dich und sprich nicht so von unserer gemeinsamen Freundin. Immerhin profitierst du von der gegenwärtigen Gesamtlage.«

»Soll ich etwa dankbar sein?«

»Das würde sicher nicht schaden. Komm, trinken wir einmal einen Tee zusammen, und du berichtest mir, was genau du nicht auf die Reihe kriegst. Eventuell finden wir ja gemeinsam eine Lösung. Im schlimmsten Fall müssten wir Pedro beiziehen.«

»Nein. Den Tschugger* will ich unter keinen Umständen dabeihaben.«

---
* Polizisten

Alexa betrat die Küche. Sie hatte vor der Tür gestanden und einen Teil der Diskussion mitgehört.

»Soso. Eine demente Alte nennst du mich. Dass du so gemein über mich sprichst, ist eine Enttäuschung. Du bleibst nicht länger unter meinem Dach. Suche dir ein neues Zuhause.«

»Aber Alexa, so war das nicht gemeint. Dass du vergesslich bist, ist Tatsache – oder? Du bist weggelaufen. Ein Anrufer aus dem Dorf bat mich, dich nach Hause zu holen, weil du die Orientierung verloren hattest.«

Laura schaute von einer Frau zu der anderen. Sie brachte für beide eine Spur Verständnis auf. Aber wie die Situation entschärfen? Am Feierabend stand noch das Gespräch mit Pirmin an. Ihr rannen Tränen über die Wangen, und sie schluchzte.

»Und du brauchst deswegen nicht gleich zu weinen, Laura. Wir biegen das schon wieder hin. Oder?« Marianne lenkte ein. Sie schaute die alte Dame fragend an.

»Warum weint sie?«, verlangte sie zu wissen.

»Weil sie traurig ist, dass wir uns streiten. Sie will nicht, dass ich wegziehe.«

»Dann bleibst du halt hier.« Alexa streichelte Laura über den Rücken. »Sei nicht traurig. Aber alles lasse ich mir nicht gefallen, auch wenn ich manchmal vergesslich bin.«

Der Hausfrieden war vordergründig wiederhergestellt. Bevor sie zum Gespräch mit Pirmin aufbrach, sprach sie nochmals mit Marianne.

»Auch wenn es dir nicht passt, ich sehe mich gezwungen, Pedro beizuziehen. Er ist so etwas wie der offizielle Betreuer von Alexa. Wir müssen eine Lösung finden. Eventuell könnten wir ihr einen GPS-Tracker an den

Arm binden. Damit ist es möglich, sie zu orten. Das wäre doch eine Idee. Was meinst du?«

»Dann versuchen wir es erst einmal mit so einem Dingsda, bevor wir resignieren. Sonst blüht uns der Auszug aus diesem Chalet, weil wir nicht fähig sind, auf Alexa aufzupassen. Und dieser Polizist soll gefälligst mitdenken.«

»Hast du etwas gegen den Polizisten?«

»Nein, eigentlich nicht. Aber ich finde, du himmelst ihn an. Gefällt er dir?«

»Ich bin schon in festen Händen.«

Dabei fiel ihr ein, dass eine enorme Herausforderung vor ihr stand. Das Gespräch mit Pirmin lag ihr im Magen. Sie suchte nach einer plausiblen Erklärung, wieso sie ihn gestern weggeschickt hatte. Wenn sie es ausformulierte, verstand er eventuell, was in ihr vorging. Sicher war sie jedoch nicht. Zweifel nagten an ihr.

DONNERSTAGABEND / VORGESCHICHTE

»Pirmin, verstehst du nicht, dass mich dieser Todesfall und die Umstände belasten? Ich möchte wissen, wie es dazu kam und wie deine Familie involviert ist. Du hörst mir nicht zu oder gibst mir keine Antwort, wenn ich dich diesbezüglich etwas frage. Du lenkst immer ab. Langsam habe ich das Gefühl, dass du nicht mit offenen Karten spielst. Zudem habe ich Probleme, den Ansprüchen deiner Familienmitglieder gerecht zu werden. Sicher hat es damit zu tun, dass ich ihnen gegenüber misstrauisch bin und dies auch ausstrahle. Ich muss mit Bestimmtheit wissen, dass niemand aus dem Hotel *Blatterhof* in den Todesfall verwickelt ist. Sonst finde ich keine Ruhe. Das belastet mich enorm. Ich schlage vor, dass wir bis zur Klärung des Vorfalls unsere Beziehung auf Eis legen.«

Sie saßen im Garten unter dem Baum im Schatten. Sie mied die körperliche Nähe zu Pirmin. Die Stühle hatte sie in gebührendem Abstand aufgestellt. Nah genug, damit sie in seine Augen schauen konnte.

»Liegt es demzufolge nicht an meiner Person, sondern an den Umständen?« Die Frage war sachlich. Sie hörte aber an seiner Stimme, wie emotionsgeladen sie gestellt wurde.

»Vor allem an dem Umfeld. Die Unsicherheit bedrückt mich. Und manchmal denke ich, dass du meine Sorgen nicht ernst nimmst und deine Familie an erste Stelle setzt.«

Nun war es raus. Sie empfand Erleichterung. Die darauf folgende Stille vermochte sie kaum zu ertragen. Sie knetete ihre Finger und schaute den Ameisen zu, die um ihre Schuhe wuselten. Sie erwartete eine Reaktion von ihm. Nichts.

»Sag etwas!«, forderte sie ihn auf.

»Du forderst mich auf, mich zwischen dir und meiner Familie zu entscheiden?«

»Ich erwarte von dir in erster Linie, dass du mir hilfst. Solang ich argwöhne, dass diesem Mann von jemandem in deinem Umfeld Gewalt angetan wurde, bin ich nicht frei für eine Beziehung. Es geht mir um Gewissheit, Gerechtigkeit und Wahrheit.«

»Ehrenwerte Worte. Aber wie bringen wir das auf die Reihe?«

»Dein Vater hat Unterlagen, was den Tod von Gallo betrifft. Wahrscheinlich hat er sie von seinem Freund, dem Staatsanwalt, erhalten. Josefa hat mit der Witwe eine Vereinbarung getroffen. Andreas hat mich ziemlich sicher in die Suite geführt, damit wir den Toten zusammen finden. Sprich mit deiner Familie.«

»Du verlangst von mir tatsächlich, dass ich Vater und Geschwister mit diesen Mutmaßungen konfrontiere? Alles, um ihnen eventuell zu schaden?«

»Du glaubst, dass die Wahrheit schadet? Dann haben meine Vermutungen also ihre Berechtigung?«

Er sprang auf. »Du verdrehst meine Worte und gräbst in der Vergangenheit. Ich plane in die Zukunft und sehe mich mit einer Frau an meiner Seite, wie wir unser Hotel führen.«

»Dann suche dir das Wunderweib. Ich bin es nicht.« Sie stand auf und flüchtete ins Haus. Sie schloss die Tür hinter sich und lehnte sich erschöpft dagegen. Sie hatte erkannt, dass ihm seine Wurzeln wichtiger waren als die zukünftige Frau an seiner Seite. Und das würde wohl auch so bleiben. Diese Beziehung würde nie eine wirkliche Chance haben. Gut, dass sie es rechtzeitig bemerkt hatte.

Er folgte ihr nicht. Sie hörte, wie er sich von Alexa verabschiedete, die im Gemüsegarten werkelte.

Sanft klopfte Marianne Laura auf die Schulter.

»Trink mit mir einen Tee in der Küche. Ich erzähle dir etwas über die Blatters.«

Laura wäre lieber in ihr Zimmer gegangen, aber die Neugier überwog.

»Und?«, fragte sie. Eine dampfende Tasse Kräutertee wärmte ihre kalten Hände und das fröstelnde Herz.

»Seit Generationen war unsere Familie im Besitz einer kleinen Liegenschaft an der Matterstraße. Nach dem Tod meiner Mutter fiel Vater in ein seelisches Tief. Statt sich um uns Kinder zu kümmern, fing er an zu trinken und zu spielen. Wir Geschwister mussten selbst für uns schauen. Dieter war 14, Ignaz zwölf und ich zehn Jahre alt. Dank meinen Brüdern bekam ich jeden Tag einmal warmes Essen auf den Tisch. Beide kümmerten sich fürsorglich um mich. Mit Vater ging es rapide bergab. Wegen seiner Trinkerei verlor er seine Arbeitsstelle als Maurer. Seine Spielschulden brachten ihn zu Fall. Gaudenz Blatter bot ihm an, unser Zuhause zu kaufen. Im Gegenzug stellte er eine günstige Mietwohnung zur Verfügung. Im Suff willigte mein

Vater ein. Es verging kein Jahr, bis das Geld vom Hausverkauf verspielt war. Wohlverstanden das, welches nach der Bezahlung der ersten Schuldenraten übrig geblieben war. Blatter verlangte von einem Monat auf den anderen mehr Mietzins für die kleine Absteige, die er uns vermietet hatte. An meinem elften Geburtstag merkte Vater, dass er mir nicht einmal eine Tafel Schokolade kaufen konnte. Das brach ihm das Herz. Er entschloss sich, seinem Leben ein Ende zu setzen und stürzte sich von der Illasbrigga* in Stalden.«

»Das ist ja furchtbar!«

Marianne wischte sich eine Träne aus dem Augenwinkel.

»Kannst du dir vorstellen, was in einem Kind vorgeht, wenn so etwas passiert?«

Eine Weile herrschte Stille. Beide hingen ihren Gedanken nach. Laura nahm den Schmerz und die Trauer wahr, die in ihrer Freundin hochkamen. Alexa fand sie stumm mit tränenverschmierten Augen.

»Was ist denn hier los?«

»Ich habe Laura vom Tod meines Vaters erzählt.«

»Ist er denn gestorben?«

»Ja. Ist aber schon ein wenig länger her.«

»So«, bemerkte Alexa nur. Laura erkannte, wie die alte Dame nachdachte und in ihren Erinnerungen wühlte.

»Was gibt es im Garten zu ernten? Ich zaubere euch etwas Frisches auf den Tisch.«

Marianne wechselte das Thema. Sie hatte für heute genug über die Vergangenheit gesprochen. Laura nahm sich vor, in nächster Zeit nachzuhaken. Sie wollte herausfinden, wie das Verhältnis der Indermatten-Kinder zu der

---

* Illasbrücke

Familie Blatter war. Ihres Wissens nach hatten alle eine Lehrstelle von der Hoteliersfamilie vermittelt bekommen. Ob dies aus Großherzigkeit oder schlechtem Gewissen geschehen war, stand in den Sternen geschrieben.

Marianne bereitete einen gemischten Gartensalat mit Gurken, Tomaten und frischen Kräutern zu. Dazu servierte sie kleine Käseschnitten. Der Abend verlief friedlich. Laura plante, das Schicksal in die eigenen Hände zu nehmen. Sie verabschiedete sich von den Hausgenossinnen unter dem Vorwand, sie habe Kopfschmerzen und wolle sich hinlegen. Marianne betrachtete sie irritiert. Alexa lächelte tiefgründig. Laura fragte sich, ob die beiden ahnten, was sie im Schilde führte.

DONNERSTAGNACHT / EKLAT

Die Ungereimtheiten um den Tod von Gallo plagten sie derart, dass sie sich gezwungen sah zu handeln. Sie musste noch diese Nacht ins Hotel und nach Fakten suchen. Denn voraussichtlich würde sie morgen zum zweiten Mal entlassen und hätte dann keinen Zugang mehr zu den Akten. Sie legte sich aufs Bett und wartete, bis die Sonne unterging. In der Abenddämmerung schlich sie zurück ins Hotel. Wie gewohnt benutzte sie den Personaleingang. Es war niemand zu sehen und zu hören. Auf leisen Sohlen huschte sie zum Arbeitszimmer von Gaudenz Blatter. Sie lauschte in alle Richtungen. Kein Geräusch war zu vernehmen. Sie drückte auf die Klinke und staunte, dass die Tür nicht abgeschlossen war. Auf Zehenspitzen trippelte sie zum Pult. Sie erinnerte sich an die erste Durchsuchung. Damals war die mittlere Pultschublade ebenfalls verschlossen gewesen. Sie hatte vorgesorgt und eine spitze Pinzette und einen Stift eingepackt. Diese holte sie heraus und führte sie vorsichtig in das Schlüsselloch ein. Durch feines Manipulieren brachte sie den Verschluss tatsächlich auf. Sie wunderte sich nicht, dass sie darin den Hefter fand, der mit »Gallo« angeschrieben war. Ein weiterer trug die Aufschrift »Olymp«. Sie nahm beide an sich und hätte am liebsten gleich darin geblättert. Dann besann sich sie eines Besseren. Sie musste so schnell wie möglich verschwinden. Sie steckte die Mappen in den Rucksack und wandte sich zum Ausgang. Sie vernahm ein Husten und Tritte. Rasch versteckte sie sich hinter dem bodenlangen Vorhang. Sie hielt die Luft an und hoffte, dass sie nicht entdeckt würde. Laura hörte das Geräusch der sich öffnenden Tür und Schritte, die Richtung Pult stapften, und dann ein ungehaltener Ausruf: »Was zum Kuckuck ist das denn?«

In der Hektik hatte sie vergessen, die Schublade zuzustoßen. Für einen Moment herrschte unheimliche Ruhe. Sie hörte, wie eine Schranktür aufging. Dann vernahm sie ein typisches Geräusch, das klang, wie wenn jemand ein Gewehr oder eine Pistole laden würde. Ihre Knie wurden weich. Sie zitterte dermaßen, dass sich der Vorhang bewegte. Mit einem Ruck wurde er aufgezogen und der Lauf eines Jagdgewehrs richtete sich auf ihre Brust.

»Sie schon wieder!«, schrie der aufgebrachte Gaudenz Blatter.

»Ich ...«

»Sparen Sie sich die Erklärungen. Seien Sie froh, wenn ich Sie nicht aus Versehen erschieße. Wo ist die Akte?«

»Welche Akte?«

»Sie wissen genau, wovon ich spreche. Wenn Sie nicht damit rausrücken, könnte es passieren, dass ich aus Notwehr mein Gewehr benütze.«

»Ich habe sie bereits in Sicherheit gebracht. Ich bin nur zurückgekommen, um die Spuren zu entfernen.«

Woher sie in diesem Moment die kaltblütige Ausrede

nahm, vermochte sie im Nachhinein nicht zu erklären. Sie realisierte sehr schnell, dass er ihr das nicht abnahm.

»Schieben Sie mir Ihren Rucksack rüber. Aber keine Mätzchen. Sonst bin ich nicht sicher, wie mein Zeigefinger reagiert.«

Sie schob ihn mit dem Fuß in seine Richtung. Als er sich bückte, um den Inhalt zu begutachten, agierte Laura reflexartig. Sie schupste Gaudenz Blatter mit voller Wucht und trat ihn in die Seite. Er fiel zu Boden. Sie schnappte sich den Rucksack und verließ fluchtartig den Raum. Bis er sich gefasst und wieder aufgerappelt hatte, war sie außer Reichweite. Sie stürmte in die Empfangshalle. Hier würde er nicht wagen, sie zu bedrohen. Dann mäßigte sie die Schritte und schlenderte unauffällig zum Hauptausgang hinaus. Während dem überlegte sie fieberhaft, wohin sie flüchten könnte. Unsicherheit überkam sie. Zur Polizei oder nach Hause zu rennen, war keine Option. Sie wollte zuerst die Akten sichten und herausfinden, ob ihre Vermutungen zutrafen. Eine innere Stimme flüsterte ihr zu, dass sie in der Almhütte der Familie Blatter am sichersten wäre. Dort würde man sie ganz bestimmt nicht suchen.

Im Dunkeln verlief sie sich etliche Male. Ihr Handy benutzte sie nur sporadisch als Taschenlampe. Schuhwerk und Kleidung waren für diese Feuerwehrübung denkbar ungeeignet. Die Strecke war länger als in ihrer Erinnerung. Getrieben von Angst schritt sie tapfer den Berg hinauf. Nach ein paar Ehrenrunden fand sie die Hütte. Der Vollmond schien auf die Lichtung. Sie erinnerte sich an das Versteck des Schlüssels. Mit einem Seufzer der Erleichterung trat sie ein und verriegelte die Tür. Die Fensterläden ließ sie geschlossen. Sie fürchtete, dass ein Wanderer im Morgengrauen sah, dass sich jemand eingenistet hatte. Obwohl sie zum Umfallen müde war, überwog die Neugier. Sie wollte sich Klarheit verschaffen. Sie setzte sich auf das Sofa und fing im Kerzenschein mit der Durchsicht der Papiere an. In dem Hefter »Gallo« lag die Kopie der Polizeiakte. Gaudenz hatte seine Beziehungen spielen lassen, um an dieses Dokument zu kommen. Möglicherweise war Anni Zurbriggen über sieben Ecken verwandt mit Blatter, oder Hans Schwarz hatte sie ihm in die Hände gespielt. Langsam durchschaute Laura die Spielregeln des Familienclans. Zudem fand sie die Vereinbarung von Maria Gallo und Josefa Blatter, einen Bericht des Arztes und einen des Staatsanwalts. Der Seniorchef verfügte über sämtliche Informationen, auf die sie erpicht war. Aber weshalb versteckte er sie? Laura mutmaßte, dass er knietief darin verwickelt war. Kein Wunder, dass er die Unterlagen streng unter Verschluss hielt. Sie las zuerst den Vertrag zwischen der Familie Blatter und Maria Gallo.

Die Hoteliersfamilie verpflichtete sich, alle Vorkehrungen zu treffen, um die Todesursache von Mauro Gallo zu klären. Familie Gallo erhielt regelmäßig Mitteilungen über den Stand der Erkenntnisse. In einer ersten Phase bekam Maria Gallo eine Entschädigung von 50.000 Franken. Gegenseitig wurde eine Schweigepflicht vereinbart. Des Weiteren wurde festgelegt, keine Informationen an die Öffentlichkeit gelangen zu lassen, die im Zusammenhang mit dem Todesfall im Hotel *Blatterhof* standen.

So funktioniert das, stellte Laura ernüchtert fest. Negativpresse wird vermieden, indem man zahlt, damit es keine gibt. Sie entschied, die sonstigen Unterlagen zu studieren und dann über das weitere Vorgehen zu entscheiden. Der

Arzt bescheinigte den Tod durch Einnahme von Alkohol gemeinsam mit Medikamenten. Äußerliche Einwirkungen konnte er vor Ort nicht feststellen. Der Bericht des Staatsanwalts kam kurz und knapp daher. Todesart: Suizid, Todesursache: Vergiftung. Obwohl die Ausführungen mehr als packend waren, fielen Laura die Augen zu. Die Papiere flatterten zu Boden.

DONNERSTAGNACHT / SUCHAKTION

Kurz vor Mitternacht befahl Gaudenz Blatter seine drei Kinder zu einer Krisensitzung in sein Büro.
»Fräulein Dingsda hat Akten gestohlen. Und zwar nicht nur die von Gallo, sondern auch jene von ›Olymp‹. Wir müssen dieses Geschöpf, diese Diebin, diese …«
Er spuckte die Worte aus, als handle es sich um eine Schwerverbrecherin.
»… diese Kreatur so schnell wie möglich finden. Seid ihr euch bewusst, was das für uns bedeutet?«
»Wie konntest du die Dokumente aber nur rumliegen lassen?«, fauchte Josefa ihren Vater an.
»Die waren in der Schublade eingeschlossen. Von Rumliegen kann nicht die Rede sein.«
»Hast du dieser Tampa* den Tipp gegeben, Pirmin?«, fragte Andreas. Dabei schaute er seinen Bruder feindselig an.
»Gar nichts habe ich. Unsere Beziehung ist zu Ende. Genau aus dem Grund. Sie hat vermutet, dass wir keine weiße Weste haben. Immer wieder hat sie nachgefragt. Und ich war verpflichtet zu schweigen. Was habt ihr nun mit ihr vor?«

---
* dummen Frau

»Das willst du lieber nicht wissen.« Vater Blatter schien gnadenlos.

»Das alles muss endlich aufhören. Ich beteilige mich nicht mehr an diesen Geschäften. Es kann doch nicht sein, dass wir uns immer weiter in den Abgrund reiten.«

»Pass auf, was du sagst!« Drohend näherte sich Gaudenz seinem Jüngsten. »Wir haben uns gegenseitig versprochen, dass wir in diesen Angelegenheiten zusammenhalten. Ein Blatter bricht keine Versprechen und ist gegenüber der Familie absolut loyal – verstanden?«

»Aber Laura …«

»Vergiss diese Frau. Und falls du weißt, wo sie steckt, tust du besser daran, es uns zu sagen.«

Andreas und Josefa traten gleichzeitig ein paar Schritte näher an Pirmin heran. Wenn ihre Blicke hätten töten können, wäre er auf der Stelle umgefallen. Sie bedrängten ihn nicht mit Worten, sondern mit ihren körperlichen Gesten. Er nahm Abstand von seinen Geschwistern – äußerlich und innerlich. Ihm wurde eng ums Herz.

»Ich weiß es nicht.« Und falls ich es wüsste, grübelte er, würde ich es euch nicht verraten.

»Setzt eure Kontakte im Dorf auf sie an. Wir müssen sie finden, und zwar noch heute Nacht. Wir setzen ein Kopfgeld auf sie aus. Die Polizei werde ich Laufe des Morgens verständigen und die Pfeiffer wegen Diebstahls anzeigen. Diese Akten dürfen unter keinen Umständen in andere Hände geraten. Ist alles klar? Und dir, Pirmin, rate ich zu spuren!« Drohend nahm er seinen jüngsten Sohn ins Visier. Vorsichtshalber nickte dieser unterwürfig.

In den Köpfen der vier Familienmitglieder ratterte es. Jeder versuchte abzuschätzen, welche Nachteile ihm entstünden, falls die Papiere in falsche Hände geraten würden. Und alle waren sich bewusst, dass es rechtliche Konsequenzen nach sich ziehen könnte. Schlimmstenfalls hätte es auch negative Auswirkung auf den Hotelbetrieb.

Tatsächlich setzten Josefa und Andreas Nachrichten an ihre Freunde ab und baten sie um Benachrichtigung, falls Laura irgendwo auftauchte. Pirmin schrieb ihr nur kurz: »Bitte melde dich bei mir – zu deiner eigenen Sicherheit.« Er bekam keine Antwort. Er verzog sich in sein Studio im Dachgeschoss des Hotels und überlegte, wo er sich in so einem Fall verstecken würde. Als Erstes kam ihm die Almhütte in den Sinn. Dort würden sie ihn jedoch zuerst suchen. Laura nicht. Die Idee, sich in der Höhle des Löwen zu verbergen, wäre genial. Ihr würde er das zutrauen. »Ich gehe gleich los, um nachzusehen«, flüsterte er. Er war schon aufgesprungen, als ihm einfiel, dass er nicht unerkannt auf dem Dorf schleichen könnte. Die Dörfler suchten bestimmt mit den Feldstechern die Gegend ab, um das Kopfgeld zu kassieren. Er hielt es für vorsichtiger, sie telefonisch zu erreichen. Doch die Versuche blieben erfolglos. Er sandte ihr eine Sprachnachricht auf ihre Combox. »Ruf mich bitte an, wenn du diese Mitteilung hörst. Das ganze Dorf sucht nach dir. Bleib im Versteck und melde dich.«

Würde sie ihm vertrauen?

DONNERSTAGNACHT / BESUCH

Marianne hatte Godi und Alexa zu Bett gebracht und sich dann eine Schnulze im Fernsehen angeschaut. Vor dem Schlafengehen wurde sie unruhig. Es drängte sie, mit Laura zu sprechen. Sie schlurfte hoch und klopfte bei ihr an die Zimmertür. Sie bekam keine Antwort. Dann drückte sie die Türklinke runter. Es war geschlossen. Ob sie nochmals zu Pirmin war? Sie setzte sich mit einem Buch an den Küchentisch und wartete auf die Rückkehr. Ihr Handy vibrierte. Eine Nachricht von Dieter: »Wo ist deine Hausbewohnerin? Blatters suchen sie wegen Diebstahls. Sie haben sogar ein Kopfgeld auf sie ausgesetzt.« Sie schrieb nur zurück: »Nicht hier. Verschwunden.«

Mariannes Sorgen wuchsen in den Himmel. Was hatte Laura angestellt? Bereits am Mittag war ihr aufgefallen, dass ihrer Freundin etwas auf der Seele lag. Es kam jedoch wegen der hitzigen Debatte um und mit Alexa nicht zur Sprache. Hätte sie doch nur nicht von sich gesprochen, sondern nachgefragt. Sie fühlte sich schuldig, wusste nicht genau für was. Gegen 1 Uhr wurde sie hundemüde und kroch unter die Bettdecke. Vorher setzte sie noch eine SMS an Laura ab. »Pass auf – du wirst gesucht – melde dich – dringend.«

Eine weitere SMS sandte sie an ihren Bruder Ignaz. Sie waren zwar im Moment nicht gut aufeinander zu sprechen. Dennoch blieb er der Mensch, den sie um Hilfe bat, wenn etwas schieflief. Ihm vertraute sie immer alles an, und er stand für sie bereit. Die Nachricht an ihn lautete: »Schließe dich der Hetzjagd nach Laura nicht an. Sie ist mir ans Herz gewachsen. Ich vertraue ihr und werde sie über den Vater meines Kindes aufklären. Sie hat Probleme mit der Familie Blatter. Komm morgen vorbei. Dein Schwesterchen.«

Ignaz stand schon eine halbe Stunde später vor Mariannes Tür. Er klopfte wie wild.

»Ist Laura zurück?«, fragte er ungeduldig.

Sie schaute ihn verdutzt an.

»Was soll das? Zuerst sehen wir uns wochenlang nicht, und jetzt tauchst du mitten in der Nacht auf. Aber wenn du schon mal da bist, komm rein.«

»Was ist mit dir und Laura?«

»Wir sind Freundinnen und vertrauen uns. Gestern hatte sie einen heftigen Streit mit Pirmin. Abends ist sie nochmals aus dem Haus. Es muss etwas passiert sein. Ich hoffe, sie haben ihr nichts angetan.«

»Dann würde sie ja nicht gesucht.«

»Ich habe sie schon gewarnt. Am besten versuche ich, sie nochmals anzurufen.« In der Küche suchte sie nach ihrem Mobiltelefon. Ihr Bruder hatte es geschnappt und hantierte daran herum.

»Gib es her!« Sie riss es ihm aus der Hand und stellte Lauras Nummer ein.

»Du sagst ihr nichts von Vater und den Blatters, verstanden?«

»Ihr Telefon ist stumm. Sie will wahrscheinlich nicht, dass man sie findet. Was ist nur mit ihr geschehen?«

»Jetzt beruhige dich erst einmal. So wichtig ist diese Laura nun auch wieder nicht. Vor allem finde ich, dass du ihr nicht vertrauen darfst.«

»Ich tue es aber.«

»Aber deshalb brauchst du ihr nicht unsere Familiengeschichte auf die Nase zu binden.«

»Ich will es, weil ich merke, dass sie ehrlich ist, zuhören kann und mich mag. Und sie gibt keine Ruhe, bevor sie alles rausgefunden hat.«

»Und ich verbiete es dir! Das sind familieninterne Informationen«, schrie Ignaz. Godi erwachte und weinte lauthals.

»Da siehst du, was du angestellt hast. Der Kleine leidet wegen dir.«

»Was heißt das jetzt wieder?«

»Das bedeutet, dass du mir nichts zu befehlen hast. Auch wenn du mein Bruder bist und dich immer um mich gekümmert hast. Du hast mir nicht vorzuschreiben, wem ich was erzähle. Verstanden?«

»Ich warne dich!« Wütend stand er auf und stampfte davon.

Marianne begriff nicht, weshalb er sich so anstellte und was er gegen Laura hatte. Sie war entschlossen, ihr Herz auszuschütten. Es drängte sie, sich bei einer unbeteiligten Frau auszusprechen. Laura war nicht involviert, hörte zu und suchte eine Lösung. Ein weiterer Anruf blieb erfolglos. Auf die Nachricht kam keine Antwort. Wo steckte sie bloß und warum meldete sie sich nicht?

FREITAGMORGEN / IMMOBILIENGESCHÄFTE

Laura erwachte vor dem Morgengrauen. Sie war auf dem Sofa eingeschlafen und fühlte sich gerädert, verängstigt und verunsichert. Zuerst wusch sie ihr Gesicht mit dem kalten Bergwasser im Brunnen vor der Hütte. Das erfrischte sie ein wenig. Im Vorratsschrank fand sie Teebeutel, Kaffeepulver, Knäckebrot, Marmelade und getrocknete Apfelstücke. Sie hatte schon das Feuerholz bereit, um ein Feuer zu entfachen. Aber ihr fiel ein, dass der Rauch sie verraten könnte. Sie begnügte sich mit purem Wasser und den Vorräten. Fürs Erste würde sie damit überleben und ein wenig Lebensgeister in ihren Körper zurückbringen. Dummerweise hatte sich der Akku ihres Handys über Nacht entladen. Wen hätte sie verständigt, wenn es möglich gewesen wäre? Es fiel ihr niemand ein. Im Moment traute sie keinem Menschen. Sie trank schluckweise Wasser beim Weiterlesen der brisanten Papiere. Nach und nach begriff sie die Zusammenhänge. Aufschluss gab vor allem das Dossier der Immobilienfirma. Der Blatterclan hatte sich unter dem Namen *Olymp* ein Imperium aufgebaut. Elmar kassierte im Hinterstübchen der *Matterhorn Bank* Schwarzgeld von Ausländern. Eigens gegründete Holdinggesellschaften, in denen Familienmitglieder der Blatters pro forma Einsitz nahmen, transferierten das Geld zu den Kaimaninseln und zurück in die Schweiz. Beteiligt an der Gründung dieser Firmen war Klaus Winkelried, seines Zeichens Anwalt und Besitzer des Immobilienbüros. Nach den Finanzmanipulationen kauften die Unternehmen in Zermatt Immobilien im Luxussegment und vermieteten diese lebenslänglich für den Kaufbetrag abzüglich einer Provision wieder an die Ausländer. Damit umschifften sie das Gesetz der *Lex Koller*. Dieses besagte, dass der Grundstückserwerb in der Schweiz durch ausländische Personen gesetzlich beschränkt ist.

Obwohl Laura nicht das ganze Konstrukt auf Anhieb verstand, erfasste sie den Umfang der Geschäfte und erkannte, wie ausgeklügelt und gleichzeitig lukrativ diese waren. Mit diesem Machwerk hatte die Familie Bestimmungen umschifft und sich reich gestoßen. Ob wohl niemand im Dorf von diesen Machenschaften etwas gemerkt hatte? Gab es noch andere, die sich mit dem gleichen Geschäftsmodell bereicherten? Einen Vertrag von Gallo mit einer der Firmen aus dem Imperium *Olymp* fand sie nicht. Wie war dieser Italiener in die Geschäfte verstrickt und weshalb hatte er Selbstmord begangen? Gab es eventuell einen Zusammenhang mit dem Unfall dieses Immobilienbüromenschen, der mit Elmar Blatter auf dem Matterhorn gewesen war? Sie hatte davon in den Zeitungen gelesen. Fragen über Fragen stellte sich Laura. Sie hätte sich so gerne mit jemandem ausgetauscht. Aber im Moment traute sie niemandem. Von Pirmin war sie maßlos enttäuscht. Sein Name tauchte in den diversen Firmen als eingetragener Teilhaber immer wieder auf. Ohne sein

Wissen wäre es doch nicht möglich. Weshalb hatte er ihr auf ihre Nachfrage eine Antwort hartnäckig verweigert? Ab diesem Augenblick hatte sie keine Zweifel mehr. Dieser Mann war auf ewige Zeiten abgeschrieben. Eine gemeinsame Zukunft für sie beide gab es nicht. Diese Erkenntnis löste bei ihr eine bodenlose Traurigkeit und eine Art Schockstarre aus. Sie hatte keine Ahnung, wie es weiterging. Einmal mehr hatte sie ihre Stelle verloren und saß knietief in der Patsche.

FREITAGVORMITTAG / UNTERLAGEN

Die Blatters steckten früh am Morgen ihre Köpfe zusammen und berieten über die verfahrene Situation. Noch immer suchten sie auf Hochtouren nach Laura und den verschwundenen Unterlagen. Sie waren sich bewusst, welche Wichtigkeit den Dokumenten zukam. Kämen sie in falsche Hände, flögen die Geschäfte auf. Das galt es zu verhindern. Hinweise aus der Dorfbevölkerung über den Aufenthalt der vermissten Rezeptionistin hatten sie keine erhalten. Dass sie nicht nach Hause zurückgegangen war, schien klar. Im Hotel hielt sie sich auch nicht auf. Eine Abreise war unmöglich, da in der Nacht keine Züge mehr fuhren. Zu Fuß konnte sie kaum unerkannt auf dem Talweg nach Täsch entwischt sein.

»Jetzt streng dich ein wenig an, Pirmin. Überleg einmal, wo sie sein könnte.«

Gaudenz redete auf seinen jüngsten Sohn ein. Er war überzeugt, dass dieser eine Ahnung hatte, wo das Mädchen zu finden war. Er verschärfte die Tonlage und den Druck: »Ich sage dir eines, Junge. Falls du Informationen verschweigst, kannst du dein Erbe und deinen Job vergessen. Trägst du allerdings zur Lösung des Problems bei, wirst du schadlos davonkommen. Ich werde versuchen, dich aus den Scherereien mit den involvierten Firmen rauszuhalten.«

Er drangsalierte den Jüngsten, bis dieser weiche Knie bekam. Pirmin rang mit sich selbst. Zaghaft äußerte er eine Vermutung, in der Hoffnung, dass es nicht so sei: »Eventuell ist sie in unserer Almhütte geflüchtet.«

»Was? Wie kommst du darauf?«, brüllte Gaudenz.

»Wir waren einmal zusammen da oben. Ich traue ihr zu, dass ...«

Der Patron fuhr ihn barsch an: »Du bleibst hier. Ich gehe hoch und sehe mich selbst um. Falls ich sie finde, bringe ich sie hierher.«

»Sie wird dich bestimmt nicht begleiten. Ich komme mit.« Er fürchtete eine unheilvolle Konfrontation.

»Ich sage, dass du hier bleibst. Andreas begleitet mich. Wir zwei werden schon mit ihr fertig.«

»Aber versprich mir, dass ihr sie ohne Gewaltanwendung hierher bringt. Hörst du? Es darf ihr nichts passieren. Ich würde es dir nie verzeihen.«

»Keine Sorge. Sie wird uns die Papiere freiwillig zurückgeben und eine Schweigevereinbarung unterschreiben.«

»Vater, bitte. Ladet keine Schuld auf euch.«

»Kümmere du dich jetzt um die Küche. Unsere Gäste wünschen, verwöhnt zu werden. Dein Bruder und ich übernehmen den Fall.«

Mit einer wegwerfenden Handbewegung deutete er Pirmin an, dass er wegtreten solle. Unwillig befolgte er die Anweisung. Andreas und Josefa hatten schweigend zugehört. Sie sahen zu, wie Gaudenz die Hülle mit der Pistole und der Munition aus dem Safe nahm und fein säuberlich in den Rucksack legte. Nur für den schlimmsten Fall, redete er sich zu. Dann griff er nach einem Bündel Banknoten. Bis heute war es ihm jedes Mal gelungen, Probleme mit Geld aus der Welt zu schaffen. Auch dieses Fräulein würde sich darauf einlassen, war er überzeugt.

Laura war nochmals eingeschlafen. Die vergangene Nacht hatte sie erschöpft, und all die wirren Gedanken drückten sie zu Boden. Mit einem unheilvollen Gefühl erwachte sie und spähte aus dem Fenster. Ihr Gespür hatte sie nicht getäuscht. Es war tatsächlich Ärger im Anmarsch. Sie raffte schnell ihre Sachen zusammen und schnürte das Dokumentenbündel. Blitzschnell überlegte sie, ob sie den Hinterausgang benützen sollte. Es gab nur eine Richtung, in der sie einigermaßen ungesehen davonschleichen konnte. Durch den lichten Wald, den Berg hinauf. Die Chance, dass die beiden sie entdeckten und verfolgten, war groß. Ihr schwante, dass Gaudenz und Andreas nicht zum Vergnügen zur Almhütte kamen. Sie suchten nach ihr und den Akten. Aus irgendeinem Grund hatten sie rausgefunden, wo sie steckte. Gab es in der Hütte ein Versteck? Die Zeit drängte. Sie stand unter Druck. Jetzt galt es, klug und verwegen zu handeln. Die Papiere versteckte sie vorsichtshalber auf dem Schrank im Wohnzimmer. Sie selbst schlüpfte in den letzten Sekunden ins Unterdach. Hilfe suchend sah sie sich um. Sie kletterte auf einen breiten Kehlbalken der Dachkonstruktion und verkroch sich in die hinterste Ecke. Auf Staub und Spinnweben blieb sie regungslos liegen. Kaum war sie angemessen installiert, hörte sie die Stimmen der beiden Männer.

»Jemand war hier, die Tür ist offen. Und hier im Wohnzimmer steht ein Glas. Sie besaß wirklich die bodenlose Frechheit, in das Haus einzudringen. Lass uns vom Keller bis zum Dach alle Räume durchsuchen.« Die Stimme von Gaudenz tönte wütend.

»Ich gehe ins Untergeschoss, du schaust dich hier und in der Küche um.« Andreas hatte denselben Befehlston wie sein Vater. Eine Weile hörte Laura nur Getrampel und Geschimpfe. Dann wieder einen Dialog.

»Im Keller ist nichts, nicht einmal eine Maus.«

»Sie muss hier irgendwo sein. Gehen wir nach oben. Aber vielleicht ist sie ja schon weg. Diese hinterhältige kleine Diebin.«

Laura hielt den Atem an. Jetzt nur nicht niesen oder husten, grübelte sie. Ich mache mich so unsichtbar wie möglich. Wenn ich Glück habe, schauen sie nicht ins Dachgebälk.

»Falls wir sie finden, bedrohen wir sie mit der Pistole, bis sie mit den Akten rausrückt. Hoffentlich hat sie die Informationen noch nicht weitergegeben, sonst wären wir geliefert. Dann bliebe uns nur eine Lösung.«

»Vater, du weißt, dass ich loyal bin. Aber es gibt Grenzen.« Andreas versuchte, Gaudenz in die Schranken zu weisen. Dieser wurde jedoch nur noch zorniger. Er verdrehte die Augen. Er wunderte sich über den Holzwurmstaub auf dem Boden. Sein Blick schwenkte zum Dachbalken. Er deutete mit dem Finger hinauf.

»Ha! Siehst du auch, was ich sehe?«

»Wir haben sie.«

»Kommen Sie herunter, aber sofort.«

Laura schoss die Angst in die Knochen. Ihr einziger Trumpf bestand darin, dass die Akten versteckt waren.

Um kein Geld in der Welt würde sie den Ort verraten, ansonsten war sie des Lebens nicht sicher. So bedächtig wie möglich kletterte sie runter. Gaudenz Blatter stand mit der Pistole im Anschlag bei der Tür zur Treppe. Es gab kein Entkommen. Andreas fing sie auf und packte sie an einem Arm und drehte diesen auf ihren Rücken. Ein Schmerz durchfuhr sie.

»Gib uns die Akten.«
»Ich habe sie nicht mehr.«
»Wo sind sie?«

Laura überlegte krampfhaft. Solang sie die Unterlagen hatte, blieb sie am Leben. Rückte sie die Papiere raus, war es um sie geschehen. Sie musste mit ihnen verhandeln, um Zeit herauszuschinden. Am besten im Dorf. Da hatte sie bessere Möglichkeiten, ihren Kopf aus der Schlinge zu ziehen.

»Sag schon. Wo sind die Papiere?«
»Ich habe sie versteckt. Im Dorf.«
»Rück sie raus.«
»Vergessen Sie das. Nicht ohne Gegenleistung.«
»Willst du Geld? Wie viel?«
»Kein Geld.«
»Was dann?«
»Gerechtigkeit.«

Der alte Blatter lachte höhnisch. »Gerechtigkeit«, krächzte er. »Was ist schon Gerechtigkeit, und wer definiert diese?«

»Immer noch das Gesetz.«

»Fertig. Geben Sie uns die gestohlenen Unterlagen zurück. Andreas, schau mal auf dem Balken nach, ob sie da oben liegen.«

Widerwillig suchte er.

»Nichts«, vermeldete er.

»Die Akten sind in Sicherheit. Ich übergebe sie Ihnen im Dorf. Lassen Sie uns aufbrechen.«

»Das ist doch wieder einer Ihrer Tricks. Ich glaube Ihnen kein Wort.«

»Wie Sie wünschen. Dann werden Sie demnächst Besuch von der Polizei erhalten.«

Laura blieb nach außen hin unbeeindruckt, aber in ihrem Inneren herrschte Chaos. Sie hatte keinen Plan. Sie musste bluffen, um damit ihr Leben zu retten. Gaudenz winkte Andreas mit einem Handzeichen zu sich.

»Wir schließen sie einen Moment hier ein und besprechen das weitere Vorgehen. Binde sie fest, damit sie nicht entwischen kann. Nimm die Wäscheleine, die im Bad hängt.«

Laura hörte nur ein Flüstern von draußen. Die beiden hatten sie tatsächlich gefesselt und eingeschlossen. Ihr war elend zumute. Sie sah keinen Ausweg, und trotzdem würde sie das Versteck nicht verraten. Das würde zweifellos ihren Untergang bedeuten. Solang sie nicht wussten, wo sie die Akten hatte, war sie in Sicherheit. Theoretisch hatten die beiden begrenzte Möglichkeiten. Sie konnten sie foltern, erpressen, gefangen halten oder mit ihr einen Handel abschließen. Im schlimmsten Fall töten. Diese düsteren Szenarien lösten in ihr Angst aus. Gab es denn gar niemanden, der sie suchte? Warum nur war ihr Mobiltelefon nicht aufgeladen? Es war nicht möglich, sie zu tracken, und trotzdem hatten Gaudenz und Andreas sie gefunden. Wie kamen sie darauf, dass sie sich hier versteckt hielt. Pirmin hatte ihnen wohl den Tipp gegeben. Es bewies einmal mehr, dass er dem Familienclan ausgeliefert war. Seine Solidarität galt seinen nächsten Angehörigen. Kein Wunder, er verdiente ja auch Geld damit. Sie fing an, Pirmin zutiefst zu verachten. Die Erkenntnis marterte sie. Ein Gefühl von großer Verlassenheit überkam sie.

FREITAGMORGEN / BUSCHTROMMELN

Marianne verbrachte keine ruhige Minute mehr. Der Besuch ihres Bruders mitten in der Nacht hatte sie enorm verunsichert. Sie legte sich mit Godi in ihr Bett und versuchte, sich einen Reim auf die Vorfälle zu machen. Laura hatte Streit mit Pirmin, floh und wurde von der Familie Blatter gesucht. Sie antwortete nicht auf ihre Nachrichten und Anrufe. Ihr Bruder verbot ihr, sich ihrer Freundin anzuvertrauen. Sie verstand nicht, was gerade ablief. Sie musste sich mit jemanden aussprechen. Mit Alexa war das schlicht nicht möglich. Sie entschied sich, bei Tagesanbruch Pedro anzurufen. Kurz vor 6 Uhr wählte sie seine Mobilnummer, die sie von ihm für Notfälle erhalten hatte. Gerafft berichtete sie ihm die Ereignisse. Den Teil mit Ignaz ließ sie aus. Der Polizist hörte ihr zu, ohne zu unterbrechen.

»Das ist eigenartig«, sinnierte Pedro.

»Das Handy ist seit gestern ausgeschaltet. In aller Regel stellt sie es am Morgen wieder an. Bitten um Rückrufe kommt sie normalerweise nach. Sie ist in dieser Hinsicht zuverlässig. Ich fürchte, dass etwas passiert ist. Unternimm irgendetwas.« Sie flehte Pedro richtiggehend an.

»Bleib du zu Hause. Versuche, sie in regelmäßigen Abständen anzurufen. Ich erkundige mich einmal, was es mit dieser Suchaktion auf sich hat. Du hörst von mir. Alles klar?« Marianne nickte und hängte ein.

Pedro kratzte sich am Kopf und überlegte.

»Wie gehe ich vor?«, fragte er sich. »Was läuft hier in Zermatt ab? Weshalb bekomme ich als Letzter Wind von der Sache?«

Er rief Anni an. Verschlafen nahm sie den Anruf entgegen. Sie hatte normalerweise Einblick in die Vorkommnisse im Dorf. Wie das funktionierte, hatte er nie genau begriffen.

»Kannst du mir erklären, was dieser Aufruf zur Suche nach Laura soll?«

»Woher weißt du das?«

»Auch ich habe meine Quellen. Sag schon, was bedeutet das, und warum beteiligst du dich an solchen Aktionen, ohne mich zu informieren. Ich sage dir jetzt und hier, dass es im dümmsten Fall zu einem Disziplinarverfahren führen kann. Du bist in erster Linie Polizistin und nicht Verbündete von einem Dorfclan.«

Er formulierte die Aussage bewusst in einem forschen Ton. Solche Machenschaften duldete er nicht. Anni zögerte.

»Los jetzt. Was ist hier im Dorf los, das ich wissen muss? Es besteht die allergrößte Gefahr, dass Laura etwas geschehen ist.«

»Deshalb kam ja dieser Aufruf in der Nacht. Man war in Sorge. Wir sollten Hinweise zum Verbleib von Laura liefern.«

»Aber doch nicht an eine Hoteliersfamilie.« Pedro schrie Anni an. »So funktioniert das nicht. Wo ist sie?«

»Niemand hat sie gesehen. Jemand hat jedoch beobachtet, dass Gaudenz und Andreas Richtung Almhütte aufgebrochen sind.«

»Los, schnell. Komm sofort zum Polizeiposten. Du weißt, wo die Hütte ist?«

»Das weiß jeder. Eine halbe Stunde zu Fuß, oberhalb des Dorfs auf einer kleinen Anhöhe.«

Jedermann außer mir, überlegte Lukic und stürmte auf die Straße. Anni war relativ schnell zur Stelle. Sie schritten zügig vorwärts Richtung Alm und kamen ins Schwitzen in ihren Uniformen. Nach einer Weile blieb Pedro abrupt stehen und zeigte mit dem Finger zum Waldrand.

»Da hetzt noch jemand hinauf. Er sieht aus wie Pirmin. Da ist etwas aus dem Ruder gelaufen. Schneller, Anni.«

FREITAGMORGEN / POLIZEIEINSATZ

In der Almhütte spitzte sich die Situation zu. Gaudenz drängte Andreas, Druck auf Laura auszuüben, um wieder in den Besitz der Dokumente zu gelangen.

»Sie wird uns verraten, wo die Unterlagen sind, wenn wir sie einer hohen Belastung aussetzen. Wir bedrohen sie mit der Pistole, flößen ihr Angst ein, dass ihr ein Bergunfall zustößt, oder drohen ihr den Tod durch Verdursten und Verhungern an. Es wird nicht lange dauern, bis sie uns verrät, wo die Akten versteckt sind. Ihr Leben ist ihr bestimmt wichtiger als die Papiere.«

»Ich ziehe ein finanzielles Angebot und einen entsprechenden Stillhaltevertrag vor.«

»Du hast gehört, dass sie nicht darauf eingeht.«

»Sie hat noch keinen konkreten Vorschlag von uns erhalten. Sobald sie den Betrag hört, steigt sie vielleicht ein. Lass uns wenigstens einen Versuch wagen. Körperliche Gewalt verabscheue ich. Da mache ich nicht mit.«

»Andreas, ich dachte, du hättest mehr Charaktereigenschaften von mir. Wenn es drauf ankommt, versagst du wie ein Hosenscheißer. Du enttäuschst mich wieder einmal gewaltig.«

»Die Taktik mit der Bestechung habe ich dir abgeschaut.«

»Also abgemacht. Probieren wir es. Aber bevor wir dem unverschämten Wesen einen Vorschlag unterbreiten, trinken wir einen Schnaps und beraten über die Summe und die Konditionen.«

Gaudenz griff zur *Abricotine*-Flasche und goss zwei Gläser ein. »Komm, Junge, keine Hemmungen.«

In diesem Moment wurde die Tür aufgerissen, und Pirmin stürzte in die Hütte.

»Wo ist sie?«, brüllte er.

»Du? Habe ich dir nicht gesagt, dass du dich um die Gäste kümmern sollst?«

»Wo ist Laura? Was habt ihr angerichtet?«

Im oberen Stockwerk hörte er Hilferufe. Er rannte zur Treppe, wurde aber von Andreas unsanft aufgehalten. Die Brüder gingen mit Fäusten aufeinander los. Gaudenz mischte sich ein. Das sinnlose Gerangel wurde durch einen Schrei beendet. Lukic und Anni standen mit gezogenen Pistolen im Türrahmen.

»Alle stehen bleiben, Hände über den Kopf und mit dem Rücken an die Wand.«

Lukic rückte mit entschlossener Miene in den Raum vor.

»Sagt mir, was hier abläuft? Wo ist Laura? Heraus mit der Sprache.«

Gaudenz griff ohne zu zögern nach seiner Waffe, die er auf den Tisch gelegt hatte.

Pedro reagierte prompt und energisch.

»Hände weg oder ich schieße. Stehen bleiben und nicht bewegen. Verstanden?«

Pirmin riss seinem Vater die Pistole aus der Hand, legte

sie auf den Boden und schob sie mit einem Fußtritt Richtung Tür.

»Alle drei an die Wand und Hände über den Kopf«, schrie Lukic nochmals.

Alle drei Blatters gaben sich geschlagen und kamen dem Befehl nach.

Im oberen Stockwerk hörte der Wachtmeister Jammerlaute. Laura hielt sich also oben auf und lebte noch. Er gab weitere Anweisungen.

»Anni, du rufst Verstärkung aus Brig. Dann gehst du nach oben und schaust, ob du Frau Pfeiffer findest, und bringst sie herunter. Ich halte in der Zwischenzeit die Herren Blatter in Schach.«

»Tu es nicht!«, donnerte Gaudenz. »Du bist doch eine von uns. Hilf uns, es wird zu deinem Schaden nicht sein.«

Die Polizistin blieb erstarrt stehen und schaute von Pedro zum alten Blatter und wieder zurück.

»Du überlegst dir allen Ernstes, ob dein Dienst an der Gerechtigkeit wichtiger ist oder die Loyalität zu dieser Bande korrupter Leute?«

Pedro verstand die Welt nicht mehr.

»Nein, nein. Ich kenne meine Prioritäten. Es ist nur … Ich erkläre dir das ein anderes Mal.«

Sie zückte das Telefon und forderte, wie befohlen, Verstärkung an.

»Ich bin hierhergekommen, um Laura zu helfen«, meldete sich Pirmin.

»Soso. Und warum braucht sie überhaupt Hilfe? Was ist vorgefallen?«

»Das ist eine längere Geschichte«, mischte sich Andreas ein.

»Ich habe Zeit und will es wissen.«

»Ihr zwei seid ab sofort ruhig. Wir sagen nichts ohne unseren Anwalt.«

Vater Blatter übernahm wieder das Zepter.

»Wie Sie wünschen, Herr Blatter. Aber eines verspreche ich hier und jetzt: Ich gehe der Sache auf den Grund und lege Ihnen das Handwerk.«

»Wir sagen nichts mehr.«

Anni war nach dem Anruf nach oben gegangen und brachte Laura herunter. Diese verpasste Pirmin eine schallende Ohrfeige, bevor sie sich vor das Chalet begab. Erst einmal atmete sie tief durch. Dann stieß sie einen gesalzenen Fluch aus. Sie war auf sich, ihre Naivität und die Familie Blatter zornig und zutiefst verärgert.

»Laura«, rief Pirmin aus der Hütte, »ich bin gekommen, um dir zu helfen.«

»Ich glaube niemandem mehr aus der Familie Blatter. Es ist aus und vorbei. Ich habe die Akten gelesen. Ich weiß nun, wie ihr mit anderen Menschen umgeht, und vor allem, wie ihr zu eurem Geld kommt.«

»Ich will jetzt wissen, um was es hier genau geht.« Pedro wurde ungeduldig. Immer hörte er Andeutungen, aber Konkretes hatte er noch nicht erfahren. Laura stellte sich in den Türrahmen und gab eine kurze Übersicht ihrer Erkenntnisse.

»Die Blatters waschen Schwarzgeld. Sie kaufen im Namen einer ihrer Firmen Immobilien in Zermatt. Nehmen Gelder von Ausländern entgegen, um diese Ankäufe zu finanzieren. Sie erstellen Verträge mit den Investoren, die diese zwar nicht als Eigentümer deklarieren, aber als Mieter über 50 Jahre ausgeben. Die Geldsummen werden in einem Schließfach in der *Matterhorn Bank* aufbewahrt. Der Gesamtbetrag wird durch diese bevorschusst und jährlich in größeren Summen, der sogenannten Jahresmiete, wieder amortisiert. So habe ich es jedenfalls beim Durchlesen verstanden. Und ich bin überzeugt, dass der Tod von Mauro Gallo etwas mit diesen fiesen Geschäften zu tun hat.«

»Jetzt reicht es aber!«, schrie Gaudenz entnervt dazwischen. »Jetzt wollen Sie aus dem Selbstmord einen Mord konstruieren und uns anhängen. Vergessen Sie das. Damit haben wir gar nichts zu tun.«

»Das werden wir alles abklären. Aber wo sind diese Beweisunterlagen?«

Pedro hatte begierig zugehört und immer wieder mal mit dem Kopf genickt.

»Das verrate ich nicht, bis diese Herren abgeführt sind oder hinter Schloss und Riegel sitzen. Ich lasse mich nicht noch einmal für dumm verkaufen.«

Der Lärm eines Hubschraubers war zu hören. Das musste die Verstärkung aus dem Tal sein.

»Anni, geh schon mal raus und berichte den Kollegen in Kürze, um was es geht, nämlich um Wirtschaftsbetrug im großen Stil.« Den letzten Teil des Satzes sprach er betont pointiert und langsam, dabei fixierte er Gaudenz. Dieser ignorierte ihn, indem er seine Daumen betrachtete, die er drehte. Er brummte:

»Sie kleiner Beamter werden staunen, wenn Sie sehen, wie weit mein Arm reicht.«

»Wie bitte? Ich habe Sie leider nicht verstanden.«

»Es war nicht für Ihre Ohren bestimmt, aber Sie werden es noch zu spüren bekommen.«

»Das wird sich ja rausstellen. Wir werden zuerst die Unterlagen sichten, auch die in Ihrem Büro, und selbstverständlich die Ihres Bruders in der Bank.«

FREITAGNACHMITTAG / VERSCHWUNDEN

Die Nachricht von der Verhaftung der Blatters auf der Alm hatte das Dorf erreicht, bevor Lukic, Anni und Laura in Zermatt eintrafen. Verstärkung aus dem Tal war eingetroffen und hatte die Büros im *Blatterhof* und in der Bank durchsucht, Material beschlagnahmt und Josefa zum Verhör mitgenommen.

Ein weiterer Hauptverdächtiger, Elmar Blatter, war wie vom Erdboden verschwunden. Er hatte sich frühzeitig abgesetzt. Die Fahndung nach ihm wurde sofort eingeleitet, blieb aber erfolglos. Petro Lukic wunderte sich einmal mehr, wie die Dorfgemeinschaft funktionierte. Obwohl dem Häuptling jetzt die Felle davon schwammen, fühlten sich viele verpflichtet, zum Clan zu halten. Das erinnerte ihn daran, dass eine Aussprache mit Anni anstand. Ihr Verhalten auf der Hütte hatte ihn irritiert. Auch wenn sie schlussendlich zu ihrem Auftrag stand, hatte sie einen Augenblick gezögert. Das könnte in gewissen Situationen zu Komplikationen führen oder im schlimmsten Fall Todesfolgen nach sich ziehen. Im Moment hatte er aber alle Hände voll zu tun, um die Fragen zu beantworten, die ihm von der Equipe der Verstärkung gestellt wurden.

Am Abend waren die Herren Blatter aus der Untersuchungshaft in Brig mit Auflagen entlassen worden. Der Staatsanwalt hatte sie angehört und Ersatzmaßnahmen angeordnet. Zuvor hatte sich Hans Schwarz, ein Freund von Gaudenz, bei Lukic gemeldet und nachgefragt, was sich auf der Hütte abgespielt hatte und welche Rolle diese Laura Pfeiffer dabei spielte. Pedro gab ihm nur selektiv und soweit wie nötig Auskunft. Er war nicht sicher, ob auch der Fragende Dreck am Stecken und sich am Gewinn der Geschäfte beteiligt hatte. Es galt, vorsichtig zu sein. Die sichergestellten Akten aus dem Hotel und der Bank waren in Gewahrsam genommen. Die Fahndung nach Elmar Blatter lief auf vollen Touren.

Kurz vor Feierabend rief er Anni ins Büro und forderte sie auf, ihm reinen Wein einzuschenken.
»Du bist nicht von hier!«
»Das merke ich jeden Tag. Aber ich verstehe nicht, wieso du überlegst, ob du dem Gesetz oder diesem Familienclan verpflichtet bist.«
»Dann erkläre ich es dir so gut wie möglich. Die Familie gilt als wichtigste soziale Einheit und definiert sich anhand der Mitgliederzahl und des Besitzstatus. Seit Jahrzehnten, wenn nicht seit Jahrhunderten wird eine strategische Verheiratung unter Verwandten bevorzugt, um Bündnisse auf Vertragsbasis auszuhandeln.

Innerhalb eines Clans existieren eigene Regeln, die in gewissen Fällen über dem Gesetz stehen. Konflikte werden untereinander ausgetragen, selbst, wenn damit äußere Formen des Rechts verletzt werden könnten. Die Familie soll jedoch für ihre Taten und das Verhalten durch die Gesellschaft geschätzt werden.«

»Siehst du, das verstehe ich nicht. Wer schätzt denn nach solch einem Debakel diesen Clan? Die Verhaltensweise zeugt eher von Ehrlosigkeit.«

»Es geht aber auch darum, was sich die Familie alles erschaffen hat, um Besitz und Besitzerweiterung, um das Gefühl der Unantastbarkeit. Das Hotel *Blatterhof* und alles, was dazugehört, ist im weitesten Sinn ein Machtsymbol und soll es über Generationen bleiben. Wer etwas daran ändern will, hat einen schweren Stand.«

»Aber wie bist du darin verwickelt?«

»Zuerst einmal stelle ich klar, dass ich keine Details der Geschäfte gekannt habe und demzufolge auch nicht eingebunden bin. Das werden die Untersuchungen bestätigen. Jeder im Dorf wusste, dass die Blatters Wohnungen besitzen. Wie sie das angestellt haben, war kein Thema. Du musst mir das abnehmen.«

Er sah Anni lange an und nickte mit dem Kopf.

»Meine Großtante mütterlicherseits hat einen Bruder des Großvaters von Gaudenz geheiratet.«

»Das ist mir zu kompliziert, und für mich hat das nichts mehr mit Verwandtschaft zu tun.«

»Oh doch. Sieh mal, wenn man das weiterverfolgt, dann bin ich …«

»Schon gut. Aber jetzt möchte ich wissen, wie das mit den Buschtrommeln oder den Rauchzeichen organisiert ist.«

Sie schaute ihn fragend an.

»Na ja, wie geht das mit dem Informationsfluss?«

»Hast du noch nie etwas von Messangerdiensten und so gehört?«

Sie sahen sich an und grinsten. Dies war der einzige amüsante Aspekt des Tages für Pedro. Natürlich war er erleichtert, dass Laura heil aus der Sache rausgekommen war und sie ihm die Akte zugesteckt hatte, nachdem die Blatters festgenommen worden waren. Aber ob sie sicher war vor Repressionen? Sollte er sie besser für eine Weile unter Schutz stellen?

FREITAGMITTAG / OFFENE ARME

Laura wurde von den Hausbewohnern mit offenen Armen empfangen. Sie bemerkte, dass vor allem Marianne an der Geschichte Interesse zeigte. Aber nach den Erlebnissen des letzten Tages hatte sie keine Lust, irgendjemandem irgendetwas zu berichten. Sie hatte das Vertrauen in andere Menschen verloren. Pirmin hatte sie an Vater und Bruder verraten. Und zusätzlich war er in diesen Betrug mit den Immobilien verwickelt. Sie schwor sich erneut, keinem Mann oder überhaupt jemandem jemals wieder zu trauen.

Godi und Alexa wollten *Eile mit Weile* spielen. Sie setzten sich alle an den Küchentisch. Laura war froh um die Ablenkung. Aber es klappte nicht so recht mit der Zerstreuung. Sie spielte unkonzentriert und merkte nicht, wann sie an der Reihe war. Streckenweise verhielt sie sich wie Alexa. Bei dieser hatte es jedoch einen anderen Grund. Bald verabschiedete sie sich und flüchtete in ihr Zimmer. Ihr Körper und ihr Geist sehnten sich nach Ruhe. Sie verschloss, die Tür, was sie sonst nie tat. Es gab ihr das Gefühl von Sicherheit. Es verging keine Viertelstunde, da hörte sie Schritte auf der Treppe. Marianne rief:

»Laura, kann ich reinkommen?«

»Ich bin müde, möchte mich duschen und dann hinlegen. Sprechen wir doch morgen miteinander.«

»Aber ...«

»Jetzt nicht. Sorry.«

»Dann halt nicht«, murrte Marianne und verzog sich.

Nach der Dusche und in sauberen Kleidern fühlte sich Laura schon ein wenig besser. Sie legte sich auf das Bett und versuchte zu entspannen. Sie sah jedoch immer wieder Vater und Sohn Blatter mit der gezückten Pistole vor sich. Was wird wohl mit den beiden passieren? Und falls sie aus irgendeinem Grund freikämen, was sie dann zu befürchten hatte. Ein kalter Schauer kroch den Rücken hoch und setzte sich als Schmerz im Nacken fest. Die würden sie bestimmt nicht in Ruhe lassen, nachdem sie erwiesenermaßen die Unterlagen gestohlen und an die Polizei weitergegeben hatte. Sie musste sich mit Pedro Lukic absprechen, und zwar sofort. Dieser hatte sich dieselben Gedanken auch schon gemacht.

»Heute Abend könnte ich ausnahmsweise bei euch im Haus übernachten. Ich kann auf dem Sofa im Wohnzimmer schlafen. Ich werde mit meiner vorgesetzten Stelle Kontakt aufnehmen und anfragen, wie sie die Situation einschätzen. Wäre das für dich in Ordnung?«

»Ist vielleicht gar nicht nötig.« Laura zögerte.

»Die Blatters wurden aus der Untersuchungshaft entlassen. Es wäre möglich, dass Pirmin versucht, dich zu treffen.«

»Den Mann wünsche ich ins Pfefferland.«

»Er war derjenige, der für dich eingestanden ist.«

»Vor allem hat er mein Versteck verraten. Der Vater und der Bruder konnten nicht wissen, dass ich den Ort kenne.«

»Das werden wir erfahren.«

»Falls diese Bande von Betrügern wieder auf freiem Fuß ist, dann wäre ich doch froh, wenn du im Haus schlafen könntest. Am liebsten würde ich gleich aus Zermatt abreisen und mich irgendwo hin verziehen, wo mich niemand findet.«

»Wohin?«

»Keine Ahnung.«

»Bleib, wo du bist. Lass niemanden an dich ran und warte, bis ich da bin. Verstanden?«

»Alles klar. Aber bitte beeile dich. Irgendwie ist mir mulmig zumute.«

»Ich bin schon unterwegs.«

FREITAGABEND / NOTFALL

»Elmar hat sich abgesetzt. Er ist verschwunden. Deine verrückte Freundin hat es geschafft, die Unterlagen an die Polizei weiterzugeben. Wir waren in Untersuchungshaft und werden wegen Wirtschaftsbetrug angeklagt. Den Mord will man uns auch noch anhängen.«

Gaudenz schritt in seinem Büro auf und ab und schrie seinen Nachwuchs an.

»Wir sitzen in der Patsche. Ich glaube, ich werde wahnsinnig. Hat jemand von euch eine Lösung für das Problem?«

»Vater, beruhige dich«, warf Josefa beschwichtigend ein.

»Ich will mich nicht beruhigen.«

»Dann frage auch nicht, ob wir eine Lösung haben.«

»Haben wir eine?« Das Familienoberhaupt blieb stehen und schaute vorwurfsvoll auf seine Kinder, die alle mit geduckten Rücken, eingezogenen Köpfen und gesenkten Augen in den Sesseln versanken.

»Die Suppe wird nicht so heiß gegessen wie gekocht. Deine Worte!«, wagte Pirmin einzuwerfen.

»Das mit den Immobiliengeschäften ist nun mal rausgekommen. Da können wir mithilfe des Anwalts die Folgen in Grenzen halten. Mir hat man immer versichert, dass wir uns in einem Graubereich bewegen, der durch das Gesetz nicht geregelt ist. Deshalb werden wir wohl mit einem blauen Auge davonkommen. Aber auf keinen Fall dürfen sie uns einen Mord in die Schuhe schieben.« Josefa ging die Probleme, wie meistens, pragmatisch an.

»Ja«, unterstützte Pirmin seine Schwester. »Es war doch niemand von uns, oder?«

Gaudenz glich einem explodierenden Vulkan. »Glaubst du wirklich, dass einer von uns diesen Gallo umgebracht hat?«

»Ich weiß es ja nicht, könnte ja sein. Ich kenne meine Familie und ihr Gehabe bald nicht mehr.«

»Niemand von uns war es. Schluss. Punkt.« Er schaute Andreas an. »Oder?«

»Aber Elmar hätte doch allen Grund gehabt«, getraute sich Pirmin einzuwenden.

»Mein Bruder ist kein Mörder.«

»Ich meine nur, weil ja auch Klaus Winkelried angeblich einen Unfalltod gestorben ist, bei dem Elmar dabei war.«

»Jetzt reicht es aber. Ich sage es noch einmal. Mein Bruder ist kein Mörder.«

»Wir müssen beweisen, dass unsere Familie unschuldig ist. Und zwar so schnell wie möglich.«

»In der Regel muss die Polizei die Beweismittel liefern, nicht die Verdächtigten.« Josefa beruhigte die aufgeheizte Diskussion mit ihrem Einwand.

»Ich schlage vor, dass wir uns auf die Arbeit im Hotel konzentrieren. Die Anwälte sollen sich um die Geschichte mit den Immobilien kümmern, und du, Vater, schau zu, dass Elmar wieder auftaucht.«

»Er beantwortet keinen meiner Anrufe. Das ist abnormal. Ich hoffe, dass ihm nichts geschehen ist.«

»Ich vermute, dass er sich abgesetzt hat. Der meldet sich wieder. Mach dir mal keine Sorgen.« Andreas mischte sich in die Diskussion ein.

Gaudenz fuhr ihn an: »Du bist an diesem Debakel schuld. Du hattest die verfluchte Idee mit dem Konstrukt der Immobilienfirmen. Ich frage mich manchmal, was ihr an diesen Hochschulen eigentlich lernt. Ihr kreiert hochriskante Geschäftsmodelle und versprecht Traummargen in kürzester Zeit. Nichts als Unsinn, der nicht funktioniert.«

»Du bist begeistert auf diesen Zug aufgesprungen. Diese Modelle funktionieren sehr wohl, wenn man sich nicht so blöd verhält und Unterlagen rumliegen lässt.«

»Jetzt reicht es. Alle raus aus meinem Büro. Josefa hat recht, kümmert euch um das Hotel und eure Arbeit.« Er wies ihnen die Tür. Erschöpft sank er in seinen Bürostuhl. Er atmete tief ein und aus. Sein Bruder würde nicht einfach verreisen, ohne ihn zu benachrichtigen. Es musste etwas passiert sein.

Wo sollte er ihn suchen? Als Buben waren sie immer zu ihrer Großmutter gegangen, wenn in der Familie etwas krumm gelaufen war. Sie hatte sie stets mit offenen Armen empfangen, ihnen eine warme Milch gekocht und ein Stück Roggenbrot in die Hände gedrückt. Dann hatte sie zugehört und sie getröstet und bei ihren Eltern ein gutes Wort für die Schlingel eingelegt. Gaudenz beschloss, auf den Friedhof zu gehen. Eventuell würde er seinen Bruder beim Grab der Großmutter finden.

Und tatsächlich spürte er ihn auf. Elmar kniete mit einer Pistole in der Hand vor der letzten Ruhestätte von Emilia Blatter. Gaudenz erschrak bis auf die Knochen. Sein Bruder war ein Teil von ihm. Was hatte er vor? Wollte er sich umbringen? Oder hatte er es auf jemanden abgesehen? Er schlich sich näher. Zwei Meter von ihm weg blieb er stehen. Für ihn ungewöhnlich, redete er sanft auf Elmar ein.

»Komm, leg die Waffe zur Seite. Stell keinen Blödsinn an. Wir schaffen die Probleme aus der Welt.«

»Alles ist zerstört. Meine Karriere in der Bank, mein Ansehen im Dorf. Ich kann mich selbst nicht mehr im Spiegel anschauen.«

»Es gibt für alles eine Lösung. Ich helfe dir.«

»Auf deine Hilfe kann ich verzichten. Du hast mich mit deinen Ideen in dieses Schlamassel geritten.«

»Du hast schon Schwarzgeld gewaschen, bevor wir das Immobilienimperium aufgebaut haben. Das hat dir in die Hände gespielt. Steh jetzt auf. Wir besprechen alles in Ruhe.«

»Ich sehe keinen Ausweg mehr. Zu Hause auf meinem Pult liegt ein Brief. Ich nehme die ganze Schuld auf mich, aber ich will nicht mehr leben. Verzeih mir.«

Blitzartig hob Elmar die Waffe und schoss sich in die Brust. Er kippte vornüber auf das Grab. Gaudenz stieß einen Schrei aus und stürmte zu ihm. An der Halsschlagader verspürte er noch ein schwaches Pochen. Er schrie wie wild um Hilfe und zückte gleichzeitig sein Telefon, um den Notfalldienst anzurufen. Die Ärztin gab ihm erste Anweisungen, bis der Rettungswagen vor Ort war. Gaudenz bemerkte seine Hilflosigkeit. Mit Beten hatte er keine große Erfahrung, zu lange hatte er seine Hände nicht mehr gefaltet. Und den Schöpfer um etwas zu bitten, ließ sein Stolz nicht zu. Er war der Herr und Meister.

SAMSTAGMORGEN / KINDSVATER

Das Telefon klingelte Laura aus dem Schlaf.

»Hallo, Liebes. Überraschung! Papa und ich kommen am Samstag in einer Woche nach Zermatt. Wir wollen gerne einmal schauen, wo du jetzt arbeitest und wie es dir geht.«

Laura blieben die Worte im Hals stecken. Das hatte ihr gerade noch gefehlt.

»Bist du noch da?«

»Ja, ja. Ich bin eben erwacht und überrumpelt. Nur ist es am nächsten Wochenende ungünstig. Wir haben viel Arbeit, und ich kann kaum Zeit mit euch verbringen. Möchtet ihr nicht lieber ein anderes Mal kommen? Ich sage dir, wann ich frei habe, oder noch besser, ihr kommt am Ende der Saison. Dann wäre es zudem preisgünstiger.«

»Wir haben schon gebucht. Wenn du wenig Zeit hast, fahren wir mit der Bahn zum Gornergrat und am Abend essen wir zusammen im *Blatterhof*. Wir möchten einfach sehen, wo du bist und wie du dich durchschlägst.«

»Ja«, murrte Laura.

»Das tönt aber nicht gerade begeistert. Ist etwas nicht in Ordnung?«

»Alles gut. Wir sehen uns bald. Dann erzähle ich euch von der Arbeit in Zermatt und meinen Erlebnissen. Ich bin in Eile. Sorry. Tschüs.«

Sie sank in ihre Kissen und klopfte mit den Fäusten auf die Matratze. Das hatte ihr gerade noch gefehlt. Es gab nur zwei Möglichkeiten. Entweder sie baute ein Lügengerüst auf oder sie musste eingestehen, dass es mit der Arbeitsstelle wieder nicht geklappt hatte. Keines von beiden fand sie erstrebenswert. Sie würde sich mit Marianne beraten. Die hatte vielleicht eine Idee. Beim Frühstück ging alles drunter und drüber. Godi und Alexa waren mit dem linken Fuß aufgestanden. Die zwei nörgelten herum und beschwerten sich über dies und das. Kaum hatten sie den Frühstückstisch abgeräumt, läutete es. Pedro Lukic stand vor der Tür. Er war früh am Morgen aufgebrochen und hatte jemanden vor dem Haus postiert. Nun kam er zurück, um ihnen eine Hiobsbotschaft zu überbringen. Er hatte sich umgehört und einen Platz für Alexa in einem Heim für demenzkranke Menschen gefunden. Obwohl sich Laura und Marianne bewusst waren, dass dieser Moment einmal kommen würde und sie ihn sogar herbeigesehnt hatten, bestürzte sie die Tatsache. Es bedeutete für sie beide Ungewissheit. Was passierte mit dem Haus? Momentan waren Juristen damit beschäftigt abzuklären, ob der Vertrag von Lauber rechtskräftig war oder nicht. Die Chancen standen gut, dass der Besitz in Alexas Händen verblieb und sie mit der Vermietung der Wohnungen einen Teil der Kosten für die Pflege bezahlen konnte. In diesem Fall hätten Marianne und Godi ein Dach über dem Kopf. Ansonsten blieben ihnen sechs Monate Zeit bis zum Auszug. Für Laura waren die Aussichten optimistischer. Sie plante, eine neue Stelle anzunehmen. Wenn möglich in einem anderen Ort. Aber für ihre Freundin war es ein echtes Problem. Bezahlbare Mietwohnungen gab es kaum für Einheimische. Wegziehen kam auf keinen Fall infrage. Das morgendliche Gespräch drehte sich nur um die neue Lebenssituation. Nach dem Kaffee verabschiedete sich Pedro. Laura verzog sich in ihr Zimmer und warf sich schluchzend auf ihr Bett. Der Himmel stürzte über ihr zusammen. Wieder war es schief gelaufen mit ihrer Arbeitsstelle, mit einer neuen Beziehung, und zu allem Elend reisten in Kürze die Eltern an. Was sollte sie ihnen berichten? Sie hätte sich so gerne mit jemandem ausgetauscht, sich trösten lassen. Aber sie kannte keine Menschenseele, der sie sich anvertrauen wollte. Ein Abgrund tat sich vor ihr auf. Es klopfte an der Tür.

»Ich bin es, Marianne. Kann ich reinkommen?«

Ist jetzt egal, dachte Laura. Dann sieht sie halt, wie es um mich steht.

»Es ist offen, aber erschrick nicht. Ich bin zerknittert und am Boden zerstört.«

»Das hört man. Was ist denn? Weißt du auch nicht, wohin die Reise führt?«

»So kann man das sagen. Mir rennt die Zeit davon. Meine Eltern haben sich am nächsten Wochenende zu Besuch angemeldet. Bis jetzt habe ich ihnen vorgegaukelt, dass es prima klappt und alles in Ordnung ist an der neuen Stelle.«

»Aber die Umstände waren schon ungewöhnlich, oder?«

»Ich trample immer in so Situationen rein. Meine Familie kennt das von mir, und sie zerreißen sich die Mäuler darüber. Ich bin eine Versagerin. Fertig. Schluss.«

Marianne setzte sich zu ihr aufs Bett und legte den Arm um ihre Schultern.

»Das kannst du so nicht sagen. Es sind in diesem Fall viele Umstände zusammengekommen, auf die du keinen Einfluss hattest. Wenn die Familie Blatter Geld wäscht und unseriöse Geschäft betreibt, dann ist es doch nicht deine Schuld.«

»Nein. Aber ich hätte mich nicht einmischen dürfen. Und die Beziehung mit Pirmin war ein Riesenfehler.«

»Was Partnerbeziehungen betrifft, bin ich auch nicht Weltmeisterin«, versuchte Marianne zu trösten.

»Du hast mir nie erzählt, wer der Vater von Godi ist.«

»Das ist ein Geheimnis. Aber ...«

»Aber?«

»Es belastet mich. Je länger, je mehr.«

»Wieso?«

»Weil es sein könnte, dass die Polizei mir auf die Spur kommt.«

»Hä?«

»Kannst du etwas für dich behalten?«

»Ja. Sicher.«

»Mauro Gallo war der Vater von Godi.«

»Was?«

»Du hast richtig gehört.«

»Hast du etwas mit seinem Tod zu tun?«, rutschte es Laura raus.

»Ich schwöre beim Leben meiner Mutter und meines Sohns, dass ich nichts damit zu tun habe. Traust du mir das wirklich zu?«

»Nein. Aber ich stelle in den letzten Tagen meine Menschenkenntnis infrage. Erzähl mir die Geschichte. Ich höre zu.«

»Vor drei Jahren kam Mauro erstmals nach Zermatt. Ich war an der Rezeption im Hotel *Blatterhof*. Wir wurden beide wie vom Blitz getroffen. Beim ersten Blick verliebten wir uns ineinander.«

Laura biss sich vor Erstaunen beinah auf die Zunge. Sie wollte zuhören, ohne zu unterbrechen. Trotzdem entwich ihr ein »Oh!«

»So kam es wie das Amen in der Kirche. Aus einem frei erfundenen Grund brachte ich ihm am zweiten Tag eine Flasche Wein in seine Suite. Wir unterhielten uns über Gott und die Welt, kamen uns nahe und landeten hinterher im Bett. Es war unbeschreiblich. Von diesem Moment an führten wir beide ein Doppelleben. Er suchte immer wieder Gründe, um nach Zermatt zu kommen. Über seine Geschäfte sprachen wir nie. Nun hat sich der Verdacht erhärtet. Er hat Schwarzgeld gewaschen und sich hier Immobilien auf Lebzeiten ›gemietet‹. Vielleicht hätten wir sogar einmal gemeinsam in einem dieser Appartements gewohnt. Wer weiß? Ich habe ihn geliebt. Ich hätte ihm nie etwas angetan. Obwohl …«, sie stockte.

»An dem Tag, als ich ihm sagte, dass ich schwanger bin, hat er sich im ersten Augenblick gefreut. Später wurde ihm bewusst, welche Probleme auf uns zukommen. Er hat sich zurückgezogen und mich sitzen lassen. Das war hart. Damals habe ich ihn ins Pfefferland gewünscht.«

Laura unterbrach ihr Schweigen mit einem kurzen »Und dann?«

»Er kam etliche Monate nicht mehr in die Schweiz. Für die Geburt war er nicht da. Telefonisch war er erreichbar. Er hatte ein zweites Mobiltelefon mit einer Schweizer Nummer. Nachdem er das erste Bild von Godi gesehen hatte, reiste er sofort an. Wir trafen uns heimlich in seiner Suite. Als Rezeptionsaushilfe hatte ich ja den Schlüssel zum Personaleingang und somit freien Zugang ins Hotel. Ich gelangte über die Servicetreppe zu ihm.«

»Hat euch nie jemand zusammen gesehen?«

»Die Frau vom Zimmerservice hatte Vermutungen. Aber ich wurde nie darauf angesprochen. Ignaz, der im Hotel im technischen Dienst arbeitet, ist auch nie etwas zu Ohren gekommen. Er war der Einzige, der Bescheid wusste. Er ist die große Stütze in meinem Leben. Er hilft mir und Godi, wo er kann.«

»Hat Mauro Gallo die Vaterschaft anerkannt und ist seinen Verpflichtungen nachgekommen?«

»Deshalb war ich ja am Vormittag vor dem Mord bei ihm. Nachdem er auf einen DNA-Vaterschaftstest bestanden hatte und dieser positiv ausgefallen war, unterschrieb er mir den Antrag. Dieser ist zum Glück in meinem Besitz. Aber nach seinem Tod schien es mir sinnlos, mich bei der Familie zu melden. Es hätte einen riesen Rattenschwanz ausgelöst.«

»Ja, und weitere polizeiliche Ermittlungen. Das sind ja meine Probleme mit den Eltern direkt ein Dreck gegen die Entscheidungen, die du zu fassen hast.«

»Du sagst es. Andererseits bleibt mir keine Wahl. Mein größter Wunsch ist, dass es Godi an nichts fehlt. Jetzt stehen wir bald wieder auf der Straße. Mit der Teilzeitarbeit bringe ich uns nicht durchs Leben. Würde ich einen Anteil von Mauros Erbe erhalten oder mindestens eine Einmalzahlung, wären wir saniert.«

»Dann müsstest du aber beweisen, dass du keine Schuld an seinem Tod hast.«

»Ich bin unschuldig. Zugegebenermaßen war ich am Tag vorher bei ihm und habe den Vertrag bekommen und …«

»Und?«

Marianne schwieg und schluckte. Traurig fuhr sie fort: »… und wir haben uns geliebt. Das letzte Mal. Dass er unter Depressionen litt, hatte ich ansatzmäßig bemerkt. Manchmal war er nicht ansprechbar. Darauf angesprochen meinte er, dass sich alles ändern würde, wenn er mit mir zusammen wäre. Und natürlich habe ich die Medikamente gesehen. Ich glaube nicht an die These des Selbstmords. Er wollte leben. Jemand muss nachgeholfen haben.«

Sie wurde von einem Weinkrampf geschüttelt und konnte nicht mehr weitersprechen. Laura wartete, obwohl sie zu gerne gewusst hätte, wie die beiden übereingekommen waren. Sie fuhr ihrer Freundin sanft über den Kopf, ohne etwas zu sagen. Langsam beruhigte sich Marianne wieder, und sie sprach weiter: »Zum Zeitpunkt des Todes waren wir in Visp bei Judith, einer ehemaligen Schulkameradin. Am Nachmittag besuchten wir mit den Kindern den Zirkus. Godi und ich sind über Nacht geblieben.«

»Warum hast du dich nicht bei der Polizei gemeldet oder mit jemandem gesprochen?«

»Meine Brüder wussten Bescheid. Aber wir haben beschlossen, dass wir im Moment betreffend Vaterschaft nicht an die Familie Gallo herantreten.«

»Warum nicht?«

»Weil ich sonst in Verdacht geraten wäre, etwas mit dem Tod zu tun zu haben.«

»Und wann hättest du dich dann gemeldet?«

»Ich weiß es nicht. Nun ist es wohl soweit.«

»Soll ich dich für die Aussage zu Lukic begleiten?«

»Nicht jetzt. Ich nehme Rücksprache mit meinen Brüdern. Entscheidungen treffen wir immer gemeinsam. Heute, Samstag, und morgen, Sonntag, ist nicht geeignet, um solche Angelegenheiten zu erledigen. Montag passt.«

»Darf ich noch etwas fragen?«

»Nur zu. Jetzt, wo du die Wahrheit kennst.«

»Wie habt ihr euch die gemeinsame Zukunft vorgestellt?«

»Er plante die Scheidung und einen Neustart mit Godi und mir hier in Zermatt. Ich habe ihn geliebt. Ich würde ihn nicht umbringen, glaube mir.«

»Hat jemand außer deinen Brüdern Bescheid gewusst? Eine Person, die dich eventuell über die Videokameras beobachtet hat und beabsichtigte, Gallo zu erpressen.«

»Mein Bruder ist für die Technik im Hotel verantwortlich. Ich musste ihm einfach eine SMS senden mit einem Code, und er hat dafür gesorgt, dass ich ohne Kameraüberwachung bis zur Suite gelangt bin. Er hat die Videos jeweils kontrolliert und manipuliert.«

»Ist es möglich, dass dich jemand anders gesehen hat, wenn du ihn aufgesucht hast?«

»Ich habe jedes Mal eine Kapuzenjacke getragen und die Kapuze über den Kopf gezogen. Meiner Meinung nach war es unmöglich zu erkennen, wer durch den Korridor schleicht.«

»Sehr durchdacht. Hättet ihr euch dennoch nicht besser anderswo getroffen?«

»Es war, wie es war.«

»Wusste seine Frau über eure Beziehung Bescheid?«

»Er wollte es ihr demnächst beichten. Leider kam er nicht mehr dazu.«

Godi kam angestürmt.

»Mama, Spielplatz. Komm.«

Er quengelte und schrie, bis Marianne darauf einging. Laura kam es gelegen. Ihre Gefühle spielten verrückt. Unsicherheit überkam sie. Kannte sie ihre Freundin gut genug, um die Glaubwürdigkeit richtig einzuschätzen?

SAMSTAGMITTAG / ENTFÜHRUNG

Lauras Gedanken drehten sich im Kreis. Sie realisierte erst jetzt, was sie von ihrer Hausgenossin alles zu hören bekommen hatte. Die Geschichte kam ihr unwirklich, aber nicht unmöglich vor. Marianne hatte ihr versprochen, am Montag bei der Polizei eine Aussage zu Protokoll zu geben. Sie beabsichtigte, mit der Familie Gallo in Kontakt zu treten und einen Antrag auf Unterstützung für Godi zu stellen. Vorher hielt sie Familienrat. Irgendwie beneidete sie ihre Freundin, die mit Ignaz und Dieter eine intensive Beziehung pflegte. Ihr Bruder und sie benahmen sich eher wie Katz und Hund. Er würde ihr bei Problemen sicher nicht zur Seite stehen. Nach dem Motto: »Hilf dir selbst, sonst hilft dir keiner«, setzte sich Laura an den Laptop und suchte nach einer neuen Stelle. Es fehlten ihr die Konzentration und die Motivation. Sie öffnete das Fenster, sah den strahlend blauen Himmel, die faszinierende Bergwelt, hörte die Vögel zwitschern und beobachtete, wie Alexa vor sich hin summend im Garten arbeitete. Die Welt sah so friedlich aus, wenn nur all die Probleme nicht wären. Wie würde sie es aufnehmen, dass sie ihr Zuhause verlassen musste? Würde sie es wahrnehmen? Eines wusste Laura mit Sicherheit: Sie wollte nicht dabei sein, wenn Pedro es ihr erklärte. Um die Sache zu entschärfen, plante er, in einer ersten Phase Alexa den neuen Ort zu präsentieren. Im nächsten Schritt verbrächte sie dort für ein paar Tage Urlaub. Laura hoffte von ganzem Herzen, dass es gelang, die alte Dame dafür zu erwärmen. Aber auch für Marianne und Godi standen Veränderungen an. Würden Sie eine Unterkunft finden? Und wer kaufte das Chalet? Ob dieser Lauber durchkam mit seinem Vertrag, den er sich erschlichen hatte?

Laura erhielt eine SMS von Marianne mit der Telefonnummer einer Hotelière. Diese suchte dringend eine Angestellte, weil jemand krankheitshalber ausgefallen war. Sie rief sofort an. Zu ihrer Freude bekam sie für Montag einen Termin, um sich vorzustellen. Hoffnungen stiegen in Laura hoch. Ihr Ziel war, die Saison in Zermatt zu beenden und sich dann neu zu orientieren. Damit entfiele die Blamage, den Eltern das Fiasko im *Blatterhof* einzugestehen. Sollte sie die Stelle bekommen, konnte sie eine Halbwahrheit auftischen und damit ihr Gesicht wahren. Manchmal sind Beziehungen zu Einheimischen doch von Nutzen, überlegte Laura.

Im Laufe des Nachmittags vernahm sie laute Stimmen aus der Wohnung von Marianne. Diese war anscheinend vom Spielplatz zurückgekommen und hatte Besuch. Aber es schien nicht harmonisch abzulaufen. Laura entschloss, ihrer Freundin beizustehen.

Sie blieb an der angelehnten Wohnungstür stehen und lauschte. Ignaz sprach auf seine Schwester ein: »Ich habe alles nur für euch getan. Es konnte so nicht weitergehen. Dieser Mann hätte dich immer wieder vertröstet und wäre nie zu dir gestanden. Sein Tod war der einzige Ausweg.«

»Aber ...«

»Kein Aber. Es musste sein. Hier hast du sein Geld. Er wollte es in eine weitere Immobilie stecken.«

»Unser Zuhause!«

»Glaubst du an Märchen? Er wäre mit seiner Familie gekommen, und du hättest vielleicht den Haushalt geführt.«

»Er hat es mir versprochen. Die Wohnung war sicherlich für uns.«

»Nun kannst du sie dir selbst kaufen, für Godi die Ausbildung bezahlen und einen Einheimischen heiraten.«

»Spinnst du? Wie würde ich die Herkunft des Geldes erklären?«

»Du sagst, dass du es vom Vater erhalten hast. Das ist nicht gelogen.«

»Es ist gestohlen.«

»Es steht dir und seinem Kind zu.«

Marianne schluchzte laut auf. Laura hielt es vor der Tür nicht mehr aus. Sie trat in den Raum, rannte auf ihre Freundin zu und nahm sie in die Arme. Tröstend fuhr sie ihr über Achseln und Schultern. Ignaz warf sie einen bitterbösen Blick zu. Dieser sprang auf und ließ ein paar Bündel Geld in einem Plastiksack verschwinden.

»Ich habe mitgehört. Du hast Gallo umgebracht? Warum?«

»Er hat meiner Schwester Leid angetan.«

»Das ist kein Grund, jemanden zu töten.«

»Ich habe ihn nicht getötet. Das hat er selbst getan. Ich habe ihn lediglich ›motiviert‹. Er war depressiv und alkoholabhängig. Er hätte sie und Godi mit ins Elend gerissen.«

»Woher willst du das wissen?«

»Ich war bei ihm in der Suite und forderte ihn auf, meiner Schwester eine Abfindung zu bezahlen. Er saß in einem Sessel mit einer Whiskyflasche und einigen Packungen Medikamenten vor sich. Er schaute benebelt in die Welt. Ich solle ihm das überlassen, meinte er und schickte mich weg. Da ist bei mir eine Sicherung durchgegangen. Vorsichtshalber hatte ich eine alte Armeepistole von unserem verstorbenen Vater mitgenommen. Ich habe ihn ins Badezimmer gedrängt und ihm befohlen, sich in die Badewanne zu legen. Dann habe ich ihn gezwungen, die Medikamente mit dem Whisky einzunehmen. Er hat sich gar nicht gewehrt. Wahrscheinlich hatte er schon vor meinem Besuch eine Ladung Beruhigungsmittel eingenommen und wäre sowieso bald abgekratzt. Und weil ich im technischen Dienst schon oft einen Safe aufgeschlossen habe, war es für mich kein Problem, an das Geld zu gelangen, das stapelweise darin lag.«

»Du bist ein Mörder und ein Dieb. Stell dich.«

»Ich denke nicht daran, und du solltest es auch nicht melden, sonst ergeht es dir schlecht.«

»Das meinst du aber nicht in allem Ernst? Du willst die Zukunft deines Neffen auf einem Mord aufbauen.«

»Hauptsache, er wächst ohne Geldsorgen auf. Wir Geschwister wissen, wie es ist, wenn nichts auf den Tisch kommt und du hungrig schlafen gehst. Das wird ihm erspart bleiben.«

Marianne brüllte ihn an: »Bis zum heutigen Tag habe

ich für den Unterhalt gearbeitet, und mein Kind musste noch nie ohne Essen ins Bett.«

»Jetzt brauchst du dich nicht mehr abzurackern und senile Menschen pflegen.«

»Ich wollte mit dem Vater von Godi zusammenleben und nicht gestohlenes Geld von ihm ausgeben.«

»Jetzt bläst du ins gleiche Horn wie deine Freundin und fällst mir in den Rücken. Es ist nicht zu glauben. Da will man jemandem helfen und dann bekommt man den Hammer.«

»Das ist doch keine Hilfe. Ignaz, versteh …«

»Ich verstehe nur eines. Ihr zwei beabsichtigt, mich hinter Gefängnismauern zu bringen. Aber ich werde das verhindern.«

Er packte Godi, der bis jetzt staunend zugeschaut hatte, und hob ihn hoch.

»Wenn ihr das Kind lebend wiedersehen möchtet, dann tut ihr, was ich sage. Legt die Handys hier auf den Tisch, verzieht euch ins Badezimmer und steckt den Schlüssel von außen ins Türschloss. Ihr unternehmt nichts. Ich verziehe mich und werde Godi an einem sicheren Ort zurücklassen. Solltet ihr euch nicht an die Anweisungen halten, seht ihr ihn nie mehr. Habt ihr das verstanden?«

Fassungslos schauten ihn die beiden Frauen an.

»Nein!«, schrie Marianne. »Du bist mein Bruder, und das ist mein Kind.«

»Und du bist meine Schwester und willst mich ins Gefängnis bringen, weil ich dir helfen wollte? Morgen früh rufe ich Dieter an und sage ihm, dass er euch rauslassen soll. Bis dahin unternehmt ihr nichts. Ihr wisst, was sonst geschieht. Verstanden?«

Die beiden schlichen wie befohlen ins Bad. Sie hörten, wie Ignaz die Tür von außen verschloss und den schreienden Godi davonschleppte.

Marianne fiel schluchzend auf den Boden: »Zuerst mein Mann und jetzt mein Kind!«

»Wir müssen etwas unternehmen«, stotterte die fassungslose Laura.

»Du hast gehört, was er angedroht hat. Falls wir uns querstellen, bekommt Godi es zu spüren. Am besten warten wir bis morgen und starten dann eine Aktion.«

»Das ist zu lange, das halte ich nicht aus.«

Laura stieg auf die Toilette und öffnete das kleine Fensterchen. Es ging Richtung Berg raus. Hier kam nie jemand per Zufall vorbei. Von der Straße her waren sie nicht zu sehen oder zu hören. Sie suchte nach einer Möglichkeit, sich zu befreien. Das Fenster hatte die Größe eines Bullauges. Es war zu klein, um rauszukommen, zu hoch vom Boden entfernt. Keine Dachrinne, kein Baum, kein Vordach einfach nichts, das geholfen hätte. Marianne riss sie zurück. »Du unternimmst nichts, verstanden? Wir warten bis morgen. Er hat versprochen, dass uns Dieter dann rausholt.«

Laura begriff die aussichtslose Lage. Ihre Meinungen gingen diametral auseinander. Sie setzte sich zu ihrer Leidensgenossin, umfasste deren Schultern und sprach beruhigend auf sie ein. Dabei zermarterte sie sich den Kopf, wie sie aus diesem Schlamassel rauskam, ohne mehr Komplikationen zu provozieren. Sie könnte versuchen, Alexas Aufmerksamkeit zu erhaschen. Dafür müsste diese sich jedoch im Garten aufhalten und die Situation erfassen und entsprechend handeln. Zu viel auf einmal verlangt.

Zudem setzte sie mit einer Aktion Godi einem Risiko aus. Das war die große Angst von Marianne. Ihre Gedanken drehten sich im Kreis. Es blieb nur das Prinzip Hoffnung. Vielleicht wurde zufälligerweise jemand auf sie aufmerksam. Die Chance war jedoch gering. Sie stand am Rand der Verzweiflung. Sie war zum Nichtstun gezwungen, und das drückte sie zu Boden. Glücklicherweise konnten sie ihren Kummer miteinander teilen. Die beiden harrten auf dem Badezimmerboden aus. Marianne begann, aus ihrem bewegten Leben zu erzählen.

SAMSTAGNACHMITTAG / VORGESCHICHTE

»Wir drei Geschwister sind im Abstand von einem Jahr geboren. Mutter verriet mir in späteren Jahren, dass sie sich nach dem dritten Kind heimlich hatte sterilisieren lassen. Es wären sonst wohl jedes weitere Jahr noch Brüderchen oder Schwesterchen zur Welt gekommen. Den Katholiken war es nicht erlaubt zu verhüten. Ihr Mann hielt sich streng daran. Mir gab sie den guten Tipp, selbst achtzugeben und mich in dieser Hinsicht nicht auf Männer zu verlassen. Sie sagte mir damals ihm Vertrauen, dass sie nicht wie ihre Eltern und Großeltern das Ziel hatte, eine Großfamilie zu haben. Sie wollte sich nicht abmühen, dass für alle genug zu essen auf den Tisch gelangte. Trotzdem litt die Familie an Armut. Mein Vater verdiente als Maurer nicht genug, und die Mutter bekam Tuberkulose und konnte keinem Zusatzerwerb nachgehen. Nach ihrem Tod begann der Vater zu trinken, um seine Sorgen runterzuspülen. Zusätzlich setzte er auf Glücksspiele. Er verlor regelmäßig. Zuletzt musste er das Haus seiner Familie am Dorfrand verkaufen. Elmar Blatter bot ihm Hilfe an. Einerseits wollte er uns Jugendlichen eine Ausbildungsstelle besorgen und das Haus schätzen lassen. Dafür stellte er einen Bekannten an. Diesem gab er vor, zu welchem Preis er das baufällige Haus zu bewerten hatte. So kam das Chalet in den Besitz von Gaudenz und Elmar. Die Parzelle spielte in den Plänen der Blatters eine zukunftsträchtige Rolle. Das angrenzende Grundstück war bereits in ihrem Besitz. Somit ergab sich für sie eine hervorragende Gelegenheit, die Pläne für ein lukratives Parkhaus eingangs Dorf voranzutreiben. Vater bemerkte die Vetternwirtschaft erst, als der Verkauf über die Bühne gegangen war und er mit uns drei Kindern in einer Mietwohnung hauste. Er ärgerte sich dermaßen darüber, dass er Elmar bedrohte und einmal sogar handgreiflich wurde. Beinahe hätte er den Banker in angetrunkenem Zustand ernsthaft verletzt. Jahr für Jahr wurde der Mietzins der Wohnung angehoben. Wir Kinder der Familie Indermatten bekamen nach der offiziellen Schulzeit, wie besprochen, Lehrstellen angeboten. Dieter lehnte ab. Er bewarb sich um eine Lehrstelle als kaufmännischer Angestellter bei der Einwohnergemeinde Zermatt. Ignaz lernte Elektriker, und ich begann eine Anlehre als Hotelfachfrau im *Blatterhof*.

Mit dem Vater ging es von Tag zu Tag weiter bergab. Seit dem Tod der Mutter hatte er sich komplett verändert. Zum Alkoholismus kamen die Spielsucht und der Hass auf die Blatterbrüder, die ihm sein Haus gestohlen hatten. Diesen Hass übertrug er auf seine Söhne. Wobei beide anders damit umgingen. Dieter bekämpfte den Clan auf politischer Ebene, indem er versuchte, auf die Ungereimtheiten hinzuweisen und gegen die Brüder ins Feld zu ziehen. Er gründete die IG zur Bekämpfung der Korruption. Ein großes Anliegen ist ihm, den Ort autofrei zu halten und den Bau des Parkhauses auf unserem Land zu verhindern. Ignaz war dankbar für die Gelegenheit, im Hotel arbeiten zu können. Die Familie Blatter benutzte er einfach für seine Ziele, hasste sie jedoch aus tiefstem Herzen. Er ist aber ein herzensguter Mensch. Er tut alles für mich und Godi.«

»Ja, das habe ich bemerkt«, warf Laura ein. »Er steckt deswegen knietief in der Scheiße.«

»Wenn er jetzt nur mit Godi nichts anstellt, das ihm später leid tut«, seufzte Marianne.

»Das hoffe …« Laura stockte. »Ich höre jemanden im Garten.« Sie sprang auf und rannte zum Fensterchen. Es traf sie beinah der Schlag. Jeden hätte sie erwartet, nur nicht Lauber. Er spazierte tatsächlich ums Haus und vermaß den Abstand zum Nachbargrundstück.

»Hilfe!«

Er schaute hinauf und winkte mit einer Handbewegung ab.

»Wir sind eingesperrt. Helfen Sie uns.«

»Sicher nicht. Dank Ihnen habe ich die Polizei am Hals. Und dass Sie eingeschlossen sind, wird seinen Grund haben.« Er wandte sich ab und trottete davon.

»Halt!«, schrie Laura. »Es geht um Leben und Tod. Erster Stock, Wohnung Indermatten, Badezimmer öffnen. Sonst nichts.«

Er blieb stehen, schaute hoch, lächelte süffisant und latschte wortlos davon.

»Dreckskerl bleibt Dreckskerl«, murmelte Laura.

»Mir ist das lieber so. Ich habe Angst um Godi.«

»Was führt Ignaz wohl im Schilde?«

»Keine Ahnung. Ich habe eben am eigenen Leib erfahren, dass ich meinen Bruder nicht kenne und einschätzen konnte. Nie im Leben wäre ich darauf gekommen, dass er zu solch einer schrecklichen Straftat fähig ist. Dieser Charakterzug blieb mir bis zum heutigen Tag verborgen.«

Ein Heulkrampf erschütterte sie. Laura nahm sie in die Arme und sprach ihr liebevoll zu. »Es wird alles wieder gut.« Die Worte tönten nicht überzeugend. Sie glaubte ja selbst nicht, was sie sagte.

SAMSTAGABEND / WARTEN

Die beiden Frauen waren eingenickt. Laura erwachte. Sie vernahm Stimmen in Mariannes Wohnung. Eine Frauenstimme rief ihre Namen.

»Hilfe! Wir sind hier im Badezimmer eingeschlossen«, schrie sie.

Beide fuhren hoch und schauten erwartungsvoll auf. Sie hörten, wie die Türklinke niedergedrückt wurde.

»Hier ist die Polizei. Entfernt euch vom Eingang. Wir befreien euch.«

Die beiden Frauen drängten sich in die Duschkabine. Dann vernahmen sie einen Riesenkrach. Die Tür fiel krachend in den Raum. Anni Zurbriggen und Pedro Lukic stürmten ins Badezimmer.

»Was ist passiert? Seid ihr unversehrt?«

Marianne fiel Anni um den Hals. Ein Weinkrampf schüttelte sie. Laura berichtete in Kurzform, was vorgefallen war.

»Ihr müsst Godi finden, und es darf ihm nichts geschehen«, brachte Marianne stoßweise vor.

»Wohin könnte er den Jungen verschleppt haben?«

»Ich kenne meinen eigenen Bruder nicht mehr. Nie hätte ich ihm einen Mord zugetraut.«

»Mord?«, wiederholten Lukic und Anni gleichzeitig.

»Er hat Mauro, den Vater meines Sohns, gezwungen, die Medikamente zu schlucken und ihm sein Geld abgenommen.«

»Das klären wir später im Detail. Wo ist er jetzt?«

Laura nahm den Faden auf: »Könnte es sein, dass er mit ihm nach Parma fährt, um Geld von der Familie Gallo zu erpressen? Die wissen ja nicht, wie viel er schon aus dem Safe entwendet hat.«

»Wie kommst du darauf?«, fragte Lukic genervt.

»Marianne, wo ist der Brief mit dem DNA-Test?« Laura kam richtig in Fahrt.

»Den hatte ich in der Zuckerdose im Küchenschrank versteckt. Das ist ein Familientrick. Die Büchse steht jetzt auf dem Küchentisch und ist leer.«

Lukic begriff die Zusammenhänge in Sekundenschnelle.

»Das könnte ein Anhaltspunkt sein. Wir lösen sofort eine Fahndung aus. Ihr beide bleibt hier. Anni ebenfalls. Ihr unternehmt nichts mehr auf eigene Faust. Ich bitte euch, keinen Kontakt mit dem Bruder aufzunehmen. Habt ihr das verstanden?«

»Ja«, hauchte Marianne.

Laura nickte nur mit dem Kopf.

»Weshalb habt ihr uns überhaupt gefunden?«, wollte Laura von Anni wissen, als Pedro bereits unterwegs war.

»Wir haben einen anonymen Anruf erhalten. Es war eine unkenntliche Männerstimme. Die Botschaft tönte plausibel. Er sagte, dass zwei um Hilfe rufende Frauen im Chalet Inalbon eingeschlossen seien.«

»Der Drecksack«, entfuhr es Laura.

»Wie bitte?«

»Der Drecksack ist Ludwig Lauber, und ihn scheint das schlechte Gewissen zu plagen.«

Sie erklärte der erstaunten Polizistin den Zusammenhang. Die drei Frauen begaben sich zu Alexa ins Wohnzimmer und nahmen ein Spiel zur Hand. Mit *Eile mit Weile* versuchten sie, sich abzulenken. Doch Marianne und Laura waren nicht bei der Sache. Ihre Gedanken schweiften immer wieder ab. Sie vergaßen zu würfeln oder sahen nicht, dass sie ihre Gegnerinnen hätten schlagen können. Alexa spielte unbekümmert. Sie hatte weder von der Entführung noch vom Polizeieinsatz etwas mitbekommen. Drei Mobiltelefone lagen auf dem Tisch. Bei jedem Pieps schreckten alle hoch. Sie warteten auf Neuigkeiten von Pedro. Es dauerte eine Ewigkeit.

Alexa bemerkte die angespannte Stimmung, ermüdete und begab sich in ihr Zimmer. Die Polizistin und die zwei Frauen setzten sich in Mariannes Wohnung an den Küchentisch und tranken einen Tee nach dem anderen. Es war schon dunkel, als Pedro endlich seine Assistentin anrief und ihr mitteilte, dass sie das Handy von Ignaz in Brig geortet hatten. In Kürze berichtete er vom Einsatz:

»Er stand in der Kolonne, um auf den Autozug Richtung Italien zu fahren. Eine Polizeipatrouille pirschte sich an ihn heran. Ein Kontrolleur der Bahn wurde zum Wagen geschickt, um den Täter aus dem Auto zu locken. ›Sie haben einen platten Reifen hinten rechts. Schauen Sie mal nach.‹ Ignaz stutzte, stieg aber aus und begab sich zum Heck des Fahrzeugs. Auf der Höhe des Kofferraums wurde er von Männern des Einsatzkommandos überwältigt. Zwei Polizisten traten zu Godi und redeten behutsam auf ihn ein. Sie versprachen ihm eine Fahrt im Streifenwagen.«

Nach dem Einsatz rief Pedro Marianne an und teilte ihr mit, dass der Junge befreit und im Polizeiauto Richtung Zermatt unterwegs sei. Eine wichtige Information hatte er vorläufig zurückbehalten. Ignaz hatte sich von den Polizisten losgerissen und war über die Geleise entwischt. Dabei hatte er den einfahrenden Eurocity Milano-Genève-Aeroport übersehen. Er wurde frontal von der Lokomotive erfasst und verstarb vor Ort.

Marianne fragte nach ihrem Bruder, bekam aber nur eine ausweichende Antwort. Das beunruhigte sie nicht sehr. In erster Linie wünschte sie, ihren Sohn in die Arme zu schließen. Eine Stunde später traf dieser wohlbehalten in Zermatt ein. An der Hand eines Polizisten wurde er von seiner Mutter freudestrahlend am Gartentor empfangen. Godi hatte nichts mitbekommen von der Aufregung. Im Gegenteil, die Fahrt im Polizeiauto hatte er genossen. Extra für ihn wurden zwischendurch einmal die Sirenen angestellt.

»Tüüüüt, tüüüüt. Godi wird Polizist!«

Laura hoffte, dass die Fahrt im Streifenwagen das Einzige sein würde, das ihm von diesem Tag in Erinnerung blieb.

NEUE WOCHE / NEUANFANG

Das Vorstellungsgespräch im Hotel *Bären* verlief konstruktiv. Laura bekam eine Zusage für die Stelle bis Ende Saison. Sie konnte bereits am folgenden Tag, dem Dienstag, anfangen. Dass sie beim *Blatterhof* gefeuert worden war, stellte für die neue Arbeitgeberin kein Problem dar. Frau Summermatter kannte die Geschichte aus dem Dorftratsch und fand es sogar erheiternd, dass die Familie Blatter einmal genauer unter die Lupe genommen wurde. Aus lauter Genugtuung hätte sie Laura am liebsten umarmt und ihr gratuliert.

Die ersten Arbeitstage vergingen harmonisch ohne Mord und Totschlag und Kritik. Laura war froh, dass sie wieder einmal einfach nur arbeiten konnte und sich um keine größeren Probleme zu kümmern hatte. In ihrem Privatleben standen diverse Aufgaben an. Marianne konnte den Tod von Ignaz nicht verkraften. Noch weniger vermochte sie nachzuvollziehen, mit welcher absurden Einstellung er den Mann in den Tod geschickt hatte. Dieter kümmerte sich rührend um die Schwester und den Neffen. Die Urne von Ignaz bestatteten sie im engsten Familienkreis an einem Ort, den sie niemandem verrieten. Nicht einmal Laura sagten sie, wo sie den Bruder zur letzten Ruhe hingebracht hatte.

Lauras Eltern trafen am Freitagabend in Zermatt ein. Sie hatte ihnen am Tag vorher die turbulenten Ereignisse in Kurzform dargelegt. Den Arbeitsplatzwechsel vermochte sie glaubhaft als Aufstieg zu verkaufen, zumal der Name Blatter arg in Verruf geraten war. Dass sie dazu maßgeblich beigetragen hatte, kommunizierte sie nicht explizit. Pirmin meldete sich nicht mehr bei ihr. Das war ihr recht. Sie wollte mit dem ganzen Clan und dessen Mauscheleien nichts zu tun haben. Deren neuer Anwalt und die Familie waren vollauf mit sich selbst und der Aufarbeitung des entstandenen Schadens in Zusammenhang mit den Immobilienfirmen, beschäftigt.

Sie schaute sich im Internet nach einer Stelle für die Wintersaison um. Das Wallis, der Dorfpolizist sowie Marianne, Godi und Alexa waren ihr ans Herz gewachsen. Trotzdem plante sie, das Dorf zu verlassen. Durch die Suchaktion und die temporäre Verhaftung der Blatters hatte sie eine zwiespältige Bekanntheit erreicht. Zudem mochte sie Pirmin und dem Rest seiner Familie nicht mehr über den Weg laufen. Arbeitsorte wie Crans-Montana, Verbier und Montreux sprachen sie an. Ein Arbeitsplatz in einem Grandhotel oder auf einem Schiff lockten sie ebenfalls. Zuoberst auf der Prioritätenliste standen: renommiertes Grandhotel, Erwerb von Fremdsprachenkenntnissen, Aufstiegsmöglichkeit, konstruktives Arbeitsklima. Cäsar Ritz war nach wie vor ihr Vorbild. Erstes Ziel war jetzt aber, die Sommersaison erfolgreich zu beenden. Und dann war es wichtig, dass sich Alexa an ihrem neuen Wohnort wohl fühlte. Laura hatte in ihrer kurzen Zeit schon viele einheimische Redewendungen in ihr Repertoire aufgenommen. Sie flüsterte sich zu: »Eis na dum andru[*].«

Sie hörte einen Schrei aus Mariannes Wohnung, sprang auf und rannte hinunter. Ihre Freundin tanzte durch die Küche.

»Was bitte ist hier los?«

»Du glaubst es nicht. Der Polizei wurde anonym ein Dokument zugespielt. Es ist ein Kaufvertrag für eine Wohnung in Zermatt auf meinen Namen. Mauro wollte mich damit überraschen und Godi und mir ein Zuhause geben.«

»Ich freue mich für euch. Aber wer hatte ein Interesse daran, dass der Vertrag verschwindet?«

»Das war bestimmt jemand aus dem Blatterclan.«

»Wir werden es wohl nie erfahren.«

---

[*] Eines nach dem anderen

MEIN HERZLICHER DANK GEHÖRT:

- meinem Sohn, der mich motiviert hat, diesen Krimi zu schreiben.

- meinem Lebenspartner, der mich während der Schreibarbeit unterstützt hat.

- Esther, Verena, Carmen, Emanuel und Carlo, die den Text vor der Abgabe an den Verlag auf inhaltliche Fehler durchforstet haben.

- Fw Sladjan Stojanovic, der Regionalpolizei Zermatt, der meine kriminaltechnischen Fragen beantwortet hat.

- Claudia Senghaas, Lektorin vom Gmeiner Verlag, die dem Krimi den letzten Schliff verliehen hat.

Christine Bonvin im Gmeiner-Verlag:

Matterzorn
ISBN 978-3-8392-0392-7

**Lieblingsplätze Wallis
(mit Yvon Poncelet)**
ISBN 978-3-8392-2931-6

**Beiträge in folgenden Anthologien:
Tod unterm Schwanz**
ISBN 978-3-8392-2609-4

Schaurige Orte in der Schweiz
ISBN 978-3-8392-2854-8

MordsSchweiz
ISBN 978-3-8392-0061-2

Fiese Friesen – Inselmorde zwischen Watt und Düne
ISBN 978-3-8392-0129-9

WWW.GMEINER-VERLAG.DE
Wir machen's spannend